先锋作家 | 诉说美好
时代记忆 | 倾听心声

2019年作品精选

主编·雨桦

远方出版社

图书在版编目（CIP）数据

《东部文学》2019年作品精选/雨桦主编．－－呼和浩特：远方出版社，2020.3

ISBN 978-7-5555-1402-2

Ⅰ．①东… Ⅱ．①雨… Ⅲ．①中国文学－当代文学－作品综合集 Ⅳ．① I217.1

中国版本图书馆 CIP 数据核字 (2020) 第 005171 号

《东部文学》2019年作品精选

主　　编	雨　桦
责任编辑	云高娃　刘向武
责任校对	云高娃　刘向武
装帧设计	青岛金麦人文化传媒
出版发行	远方出版社
社　　址	呼和浩特市乌兰察布东路666号　邮编010010
电　　话	（0471）2236473 总编室　2236460 发行部
经　　销	新华书店
印　　刷	青岛国彩印刷股份有限公司
开　　本	185mm×260mm　1/16
字　　数	285千
印　　张	13
版　　次	2020年3月第1版
印　　次	2020年3月第1次印刷
标准书号	ISBN 978-7-5555-1402-2
定　　价	96.00元

如发现印装质量问题，请与出版社联系调换

| 卷首语 |

鲁院纪事

雨 桦

鲁院是鲁迅文学院的简称,前身是中央文学讲习所,1949年在丁玲的倡议下成立,1984年更名为鲁迅文学院。这里诞生了很多著名作家,比如老舍、郭沫若等。

对于所有喜欢文学的人来说,鲁迅文学院是向往的最高文学殿堂。尽管这次学习是在济南开山青少年野营训练基地,而不是北京本部,但我觉得在开山比北京更让我喜欢,开山不但是济南南部山区的一个风景区,更是著名诗人徐志摩的遇难地。死去的是肉体,不死的是诗性以及他诗性的灵魂。抽空去了他的墓地,不知道哪位崇拜者还在墓地放了一张林徽因的照片,却已物是人非。

远离城市车马喧嚣,爬山栈道,农家果园,小桥流水,在初夏的时光里,在这样一个水波激滟的地方,与各地作家高谈阔论文学,是多么奢侈的事。平时我们都生活在柴米油盐当中,就算身为作家,也难得有空与同行们进行一次心灵的沐浴。给我们授课的讲师都是全国有名的作家、教授,如著名诗人、评论家、鲁迅文学院院长吉狄马加,常务副院长、著名作家李一鸣,山东省作协主席张炜等。

聆听名师们的思想,才发现,我一直自以为丰满的心灵原来早已枯竭。这样的聆听犹如叮咚的泉水,一路缓缓奔流,滋养我干涸的心田。人到中年,重回校园的感觉真好,放下日常繁杂的事物,每天手机处于静音状态,三点一线的生活对于我来说是如此美妙。我可以慢慢地思考,思考社会、人生,思考活着,思考文学与我自己以及我与社会的关系,思考我为什么写作?为什么在黑暗中坚持了这么久一直不肯放弃?

我想,只有两个字可以解释:热爱。

紧张的课后,每天晚上,都会有三五同学相约去爬山,散步。走在幽静的林荫道上,文学与人生成了永恒的主题。相互间认真地谈谈自己喜爱的文字,认真地谈谈活着的感受。快乐幸福也罢,痛苦也好,都是人生的必经之路,确切地说是活着的必经之路,因此也就有了百味杂陈的感受,有了悲欢离合、爱恨绵绵的文字,有了对于世间活着的各种感慨。

有几天,每晚都要去湖边小坐,月光与星光同时现身在蓝色的辽阔天际之上。夜色愈来愈浓,此时蛙鸣声一片,在微风轻徐的夜色里此起彼伏地回荡着。我坐在木制的栈道与拱桥边,身边是同学,有男有女,静静地仰望星空,仰望月光,就像少年时我仰望梦想,仰望未知的远方以及那个还没有出现的他一样,那是一段诗意无边的时光。

文学,将我幸福地照耀。

如果有机会,在这样的大学里,一生都不想毕业。我想用文字单薄的力量,一生寻找鲁迅的精神。

《东部文学》编委

名誉顾问（排名不分先后）

许　晨　鲁迅文学奖获得者，国家一级作家，中国作家协会会员，原山东省作家协会副主席，原《山东文学》主编、社长。

铁　流　山东省作家协会副主席，山东省报告文学会长，国务院特殊津贴专家。曾获鲁迅文学奖、中宣部"五个一工程"奖等多种奖项。

牛鲁平　中国作家协会会员，原青岛文联党组书记、青岛文学创作研究院院长、《青岛文学》主编。

温奉桥　博士，教授，博士生导师，中国作家协会会员，青岛市文艺评论家协会主席，中国海洋大学王蒙文学研究所所长，斯坦福大学、华盛顿大学访问学者。

主　编　**雨　桦**　中国作家协会会员，著名畅销书作家。

主　任　**姜灿辉**　中国网络作家协会会员。

文学艺术总监制　**吴新财**　中国作家协会会员，中国小说学会会员，中国散文学会会员，山东省小小说学会常务理事，山东省作家协会文学期刊及编辑出版委员会委员。冰心散文奖获得者，著名评论家、作家。

| 前 言 |

远 航

如果我把生活当作海洋，那么文学创作应该是我生活中的一条船。因为我年少时就对文学有着憧憬，寄予美好的期待，所以孜孜不倦地在这条路上求索、探寻。经过努力，我创作了数百万字的作品，在中国作家会员花名册中写上了自己的名字，也站在了领奖台上，实现了作家梦想，但我想为文学这个行业做更多的事情。

我的奋斗目标不只是攀登作家高峰，还想进入出版家的殿堂。

1990年，我创办了《晨光》厂报，而后编辑内刊，近年开始编辑全国公开发行的《北极光文学》杂志。

我一直有个心愿，想办份大型文学杂志。

目前出版这种文学杂志非常困难，不用说资金问题，光是办理出版手续就是难上加难。经过考量，我与出版社的朋友交流了看法，他们建议我先出版《<东部文学>2019年作品精选》。近年来国家开始重视网络文学，成立了中国网络作家协会。而我们创办的《东部文学》网刊运营一年多，把纸刊与网刊融为一体，整合了文学资源。

我在与出版社的朋友商议之前，还与山东省作家协会副主席铁流先生商量，我问他是办《东部作家》好，还是《东部文学》好，他说《东部文学》涉及面更广，更接地气，我采纳了铁流先生与出版社朋友的建议。

这部《<东部文学>2019年作品精选》的出版发行，是我的心愿。这是依托出版社的大海，在文学海洋中远航的一艘船。

祝愿在《东部文学》上发表作品的作家，在文学之路上由一个起点到达一个终点，从此岸抵达彼岸，扬帆远航。

吴新财

2019年10月18日于青岛

吴新财 著名小说家,散文家,评论家,金麦文化传媒负责人。

目录 CONTENTS

【小说天地】
谁在谁的情感里	姚玉霞	1
伍公子书梦	李嘉林	12
补错	杨庆发	17
城里的巷	蕉鹿雪泥	20

【特别推荐】
邵彦山的诗		22
张羽中的诗		40
姜灿辉的诗		48
毕季清的散文		55

【散文视线】
无奈最是愁深处（外二篇）	许瑶林	86
母亲的低语（外四篇）	陈素锦	96
故园的变化（外一篇）	叶志如	106
遇见（外二篇）	南晓红	110
往事如烟	崔瑞芬	113
关于鞋的记忆	苏丽雅	115
爷爷闯进我的梦里	朱钟昕	117
力溪连环画乡村艺术馆	方 刚	119
回不去的时光	安 然	121
没有月亮的十五	吴香园	122
走过这条小径	张 萍	123

【诗林视野】
愿灵魂如风（组诗）	倪崇路	124
秋天的记忆（组诗）	贾玉红	130
明月千里寄相思（外九首）	李 勇	134
空白的遗憾（组诗）	木 君	138

怀念一双草鞋（外十首）	杨定祥	142
火在燃烧（组诗）	田　草	145
献礼（组诗）	张小军	147
乡韵（组诗）	王国才	150
假如我能穿越时空（组诗）	张嘉宸	152
足迹（组诗）	姜敬发	154
乡愁（组诗）	梁化波	156
灵隐寺回响（外二首）	黎珮琳	158
爱惜自己（组诗）	王　荣	160
爱留给谁（外一首）	馨　岚	162
午后（外二首）	陈祥琴	163
回家路上（外一首）	周云辉	164
青莲之心（外一首）	韩英梅	165
看风景（外三首）	丁元忠	166
颜色不一样的烟火（外一首）	张勤尚	167
湖（外二首）	夏友军	168
拥抱春天（外一首）	我心飞翔	169
所爱（组诗）	徐　峰	170
小草（外二首）	高　涛	171
清晨的鸡鸣（外二首）	匡世红	172
夜无眠（外二首）	黎振宇	173
守候一剪灯花（组诗）	姜子涵	174
殇（外一首）	谢胜利	175
关于父亲	刘　勇	176
风筝博物馆（外五首）	于建宏	177
跪乳	曾文鑫	178

【经典回放】　浪漫并不浪漫的生活　　　　　　　　吴新财　179
　　　　　　　殷红的夕阳　　　　　　　　　　　　吴新财　194

【编者手记】　自信与坚持　　　　　　　　　　　　吴新财　198

谁在谁的情感里

姚玉霞

十一点多,该回家了,雨樱准备起床。康杰的手还搭在她身上,她小心地移了下来。尽管窗帘严实地垂落,窗外的灯光还是照射了进来,房间并不昏暗。

康杰睡得很香,轻微的鼾声很有节奏地轻响,即使熟睡中,一张成熟而俊美的脸庞也散发着巨大的魅力。雨樱忍不住扬起嘴唇。那高挺的鼻梁如同康杰的怀抱诱惑着雨樱,雨樱把嘴唇贴了上去。

"你醒来了?"康杰被雨樱的吻扰醒。这不是雨樱的本意。

"嗯。该回去了。"雨樱不好意思了。康杰拿起枕边手机看了看,搂住了雨樱,"还早着呢,再睡会儿。"

雨樱是要回去的,但是当康杰的手臂揽过她的腰际时,她还是依偎在康杰怀里了。康杰吻住了雨樱。静夜无声,两双柔软的嘴唇轻轻碰触在一起,雨樱享受着康杰带给她的无尽甜蜜。

"不早了,真要回去了。"说着,雨樱从康杰的怀里爬了起来。要知道,康杰的怀抱让雨樱留恋,她舍不得离开。可是,她有家,康杰也有家,她必须离开。

借着窗外的灯光,雨樱摸索着衣服,康杰却打开床头台灯。

"你……"雨樱赶忙用衣服遮挡。

一年多来和康杰幽会,每次穿衣,雨樱都习惯在昏暗中摸索,康杰恰恰相反,总是在不经意间打开台灯,给雨樱来个措手不及。在雨樱的娇声中,康杰肆无忌惮地欣赏雨樱的窘迫。为此,雨樱表示过很大的不满,警告康杰不许开灯。嬉笑中的康杰答应着,但每回都像忘记似的,将台灯打开。

说不清楚为什么,雨樱在康杰面前穿衣服就是不自然,甚至感到害臊。但是,在康杰的坚持下,打开的灯光窥视了一切。其实,雨樱喜欢康杰欣赏她的眼神,那若有所思的目光是对她的肯定。雨樱身材不胖也不瘦,恰到好处地勾勒出女人优美的曲线,这对康杰是无法抗拒的。当然也是因为爱康杰,雨樱才愿意让康杰的目光在自己身上浏览。

"路上小心点,到了发信息。"康杰搂着坐在床边给他道别的雨樱嘱咐。雨樱甜笑,一身淡蓝色碎花连衣裙裹在她柔美的身上,楚楚动人。

"嗯,你也早点回。"雨樱内心很是温柔。宾馆在市中心偏僻的小巷,雨樱和康杰如同两条河流从不同的方向汇聚到这里。

"好,我一会儿就回,你小心点。"康杰的声音带着浓浓的磁性。雨樱踩着

轻盈的步子离开了宾馆。

街上行人稀少,只有来往的车辆穿行。雨樱招了下手,一辆出租车停住,钻进了车里。

"润泽小区。"雨樱说完摇下车窗,望向夜色。

灯红酒绿的夜晚如醇醇的美酒,诱惑着都市男女,雨樱也不例外。她跟着康杰痴迷于这种浮华,包厢、雅座,看似洁净的旅馆、酒店,都光顾过,体验着家庭之外的生活。她也由普通妇女变为着装时尚、打扮入流的时髦女人。她感觉到自己的变化,她知道自己正在变成另一种女人。

出租车飞速前行。大约半小时后,出租车拐进了一条小巷,"润泽小区"几个大字隐约而见。雨樱下车,走进小区。

"亲爱的,到啦。"按约定,她发了信息过去。

"好的,晚安,宝贝,想你!"康杰的信息神速地回复了过来。雨樱的脸上掠过幸福的微笑。

雨樱和康杰这种感情始于一年前的同学聚会。当时,同学领来了他的哥们儿——私企小老板康杰。康杰的帅气与大度让他与众不同。于是,在康杰对她百般殷勤之后,她答应了康杰提出交往的要求。在交往中,康杰出手阔绰,带她去高级酒店和餐厅,让她享受从没有过的高档次消费。于是,一来二往中,飘飘然的她和康杰很自然地走到了一起,她做了康杰的情人。

雨樱推门进屋,孩子已经睡熟,丈夫听到她开门的声音,转了个身睡去。雨樱心生凉意,如果说她为自己在外面有男人心生愧疚,那么在这一刻,她没有了负罪感。因为对妻子半夜归来不闻不问的男人,有什么理由觉得对不起他呢?

其实,雨樱和丈夫已是挂名夫妻,就像好多夫妻一样,为了孩子凑合着过日子,凑合着拉扯孩子,也许还会凑合着过完一生。何时起日子变成这样,雨樱也说不清楚。也许柴米油盐的日子把原本没有多少的情感给打磨掉了。她和丈夫是经人介绍以闪婚形式走进婚姻的,无形中注定了婚姻的悲哀。但是雨樱还是想方设法地改变着,她想让生活过得幸福点,可是生活有时候让她感到无力,她所有的努力好像只是独自在舞蹈。

同样的工作重复着,进账、取款、打款、记账,雨樱作为出纳坚守着自己的岗位。这天下午,风和日丽,正当她记完一笔进账后,康杰来信息了。雨樱的嘴角流露出甜美的笑意,她拿起手机。

"晚上下班一起吃饭,好吗?七点东明路,还是那家餐厅。"

"当然好了。"雨樱俏皮地回了过去。

"那好,不见不散啊。"康杰不忘叮嘱。

下班后,雨樱去了理发店,她将挽起的头发瀑布似的披在肩上。和康杰约会总是要打扮一番的,至于家里,她给丈夫打过电话了,说同事约去吃饭,可能会晚点回去。总是这样,找各种借口出来,有时连她自己都觉得不知该找些什么借口了。管他呢,能出来就好。

雨樱来到和康杰经常吃饭的餐厅时七点过十分。康杰已等候多时,见雨樱到来,放下手中翻看的报纸,笑看雨樱地说:"以为你不来了呢。"

"怎么会呢,你早到了?"雨樱坐在康杰对面,今天她穿着一身红色薄绒套裙，喜庆、靓丽，再加上她那乌黑的一袭长发，那么美，的确让男人心动。

"也刚到，想吃什么？"康杰的目光从雨樱身上收回，把菜单推到了雨樱面前。

"随便，你点吧。"说着雨樱呷了一口餐桌上的红酒，这是康杰为她准备的。康杰说女人多喝红酒好，保养皮肤，养气血。所以，每次幽会，在雨樱到来之前，康杰总会为她点好。雨樱习惯了这种享受，如同习惯了康杰柔情的眼神。每每这时，康杰总会若有所思地欣赏雨樱，仿佛在品味色香俱佳的美餐。

康杰点了两荤两素，于是，两个人四个小菜，雨樱喝红酒，康杰喝啤酒，在惬意中边吃边聊，很是温馨。

饭后，华灯初上，美丽的都市演绎着别样的风情。雨樱和康杰走出餐厅，很自然地挡了辆出租，直达目的地——新华酒店。

当那扇棕色的木门将雨樱和康杰与外界隔绝时，雨樱已在康杰迫不及待的怀抱中。

"想你。"康杰嘟哝着，吻住了雨樱。雨樱回应康杰，她何尝不是呢。一日不见，如隔三秋，他们有一周没见了。康杰拥着雨樱走向床边。

雨樱当然知道这意味着什么，雨樱想推开康杰，一来就这样算什么嘛。可是康杰执拗地搂紧雨樱，向雨樱传递着他的需求。那是一种美妙的感觉，雨樱贪恋这种感觉，也不再坚持。在康杰的撩拨下，雨樱的衣服一件件滑落，康杰像团火一样裹在了她的身上。落地窗帘被宾馆主人拉得严严实实，好像知道要发生什么。房间内，其他设施也似屏住了气息，倾听着寂静中掉落的喘息。

事后，雨樱习惯地躺在康杰的臂弯里假寐。康杰吸烟，悠然地吐着烟圈，一副欢爱后浑身释然的舒畅神态。

"你可真厉害！"康杰弹去烟灰，有点淫笑。

"说什么啊。"雨樱推了康杰一把，转过身，故意不理康杰。其实，连她自己都不明白，为什么和康杰在一起，那样放得开，好像浪女，只顾享受那份欢悦，什么羞涩、矜持一股脑儿地抛在了身后，而生活中却是别人说黄段子都会脸红的女人。她感觉脸隐隐发烫。而此时，康杰的手来回地在她的身上滑行，好像重温着做爱时的感觉。雨樱闭上眼睛，无声地享受。

"周六我们去爬山。"康杰说着，手却没有停下来。

爬山？雨樱睁开眼睛。一年多了，这是她和康杰从来没有过的事情。她不由转过身，看康杰。

"怎么？不想去？"康杰眉毛上扬，好像在说：不会吧？

"不是，太惊喜了。不怕别人看到？"

"去石柳沟，山上有农家乐，我们住下，第二天回来。"康杰没有理会雨樱的问话。

"那你怎么跟家里人说？"雨樱替康杰担心。这出去两天，自己好说，可以把孩子交给母亲，轻描淡写地说一说去哪里就可以了，她知道丈夫不会深究。康杰不同，他的家庭应该是和睦的，这是从平时与康杰偶尔谈到家庭时感知的。

"她去旅游了，得一个星期。我们周六爬山，周日晚上回家，应该没有问题。"

听康杰这么一说，雨樱兴奋地搂紧了康杰，她和康杰之间几乎都是夜生活，从来没有一起游玩过。这下好了，这两天时间里，她终于可以完全拥有康杰，像爱人似的和康杰牵手了。

周六早上八点，雨樱背着乳白色的双肩小包，准时出现在相约地点。

石柳沟的沟口处，初秋的晨风清爽怡人，街上行人不多，也许是周末吧。康杰还没来。如她所愿，周五晚上孩子送到了母亲那儿，对丈夫说要和同学去爬山，丈夫没说什么。那副无所谓的表情，雨樱早已料到。

正当雨樱回头张望时，康杰迎面走来。他穿一身灰色西服，里面是白色衬衫，一个黑色旅行包斜挎在右肩，英俊洒脱，只是包有点鼓，想必备了零食和饮品吧。他说一切由他准备，雨樱不必操心。雨樱只带了简单的物品，比如梳子、小镜子一类的，这是女人出门的必需品。

"来了。"雨樱问话，愉快表现在脸上。

"我还以为我早呢。"康杰说。

"给自己找理由吧。"雨樱说。

"走吧，去吃牛肉面。"康杰说。

"好。"雨樱答应。附近有家牛肉面馆，有客人进出，雨樱和康杰走了进去。

牛肉面是兰州特色，也是兰州人喜欢吃的早餐，清香扑鼻，滑润爽口。

饭后，雨樱和康杰坐上了去往石柳沟的出租，准备在山脚下车，然后登山。

出租车驶进石柳沟，道路两旁的房屋树木飞也似的掠过。雨樱和康杰紧挨一起，她的手被康杰紧握着。雨樱感到从没有过的幸福。晨风作证，清新的空气作证，她的爱情在比翼中双飞。

车辆很快到了山脚下，雨樱和康杰拐向了右侧崎岖的山路。高山险峻，让人仰望，深山幽谷，如大海的胸怀能容纳百川。树木密集茂盛，一些泛黄的秋叶点缀其中，斑斓美丽。山路碎石裸露，小草悠然，不知名的小花偶尔挤来，向他们探脑袋。很明显，这条小路很少有人行走。

"太美了！"雨樱连声赞叹。她很早就知道这里，只是没来过。今天，若不是康杰相邀，她根本欣赏不到这么美丽的景色。她沉醉地瞧向康杰。此时的康杰正看着雨樱，也许他没有想到身处山间小路，雨樱竟也是这么迷人。因为要爬山，雨樱穿了一套红色运动服，由于雨樱皮肤白皙，红白搭配更是娇媚动人，康杰也被迷住了。他拉过雨樱，吻了起来。阳光灼人地洒向大地，今天是艳阳高照的好天气。

"走路还这样。"长吻过后，雨樱推开康杰，撒娇埋怨。

"情不自禁啊。"康杰含笑牵起雨樱的手，继续上山。上至不远，他们走进了密枝幽林。

"从这里可以上到山顶，我们就当探险了。"说着康杰从他的旅行包里取出一瓶营养快线，打开后递给雨樱，自己拿出一瓶王老吉。

康杰对雨樱的体贴，雨樱看在眼里，她做着幸福的女人。

短暂休息后，他们踩着一条隐约可见的小路上山。枝丫纵横，青草滑脚，时不时还伴有石块，甚是难走。不过有康杰在前面开路，雨樱也就不觉得有多艰难。爱情的力量支撑着她毫不畏惧地向山顶爬去。

秋风习习，丛林茂密，灿烂于枝头的密集果实，不时地笑迎雨樱。雨樱忍不住伸手摘来品尝，陶醉在小时候吃野果的快乐中。她也不时地给康杰的口中送入，眉目传情，康杰和她分享着喜悦，两人山上的疲惫不翼而飞。

"终于到山顶了。我们胜利了！"雨樱像孩子似的欢呼起来。遥望去，远山苍茫，天地真辽阔啊。

"哎——"康杰大声叫喊，悠远的回音从远处传来。雨樱激动不已，学着康杰的样子也大声叫喊。雨樱太兴奋了，为了康杰，她见到的一切事物都是美的，都是值得大呼小叫的。而她，在实际生活中从没这样外露过，爱情真会改变一个人。

"看那高塔！"雨樱尖叫，一尊直向云霄的尖塔耸立在山顶，威严而壮观。

"这座塔建立一百多年了，曾有部队驻扎这里，保卫村民。现在人们安居乐业，部队也就撤离了，只留下空落的营寨由村民打扫看守。"康杰向雨樱介绍。他面向尖塔，面目肃然，雨樱不觉仰望。塔是这里较大的建筑物，也是大山深处历史的见证，相信每一位来这里的游人都会肃然起敬。

"再过一个山头，有一处草甸子，我们在那里休息。现在要过铁索桥了。"康杰说着拉起雨樱的手，快步走向铁索桥。其实，这是蜿蜒于山上的一条崎岖小路，如一条铁链环绕于山的腰际，比上山的路难走，稍不留神就会跌落谷底。谷中枝繁叶茂，深不见底。雨樱紧抓康杰的手，屏息前行。

"别紧张，没那么危险。"康杰安慰雨樱。

"没有紧张，就是有点害怕。"雨樱说。不曾走过这么陡峭的山路，万一不留神，可就……雨樱不敢再想，紧抓康杰的手，小心前行。

"只要把脚踩实，保持平和心态，就可以安全穿行。再说有我在，怕什么。"康杰在前面给雨樱开路，犹如上山时。

是啊，康杰在，怕什么，康杰就是她的保护神。这样一想，雨樱不害怕了。爱情的力量真伟大，有了爱情，连死都不怕。雨樱坦然穿行于崎岖小路。

康杰说的草甸子到了，大片紫色的小花开满山头，在秋风的吹拂下，如同波浪翻涌。

雨樱松开康杰的手欣喜地蹲下去说："实在是太美了，这么多小花，好久没见到了。"雨樱忘情地陶醉在花海中。

"这么美的地方适合做什么？"康杰说着把旅行包从肩头取下，并从旅行包里拿出一块银色的油布铺在草滩上。

"你想得可真周到！"雨樱回头看康杰连休息时用的油布都带上了，赞叹康杰的细心。她顺势坐上去，把双肩小包取下来。上山累了，雨樱索性伸展双腿躺了下来。阳光暖暖地照在身上，好舒服！当她享受这份惬意时，她看到康杰蹲在一边笑看她。她想起刚才康杰说的话，就微眯着眼问："适合做什么？"

"你说呢？"康杰似笑非笑，也坐在了油布上，眼神扫向雨樱的身体。躺在油布上的雨樱，宛如红色蝴蝶落在了绿丛。

看到康杰扫在自己身上的眼神，雨樱的脸泛红了，她知道康杰要做什么。她要坐起来。

"别起！"康杰忙制止，俯身压在了雨樱身上。

"会有人的。"雨樱忙说。虽然路上不见一人，可她担心这山峦地带会有其他游人。

"不会有人。"康杰竟是这么肯定，

他不顾雨樱的反抗，对雨樱热烈地爱抚起来。

雨樱哪里受得了康杰的爱抚啊，禁不住呻吟起来。康杰的爱抚挑起了她的情欲。也好，在这么美的地方接受康杰的爱，不也很美吗？雨樱的胸脯如同微波起伏，搂紧了康杰，宛如枝蔓和康杰缠绕在一起。雨樱想要了。她不明白，身体只要与康杰黏在一起，那种欲望就会倏然袭来。康杰自是明白，他想要的就是这个结果。他的爱抚愈热烈，欲火也愈加燃烧得旺盛。雨樱身下的油布如浪涌起伏又退下，她的呻吟此起彼伏。天空中鸟儿鸣叫着飞过，许是为这别样的风景而诧异。康杰的呻吟不加克制，也许，在这荒山之中，他想回归原始，让幸福的声音穿透时空，遍布山谷。

烟云消散，雨樱和康杰瘫软在油布上。他们身边大片小花被挤压得面目全非。雨樱依偎在康杰怀里，享受着做爱后的幸福。

山野寂静，清风吹拂，阳光微笑着，仿佛一切在情理之中。而那些摇曳于风中的紫色小花仿佛无比欣然，爱情竟是这么美好！

一首舒缓的轻音乐响起，康杰的电话响了。他抽出搂着雨樱的胳膊，从西服口袋里摸出手机，一丝不易察觉的皱眉后，接起了电话。

也该起来了，这样想着雨樱起身穿衣。同时，她也是有意离开康杰，任何时候，只要有康杰的电话，雨樱都会有意避开，给康杰空间，也给自己留一份尊严。

"什么，脚扭伤了。要回来，那好，我去接你。"康杰的神态急速地变化。他看向雨樱。雨樱背对着康杰，但她的心紧缩了一下。应该是康杰的妻子，在外出旅游中扭伤脚，提前回来。那么，她和康杰的旅行，去农家乐住一宿的计划不就夭折了吗？

"要回去了，她脚扭伤提前回来，我得去车站接她。"康杰挂完电话，看都不看雨樱一眼就穿衣服。

果然如此，雨樱猜得没错，只是康杰的迫切让雨樱有点不悦，这无形中证明康杰的妻子比雨樱重要，他可以不管雨樱，但不能不管妻子。雨樱穿好衣服，从背包里取出牛角小梳子梳理头发。

"怎么？不高兴了？"康杰想到了自己的失态，套上西服，搂住了雨樱。雨樱继续梳头，飘起的长发在风中有点忧伤。

"没有。"雨樱否认，但她的眼睛不会说谎。

"对不起，事情发生了变化，以后有机会再出来玩。"康杰满怀歉意。

雨樱没说什么，她推开康杰，将长发绾了起来，把小梳子扔进小背包，双肩一套，背在了身上。康杰拉起油布，抖落上面沾上的尘土和青草，很快地折叠。

雨樱看着他那副着急的样子，更是不悦。无疑，在他妻子与自己之间，康杰更在乎他的妻子。雨樱转身往回返。

"等一下啊，别不高兴，好不好？没有想到会出现这种事情。"康杰把折叠好的油布塞进旅行包，挎在肩上，紧走几步，拉住了雨樱。

"没有啊，这不是要回去吗？"雨樱不想让康杰扫兴，扭过头，装出快乐的样子。康杰哪相信呢，但也不再言语。然而，回过头来的雨樱，心痛了起来。倘若现在她的脚扭伤了，他会紧张吗？

有时候有些事情就是这么巧合，雨樱这么想的时候，她脚下猛然一滑，禁不住一声尖叫。

"小心！"康杰连忙扶着她。康杰的惊吓超出了雨樱的想象。雨樱唇角动了动，想说什么，却什么也没说。雨樱知足了，还能要求什么？自己不过是康杰的情人，在情人与妻子之间选择中，答案永远是妻子。

回到市里时，下午四点。康杰去火车站接妻子，雨樱回家了。

现在唯有家才能缓解雨樱的疲惫。

然而，当她回到家，家里冷冷清清，好像没人住一样，也许丈夫又去打麻将了。雨樱不免凄凉，自己约会情人，丈夫打麻将，儿子送给老人照看，这算什么家啊。她疲惫地躺在床上。她的脑海中不由出现了康杰还有他要去接的妻子，也许此刻，康杰的妻子正在康杰的怀里撒娇呢。雨樱不愿意继续想，她捂住了被子。

周日雨樱从母亲那里接回儿子，陪儿子去了游乐场。看着儿子骑木马，玩滑梯快乐的样子，雨樱后悔不经常带儿子出来。一年多来，为了和康杰幽会，总是把儿子托给母亲照看，好像儿子不是自己的一样。而真正的幸福又是什么呢？雨樱沉思着。

公园内时不时地传出孩子们快乐的笑声。

康杰一整天没来电话。

新一周的工作千篇一律地重复。

周三了，康杰还没有来电话。雨樱在忙碌的工作中忘记了康杰，但是当停下来歇息时，对康杰的思念不请自来。不知道康杰妻子的脚怎么样了？为什么康杰一个电话也不来？难道就连打电话的时间也没有？以前，几乎每天都接到康杰的电话或是短信。而康杰妻子的脚伤，竟然改变了这一切。雨樱很想打电话过去，但她忍住了，康杰不打来，她凭什么打过去，是他康杰打过来才对，雨樱在心里反复较劲。

"在我的怀里，那里春风沉醉，那里绿草如茵……"放在桌上的电话响了，是康杰打来的。雨樱急忙放下手中的笔，接着，那首醉人的歌曲《贝加尔湖》戛然而止。

"对不起，电话打晚了。她脚伤比较严重，没顾上给你电话。"康杰在电话中不无歉意地解释。刚接起电话时，雨樱已经不生康杰的气了，可听到他最后一句"没顾上给你电话"时，生起气来。为了伺候妻子，给她打电话的时间都没有。她憋着气不吭声。

"我现在抽不出时间，过两天再给你电话。"说完，没等雨樱说什么，康杰就挂了电话。雨樱的眼眶湿润了。康杰为了照顾他的妻子，连和她多说几句话的时间都没有，哪顾及她的情绪，她在康杰眼里算什么？雨樱望向窗外，秋风中，飘零的落叶翻飞着，她将快要溢出的泪水憋了回去。

一晃第二周要过去了，周五下午，雨樱接到了康杰的电话。

"晚上见面好吗？还是那家酒店。七点准时到，我买晚餐。"康杰一口气把话说完，好像不给雨樱拒绝的时间。

不，我没有时间，我有安排，雨樱很想这样说，说出口的却是："好。"

雨樱能感觉到电话那头康杰的兴奋，雨樱不再说什么。她知道无法抗拒康杰。她准时赴约了。

酒店走廊，寂静无声，雨樱尽量不

让自己的高跟鞋踩得脆响。可是短短的走廊，怎么那么漫长！终于到门口了，还没有等雨樱敲门，门已悄然拉开。康杰帅气的脸庞微笑而来，雨樱一闪而进。与往昔一样，雨樱还没站稳，已在康杰的怀抱里。雨樱推开康杰，自顾自地往里走，棕色条形电视桌上摆满了康杰买的食品，鸡翅、鸭脖、牛肉干、水果、红酒，很是丰盛。

"真想你。"康杰说着，拥吻雨樱。

雨樱闪开了。

"怎么，生气了？对不起，冷落你了。"康杰的表情无比真诚。

一声"冷落"让雨樱所有的怨气不翼而飞，也许爱情要的就是这份人心。雨樱的目光中闪出泪花。

"看你，都是我不好，以后不会了，我保证。"康杰为雨樱擦拭，温柔有加。

其实对于康杰，雨樱可以忍一时之气，但没办法忍耐长久，如同这几天，没见到康杰，埋怨着却又无法阻止思念。感情真是莫名其妙。

也许有段时间不见，两人没有爱抚多久，就无法控制地缠绵在一起。摆放在桌上的美味佳肴好像受到了冷落，寂静无声。深红色的落地窗帘悄无声息，仿佛是忠实的奴仆，只管站好它的岗位。

好像什么事情都没有发生，其实一切都已发生过了。雨樱和康杰围桌就餐。欢悦后让他俩吃得有滋有味。雨樱忘记了先前对康杰的不满，一如往昔般娇嗔，享受康杰对她的温柔体贴。康杰给雨樱的酒杯倒满红酒，送到雨樱面前。

雨樱要康杰喂她喝。

"好。"康杰答应着，却将红酒送入自己的口中，雨樱诧异地抬头，康杰及时吻住了雨樱，一股香甜的红酒流入雨樱口中，雨樱慌忙吮吸，无形中，她的嘴唇与康杰的吮吸在了一起。

"甜蜜吧？"康杰耳语。雨樱醉了似的模样宛如桃花。

康杰凝望着，品味着，秀色可餐，果真是这样。

"你妻子……脚……好了吧？"分别之际，雨樱还是问了不想问的事情。她不想在康杰面前提起他的妻子，也许是出于羡慕嫉妒恨吧。

"好了，没有大的问题。"

周日下午，雨樱送儿子去了绘画班，闲来无事去逛附近的商场，顺便看一看有没有喜欢的衣服，秋凉了，该为自己添置件秋衣了，也好下次见康杰时穿上。一想起康杰欣赏自己的眼神，雨樱的幸福溢满眼眶。女人为悦己者容，她也不例外。

正当她转悠于五彩斑斓的衣服展台时，听见一个女人在砍价："三千，就可以了，这衣服也就值这么多。"雨樱扭头，康杰！她差点叫出声来。

康杰站在那女人旁边。

"好吧，你也真会讲价，这衣服是上档次的衣服，我最低卖三千五百元呢。算了，赔本卖给你了。"年轻的女老板唠叨着，很不情愿地把一件咖色长衫装在了提兜里。那女人示意康杰给钱。康杰从手提包里掏出一沓钱，数了数，递给了老板娘。不巧，看到了雨樱，他略显尴尬，但很快恢复了镇定。

"老公，这衣服款式不错，穿出来应该很好。"

分明是康杰的妻子，挽起康杰的胳膊边走边比画着。康杰回头看雨樱。雨樱站在原地没有挪动脚步。

"看什么,走啊!"康杰的妻子回头,也许是什么也没有看到,挽着康杰的胳膊继续向前走。

雨樱站在那儿,脸颊发烧,四肢无力。她第一次看见康杰的妻子,没想到他的妻子那么漂亮又那么有气质。和她比起来,自己就是灰姑娘。再看康杰,对妻子百依百顺,温存体贴。她的眼前出现了康杰和他妻子缠绵温存的画面。

哦,不!雨樱摇头,努力让自己清醒。宽敞明亮的商场,大多数都是爱人或恋人相伴前来,那份卿卿我我真让人羡慕,再看,康杰夫妇,已不见踪影。雨樱将目光落在了一件长衫上,标价三千,这有点贵的价格,谁给自己埋单?雨樱自嘲着走过。

这天夜里,雨樱彻夜未眠,在漆黑中不断质问自己:自己究竟在做什么?想要得到什么?

情人的世界是见不得光的。与康杰幽会一年多,康杰从没有陪自己逛过商场,也没给自己买过衣服,当然康杰曾给钱让雨樱自己去买,可雨樱坚决不要,她认为与康杰的爱情不能夹杂金钱,不然会亵渎他们爱情的纯洁。雨樱想起了康杰妻子幸福的笑容,想起了康杰看妻子的眼神,那种说不出的眼神是作为情人的她无法碰触到的。雨樱回味着康杰的眼神,温存体贴是有,但这背后是满满的情欲,灼灼的欲火。她和康杰的每次见面不就是欲火的燃烧吗?除此之外,还有什么?除了在餐厅吃饭,大部分时间都是在酒店旅馆度过。

他们之间会有什么?康杰爱自己吗?雨樱忽然这样发问。之前,雨樱也问过自己,康杰爱她吗?她毫不怀疑。可是,今天却怀疑起来。自己爱康杰吗?当然,她对康杰的爱也是真的,可是,倘若丈夫与她彼此互爱,倘若她有一个幸福的家庭,她会被康杰吸引并与之幽会偷情吗?倘若自己爱康杰,那为何从没有想过离婚,与康杰喜结连理呢?当然孩子、家庭是一方面,可真正的爱情不是不顾一切吗?难道……不,雨樱痛苦地摇头,她不想承认现实,不想让自己与康杰的爱情陷入龌龊境地,可又该如何解释?她痛苦地闭上眼睛,任无声的黑夜嘲笑般冷视。

雨樱和往常一样工作,进账出账,丝毫不敢马虎。她清楚地知道,不能让感情影响工作。康杰的电话打来,她没有接,短信也没有回,该冷静地想一想了。

一天清晨,打款后雨樱走过一家复印排版店,忽然一阵恶心,这是怎么了?店门口喷绘的气味再难闻,也不至于到呕吐的境地吧?除非……雨樱吓得心惊肉跳。她急忙在附近私家诊所买了试纸去测,忐忑不安中,试纸呈现阳性。雨樱像遭人当头一棒,差点晕倒,怎么会呢?每次都是小心的,怎么会发生这种事呢?她努力地回忆,对,那次爬山,在那个草甸子,由于太过于激动,她忘了嘱咐康杰。康杰也在激情中把这忘了,事后,雨樱还责怪康杰呢。她那时就隐约不安,没有想到果真出了问题。

她不假思索地拨电话给康杰。

"什么?你别担心,再看看,这种测试不一定准确。"康杰在电话那头好像也很慌乱,却镇定地安慰雨樱。雨樱知道不会有错,这两天例假没来,加上如此大的反应,毫无疑问了。

"想见你。"此刻,雨樱只想见到康杰,让康杰抱紧自己,仿佛这样就可以改变事实，先前对康杰的冷淡早已不知去向。

晚上八点，他们准时相见于那家熟悉的新华酒店。

"不会有事的。"康杰抚摸着雨樱的秀发说。

"该怎么办啊？"雨樱反复地问，她的担忧在恐惧中生长。

"倘若真这样，那就做了。"

"说得这么简单？"雨樱瞪了康杰。

"还有其他办法吗？"

是，没有其他办法，又不能生下来，雨樱痛苦无奈。

"别害怕，现在都是无痛人流，做了人不受罪，休息几天就可以上班。"康杰安慰雨樱。雨樱依偎在康杰的怀里忐忑不安。

怎么会呢？毕竟要从体内拿掉一个孩子，人怎么不受罪。况且那是无辜的生命，怎么说做就做了呢。雨樱心痛难耐，她搂紧了康杰。

"对不起，都是我不好，害你成这样。"康杰责怪自己。雨樱告诉过康杰她和丈夫不再同床。因此，这份责任理应康杰担当。雨樱没有说话，已经成这样了，责怪康杰有什么用呢。

康杰见雨樱不说话，搂紧雨樱吻了起来。雨樱知道康杰想要了。

"这个时候了，还这样。"她推开了康杰。

"那要怎样？你说。"康杰发怵地站在雨樱面前。

"对不起，我只是怕。"雨樱搂住了康杰。难道要康杰和自己一样焦灼不安，一起悲叹，甚至抱头痛哭吗？

"不怕，或许没有那回事呢，再等几天。"康杰怀着侥幸说。

雨樱知道不会错，不过她没再说什么，她不想加重康杰的负担。

康杰的吻又开始滑落，如鸟的羽翅，从雨樱的脸颊到脖颈，雨樱呻吟了起来。康杰懂得如何挑起雨樱的欲望之弦，他抱住雨樱走向床边。

一次无拘无束的浪潮开始翻滚，雨樱和康杰缠绵在汪洋中。雨樱不再提心吊胆怕受孕，既然已经这样，那就彻底放开，让自己享受前所未有的欢悦，也许只有这么一次了。

灯光一直亮着，好似情不自禁地融入这缠绵的销魂中，忘了它应该回避。电视画面载歌载舞，仿佛庆祝什么节日，只是没有声音，不知何时被康杰摁成了静音。战声如雷，硝烟散尽，雨樱和康杰疲惫地躺下，下半身缠绕在一起，如同连理枝，却露着缝隙。

三天后，雨樱再度测试，结果一样，例假照旧没来。她打电话给康杰，说要去医院。她的神情沮丧到了极点，甚至是慌乱和恐惧。曾经和丈夫一起时，不小心怀上，她做过一次，那种撕心裂肺的疼痛让人后怕。因此，她对做人流产生了非常强烈的恐惧。如今，虽是无痛人流，但是听说麻醉剂注入过量，有可能醒不过来，有过这种先例，谁又能保证不发生在自己身上呢。她恐惧万分，需要有人陪同，当然是康杰，他理应担当这份责任。可是，他会来吗？

"可不可以陪我去医院？"雨樱犹豫着开了口。

"我陪你去万一让人看见了怎么办？"康杰直言。

是，若康杰陪她去医院，就是不打自招，人多眼杂，谁能保证哪个角落没有认识的人呢。雨樱默默地将电话挂了。

康杰的电话又打过来，雨樱没接，既然不能去，接了有什么用！在她最需要康杰的时候，康杰却不能陪在身边。做情人好悲哀，倘若是夫妻，会怕见光吗？她会一个人承受这份恐惧吗？秋风不知何时吹来，雨樱凭窗凝望，这个季节好凄凉。

"家属呢？"医院穿白大褂的妇科医生问雨樱。

"前两天出差了。"雨樱红着脸，有一种想钻进地缝的感觉。

"也不小心，这么大的人了。"医生不知是责备还是怜惜，又说，"不过没事，打了麻醉药后，一觉醒来就结束了。"

这恰恰是雨樱恐惧的。万一醒不来呢？她想起来医院之前，好像诀别一样，把房屋收拾整齐，把存折放在抽屉，然后在旁边写上密码。那是她的存折，丈夫不知道，若没有这样的事情，她的抽屉是锁着的。五岁的儿子在她旁边玩耍转悠，她抱过来亲了又亲，说不出的心痛与难舍。虽然与丈夫很少说话，但在最后的晚餐上，她还是和丈夫有意无意地说了许多，大致意思是要丈夫改变对孩子的教育方式，好好拉扯孩子，孩子是雨樱最大的牵挂。但丈夫一声不吭地吃饭，面无表情。尽管这样，雨樱还是想对丈夫说几句要照顾好自己的话。夫妻一场，即便没有爱情，也有亲情。可是最终只说了一句："倘若哪一天我不在了，你怎么过？"

"你不在，我照样过。"

是，自己不在，他照样过，还担心什么。雨樱如同交代后事般，给妈妈去了电话，哽咽中，什么话也说不出口。此时她才感到欠妈妈的太多太多，只是今生来不及回报了。她给唯一的弟弟打电话，好想永远留住那亲切的话语声。可是，能吗？还能再次听到吗？倘若生命重来，她绝不会再轻贱自己。她仿佛听到了儿子的哭泣，看见妈妈老泪纵横，亲戚朋友们的责怨，一向漠然的丈夫沉默不语，表情沉重。

雨樱走向手术台，知道必须为自己的轻狂行为付出代价，只是，倘若真是一睡不醒，这惩罚未免太重了。

别了，美好的世界；别了，我可怜的母亲和孩子；别了，我的亲戚朋友；别了，冷漠的丈夫。雨樱感受着麻醉药慢慢注入体内。她在向所爱的一切道别，唯独没有想起康杰。

医院病房内，床榻上的雨樱沉沉地睡着，吊瓶内黄色液体流入体内，仿佛在呼唤着雨樱醒过来，醒过来呀。秋日的晨光照进房间，欣喜地迎接着崭新的一天。年轻的护士不时地过来看病人，再查看一下吊瓶中的液体。

雨樱脸色苍白，她慢慢地睁开眼睛，多么明亮温暖的世界啊，她搜索着记忆。

这是在哪里？哪里啊？阳光这般美好。哦，醒过来了，醒过来了，生命没有失去，自己还活着。感谢上苍的眷顾，感谢生命的重生。

床头手机响了，还是那首醉人的《贝加尔湖》。雨樱扭过虚弱的身子，抬眼望去，是康杰打来的。

看着这熟悉的为之疯狂过的名字，雨樱伸出手指，删掉了。

伍公子书梦

李嘉林

话说古人云：人定亥。亥时则人定，人定则入梦。无梦者少，有梦者多。梦中百态，或感情伤意，或贫苦潦倒，或财运亨通，或穷途无路，或金榜题名云云，真假不论，而非常事。东周有大贤，姓庄，名周，字子休，宋国蒙城人，号曰庄子。一日入梦，化蝶而飞，逍遥自在。及梦醒，回想梦中所闻所见，不禁叹曰："庄周梦而为蝶乎？蝶梦而为庄周乎？虚虚实实，吾将何往邪？"然哉！小子更闻一事，乃余至交伍公子所亲历也，虽不及庄周梦蝶之光怪陆离，而玄妙之处，时人以为惊奇。有诗为证：

凡人梦醒多回味，未想俗尘是或非。

劝君莫讽庄周梦，虚虚实实两惘然。

余生于三湾庄，少学于私塾，同窗几人交好，而以伍公子为余之至交，以兄弟称。余十八岁随族迁居异地，自此虽书信来往不绝，而未见其人，已然五载，甚是想念。忽有一日，书信来，言简意赅，仅八字而已，"有事相问，愚兄就来"，余心骇之。三日后，伍公子单骑来，略有恍惚意，入室就座，曰："君可知人俯仰一世，转瞬而已，不如惜今……"又俯首啜茶良久，方说出这段异事。

昔日，距今正值三载，余迁居异地后，先生因恙还归故里，而另请的先生久久未有消息，或待长久商议。是故伍公子及一帮同窗兄弟无人拘束，内则温习功课操童子业，外则出围打猎。既无家事缠身，亦无饥寒之苦，甚是逍遥自在。另者，伍公子好玉之美且奇者。若遇此类，则一掷千金。书斋四壁另设大橱三架，置玉以供观赏。

昔者，伍公子游于市集，忽见一摊，摊主一老者，摊上无他，玉也。细细览之，其玉之异，似非中原所产，或怪状，或奇彩，或通透似无形，或极黑似无光，往来行者，无不注目而视，莫不兴致盎然。伍公子怪之，问老者。老者自言皆非中原物，乃其奔走数十载，于北冥、南洋、东海、西漠四处寻得。既得，周游九州数十载，每逢乡镇，辄开摊位。老者说来也怪，不曾叫卖，等有缘之人，遇之则拱手奉上，不收半文钱。伍公子闻，傲气稍显，自觉才高不凡，必与奇石有缘，便问老者："敢问老丈人，何谓有缘，又何谓无缘？若是小子，还请老丈鉴定一二。"老者笑道："小朋友果然有缘，不知看中哪颗宝贝，老夫自当拱手奉上。"又道："只是老夫有事相求，所得奇石，还请好生保管，勿予人，勿炫耀，勿沾污，勿缺失，若可承诺与我，方可奉上。"伍公子闻言，笑曰："这个自然简单，如此珍奇异宝，自然好生护着，再说，财不露白，更无炫耀之理。"老者领首："既然如此，请选玉。"伍公子左挑右选，这个形妙，这个色美，正相持不下，却惊觉一玉，一见钟情。此玉扁圆状，内外通透，外圈呈亮黄色，内有绛红点缀其中，细细察之，似满天星辰，再细观之，更觉绛红闪烁，震撼之余，不禁感慨天工造物。有诗为证：

身披黄褂帝尊命，体蕴红芒仙缈灵。

天工造物为何竟，梦还归梦当自清。

数日后，伍公子房中读书，抬头遍观藏玉，心满意足，尤爱老者所赠，把玩不停，而转念一想，叹曰："纵美玉满堂，却无佳人相伴，苦也；纵有佳人美玉，却无仙家乐趣可知，苦也。苦中又苦，不若大梦一场图个乐子，也不枉一天劳累。"书读至深情处，不觉日已西沉，遂神情疲惫，趴在桌头，沉沉睡去。

不知过了多少个时辰，被丫鬟叫醒："少爷，老爷有要事，正在正厅，请少爷速往。"伍公子惧其父甚，恐责备，慌张赶入正厅。其父正襟危坐，道："我儿，如今你已弱冠，该成家立业了。俗话说：'男大当婚，女大当嫁'，此事耽误不得。我已托媒说得李员外家李小姐，你俩青梅竹马，自小亲近，也是有缘。再者，咱伍家虽非地方名门望族，非万贯之家，但尚存几分家业，家中大小事务，悉数传与你，打理整备，需多多上心才是。"

伍公子左思右想，暗自忖度："我本待学成之后，金榜题名，光宗耀祖，可怎知老父竟早做打算，全然不顾我所想所念，这可如何是好？不如远走高飞！不过这李小姐究竟何许人物，我又何来青梅竹马？唉，管他作甚！兵书有云：'三十六计，走为上计'，走罢，走罢！"诸位看官，这读书人平日里斯斯文文，出口成章，待得紧要之时，也是天不怕地不怕，老天第一，老子第二。

伍公子是个骑马打猎能文能武之辈，稍带行李，揣上老者所赠之玉，从后院马厩牵出骏马，翻身而上，像飞一样，疾驰而去。不料，此马乃是大宛国上好良马，世人所谓"日行千里，夜行八百"者也，脚力极快，早就把三湾庄甩到爪哇国去了。奈何伍公子心慌意乱，兼有荒唐心思荒唐事，哪里管得身处何乡何郡，又是何庄何湾，恨不得跑到那南洋诸国、东洋倭岛。及察觉景象似未曾见得，已是日落西山，群鸟归林之时。

伍公子大惊失色，惶恐不安："此地荒山野岭，并无人家，更无庙宇，若遇剪径绿林，吊睛大虫，岂不是冤家到了？而人马俱疲，错入歧路，无回头之法，如何是好？"不料，大风卷起，黄风狂乱迷人眼，欲绝天下行路郎。大风之后，伍公子回过神来，定睛一看，竟是一只白额吊睛大虫，凶煞无比，有诗为证：

山林吼啸震天地，遍走神州威风随。

西天星宿经我手，千金万形由我辖。

这大虫见其浑身发抖，作逃命状，知是到嘴肉食，遂扑将上来。伍公子涕泪不止："这可如何是好？唯神仙相救耳。而世上何来神仙？纵有，证菩提者游山玩水，不在三界中，跳出五行外，我又哪来的缘分！想来是命中注定，当绝于此。"话音刚落，只闻空中一声怒喝："何方孽畜，胆敢在我仙家地界伤人性命！岂不知我等规矩，速速退下，方有一线生机！"不想，这大虫不敢迟疑，颤颤而逃。伍公子循声望去，只见祥云氤氲，仙气弥漫，彩云之上，竟是一地仙，好不气派，有诗为证：

履川踏虹腾云雾，炼银点金变玑珠。

非恋仙家长生法，只冀不拘三界中。

伍公子回过神来，知是真仙相助，转身下拜："谢仙长救命之恩，仙长就是小生重生父母，再造之恩，断不敢忘。敢问仙长是何处仙山，何处名府，又是何仙号，待小生回家，即刻上报父母，为仙长修身塑像，供奉香火。"这地仙微微一笑，答道："公子客气，贫道道号淋漓山人，偶经此地，上天有好生之德，怎可见死不救？此地乃是幕瞳仙境，若是凡人误入，终生不得出，汝误入此地，怕是无法。此番事端，也是汝与吾有缘，不如拜吾为师，修得仙术，不入五行中，跳出三界外，游遍名山大川，抛却七情六欲，闻菩提无上法门，证真君至尊仙术，岂不乐乎？"伍公子转念想："如此好事，何处寻得，莫不是有诈？虽然，若仙长有邪念，出手便好，又何必多言？罢，不如跟随仙长，亦上上之选。"旋即拜了仙长为师，修习仙术。

《庄子》有言："人生天地之间，若白驹之过隙，忽然而已。"此言得之，凡夫俗子如此，无论仙家修道之人。话说自伍公子随淋漓山人修行，已然数十载，其中艰难苦楚，自不必说，辛苦之中，欣喜亦然。且伍公子天赋非常人所及，时同门师兄弟，无人可望其项背，唯有赞叹耳。短短二十载，便修得有成，深得淋漓山人所爱，隐有传位之意。一日，山人传唤伍公子，曰："汝乃吾门下天纵之才，同门师兄弟中无出汝之右，明日武当山地仙相聚，吾有意携汝赴会，不知汝意下如何？"公子听闻，大喜，翻身拜倒在地："谢师傅提拔，弟子愿往。"

次日，师徒二人动身前往武当，腾云驾雾，御风而行，师徒二人一路鸟瞰神州大地，真可谓"风自耳边过，情由心底生"，好生令人羡慕：名山高峻挺拔者，无非土丘而已；大川滔滔不绝者，无非细流而已；幽谷深不见底者，无非浅沟而已；瀑练巨响如雷者，无非虫鸣也。此般境意，纵太白无酒，也要诗兴大发；纵子美有愁，也要长吟风骚；纵摩羯隐逸，也要出世抒怀。有诗为证：

名山幽谷亘伏起，大川瀑练穷所极。

远观总是浑然体，凡夫俗子未可知。

列子御风无可匹，旁人不解自在意。

莫讽仙家逍遥事，俯瞰山河君自知。

正在快意之时，见一片祥云迎面而来，山人微微一笑："小师妹，别来无恙。"祥云两边拨，竟是一个女子，仪表端庄，气质动人。山人曰："徒弟过来，见过李师叔，我二人本是你师祖幕瞳真人弟子，师祖传仙境于我，你师叔云游四方，道号酒剑悦天仙，是惊才艳艳之人。你我二人不如就此结伴同行，也可一叙。"公子见礼毕，见师叔气质，果然非凡，有诗为证：

人初本无气质谈，全凭后天辨仙凡。

凡夫恃书傲万物，怎知仙家意自然。

二位仙长交谈甚欢，山人突然说道："徒弟你看，那是何处。"伍公子以神术视之，大惊，正是三湾庄。再细细观之，却是自己俗世家中，房屋已破落不堪，父母二人正在自己坟头烧纸纪念，大哭不已，所谓"白发人送黑发人"之痛，区区数十载，怎生能去。又见昔时同窗弟兄仕途皆有所成，衣锦还乡，继承家业，子孙满堂，坐享天伦之乐，相较之下，好生不忍。伍公子欲哭无泪，心想："昔日若非一时冲动，纵有师傅搭救，又蒙传授仙术，而置生身父母于不顾之地，乃有今天这般下场，不孝之人，有何脸面存于世……"念头刚落，山人说道："既有悔意，说明汝尘缘未了，罢了罢了。"两位仙长仰天大笑，口中念叨咒语，公子大惊失色，似此高空，岂不粉身碎骨？只觉脚下一空，掉落下去。

伍公子模糊之中，自觉平躺在地，身边有哭声，好生奇怪："莫不是进了地府，与父母相遇？"待到双眼大张，只见父母皆在身旁，问起缘由。

父亲答道："自你进书房读书，不见动静，丫鬟叫你用饭，你昏倒不起，请了四方医生都不见效。只是你脉搏微弱，一息尚存，故整日守候，以期有复苏之日。"

伍公子心下忖度："这么说来，迷失荒野，拜师修仙，武当赴会，半空坠落云云，皆为镜中花，水中月。仕途志尚有望，父母恩尚可报，虽无仙家乐趣，也不失为乐事。"随即却从怀里掏出玉，心中大惊道："此玉梦中相随，却又在怀里，莫不是此玉通灵？"

父亲却说："今日醒来，也是大喜一件，为父本也为你说下了一门亲事，也算双喜临门，至于家事，等到汝科举事毕，再做道理。"

伍家乃大户人家，婚嫁之事打点周全，大宴宾客。有诗为证：

红彩满堂盛似火，欢笑震天响如雷。

可爱及笄作美玉，潇洒弱冠化蝶飞。

倾盆狂暴花却喜，细雨润物花亦欢。

洞房花烛春宵夜，过隙人生半满足。

却说这李小姐貌若天仙，却与梦中酒剑悦天仙有一二相似处。伍公子虽怪之，而以梦之虚缈，不以为意。夫妻相敬如宾，如此佳人相伴，也无怨言。

二旬之后，家人报有一老者求见，正是昔日赠玉之人，礼毕，伍公子问："敢问老丈，此玉究竟何物，自死而复生，小生愈觉玉之不凡，百思不得其解，求老丈发发善心，点拨我则个。"心下一二疑问，尽皆盘出。老者笑曰："公子不消多想，汝之择玉，亦玉之择汝。人玉本是互择，人既爱玉，则玉亦爱人，奇玉尤甚。若今后好生待它，公子自有好处……老夫不便多言，公子珍重，老夫去了。"老者大笑三声，话音未落，化作一场清风去了。伍公子知是高人，自此爱玉尤甚。

又是数十载，果不其然，伍公子状元及第，官运亨通，位至右丞相，扶持幼帝，显赫一时，霍光之流，尚不能及。兼有创太平盛世之举，世人无不称赞，坊间更有传"小伍皇"之名。另者，伍公子膝下三子，皆文武双全，成就非凡。子孙满堂，坐享天伦之乐。可谓"独占完人两全事，两代三朝久流芳"。有诗为证：

古来圣贤意气盛，只是愁绪多缠身。

若非奇遇长相伴，何处佳话论完人。

初春，正值伍公子七十大寿，亲朋好友，来往宾客，数以百计。伍府上下，好不热闹。更值春暖花开、姹紫嫣红之日，一众家眷在庭院赏花，流连忘返，不知不觉日落西山。伍公子寻李小姐不到，便入后庭花园，见李小姐孤身一人伫立，没落之意，油然而生。过了半响，李小姐缓缓开口："不知相公视夕阳为何物？"

伍公子言："夕阳美哉，只可惜'夕阳无限好，只是近黄昏'，转瞬之间，云消雾散，不知所踪，实为可惜。"

李小姐说："那人生之事，非此类乎？你我夫妻虽相敬如宾，可得百年好合，只是百年之间，如白驹过隙，忽然而已，无非一梦耳。"

伍公子言："何来一梦？百年虽短，也是经历万般，世态炎凉，酸甜苦辣，或悲或痛，或喜或欢，实实在在。况梦从心，非亥时人定而不生，如今虽太阴太阳交替，依旧亥时未到，哪来的梦？"

李小姐微微一笑，言："仙境拜师，云端坠地，梦邪？非邪？公子书房所叹人生苦短不得仙家乐趣，所叹无红颜知己常伴己身，梦邪？非邪？经此一生，人生乐事公子无一不享，无所不受，若真乃大梦一场，悲乎？"伍公子心头一震，大惊，略有所悟，略有所思。正在思索时，只听雷声轰鸣，伍公子瞬间不省人事。

伍公子抬头醒来，打量四周，却是书斋之中，叫来丫鬟，问得时间，不过睡了一个时辰罢了。自此之后，伍公子日有所思，夜有所想，茶饭不思，疲倦不觉，整日书也不读，纵然同窗一帮好友相约城外打猎，也索然无味。父母惊慌失措，请名医疗养，未曾见效，请道士驱妖，未见好转。于是商议遣几个下人，陪公子往百里之外木团山道观求神。传说木团山道观十分灵验，方圆百里善男信女皆有听闻，拜求者无论贫富贵贱，只需心诚便可。伍公子及一帮下人赶去，木团山长年雾气环绕，虚虚实实，缥缈若仙境。众人步步升阶，到大殿定睛一看，却把伍公子吓出一身冷汗：殿上供奉二神，正是梦中所遇淋漓山人与酒剑悦天仙。

问及道长，道长答曰："此二神道号来历也怪，据祖上传说，是五百年前道观祖师爷幕瞳真人烂醉之中道出的称呼，沿用至今。至于二神所司，也是祖师爷所说，'二神司梦'。今日若非公子提起，吾等几近忘却。"

伍公子神情复杂，只是不语，当即拜了两拜，转身去了。回家之后，便寻余而来，有了开篇的事端。

伍公子言毕，余二人皆沉默不语。余颇惊，非为异事之异，而为梦中之梦。世人以梦醒为实，以梦境为虚，倘若梦中再梦，似伍公子状，则何以为虚，何以为实？不可辨也。是故曰，梦亦虚亦实，"人生如梦"，然哉。如此想来，父母之亲、手足之情、同窗之谊、仕途之志、寒窗苦读、科举失利，至今种种酸甜苦辣、世态炎凉，无非一梦耳？由己及人，想自盘古开世，万物万象繁衍至今，人有秦皇汉武、唐宗宋祖，物有鸟语花香、星汉灿烂，无非一梦耳？悲怆凄凉之意，油然而生。细想伍公子所言，恍然有悟，成仙事、洞房事、再者于余交谈事，既不知梦邪非邪虚邪实邪，不如惜之。只愿阶前兰桂齐芳，堂上椿萱并茂，"幸甚至哉，歌以咏志。"

忽然，伍公子唤余，欲用纸墨笔砚，余急忙吩咐家人备好，只见伍公子笔走龙蛇，一诗跃然于纸：

本过亥时万梦生，惊现天地藏梦中。
随心所欲筑梦囝，未想凋散花梦琼。
一片痴情携梦永，莫恨鸡鸣散梦虹。
何苦扰扰寻梦往，天地众象一梦宗。

后几日，伍公子于余家暂住，每日闲坐相聊。观其神情，略有好转。再后几日，伍家有信，言公子婚事已定，请公子几日内速回，并附女子像。读罢，看女子样貌，霎时发颤不止，蜷成一团。余怪之，拾而看，亦大惊，画中女子相貌，与酒剑悦天仙竟无异处！

补　错

杨庆发

小梁村在扶贫攻坚工作中，逐步拆除了危房，村貌焕然一新。可是村中还剩一栋破旧的土房没有改造。虽然只是座危房，但看着很不舒服。

我是近日派到小梁村任驻村第一书记的。虽然对这个村的具体情况还不太了解，但知道还有一座危房没拆迁。我问村民组长："那座危房为什么没拆除？"

"走，咱们再去催催那老家伙！"村民组长语气张狂地说。

我说："他家是不是有困难？"

"如果他家是贫困户，别人家就成要饭的了。"村民组长咳了一口痰，又说，"他儿子是包工头，在外地施工，一年怎么的，也能整个百八十万。老两口在家种地，收入也行，现在是越有钱越哭穷！"

"真是什么人都有。"我说。

村民组长指了指土房前的那垛红砖说："你看，砖都备好了，就是不动工，这不是故意跟村里对着干吗。"

可能是我们说话声惊动了屋中的主人，我们还没进院，一个上了年纪的男人开了门，一瘸一拐地走出来。

村民组长说："怎么还不动工呢？第一书记来检查了。"

"不是检查，是看一看进度。"我说。

男人赔着笑说："等我的腿好一好就动工。"

"你的腿怎么了？"我问。

男人说："拉砖时驴毛了，驴车把我刮倒磕的。"

"你快点儿弄，别给咱们村抹黑。"村民组长说。

男人承诺地说："你放心，腿一好，我就动工。"

"希望我们下次来能看见新房。"村民组长说着转身走了。

我边走边问："他叫什么名字？"

"梁宇。"村民组长说。

我说："他腿不好，马上让他改建房子有些困难。"

"盖房子这活儿自己干不了，得雇人干，他舍不得花钱。"村民组长说。

虽然我觉得这件事有点不对劲，但是有些工作亟待我处理，整天忙得团团转，再没问梁宇改建房子的事。

有一天村民组长走进我的办公室说："梁宇的腿已经好了，他还没动工，你得出面整整这个老滑头。"

我想私下找群众了解这件事的情况。我去了几家村民走访。通过了解，我知道梁宇在十年前担任过小梁村的支部书记。由于他廉洁、正直，所以得罪了一些搞不正之风的人。那时村民组长因为参与赌博被梁宇处理了，为此村民组长对梁宇产生了怨恨。梁宇儿子的工地前不久发生了伤亡事故，梁宇儿子得赔偿死者一大笔钱，梁宇到处借钱帮助儿子。我了解这些情况后，去找梁宇了。

梁宇把我迎进屋，他老伴儿也在家。我环视屋内，屋内的摆设简陋，不像富裕人家的摆设。梁宇搓着双手，难为情地说："因为我翻盖房子的事儿，又麻烦你这第一书记了。"

"为什么不动工呢？"我问。

梁宇说："我把粮食卖了就动工。"

"你把那点儿粮食卖了，咱们吃啥？"他的老伴儿插言说。

梁宇听老伴儿这么说，急忙给老伴使眼色。

我说："你是当过村支书的，老百姓都知道有困难找政府，你有困难为什么不向村里反映呢？"

梁宇的老伴听我这么说，流出眼泪，哭了。

我没想到梁宇的老伴会哭。她这个年龄的人，如果不是遇到伤心事，是不会哭的。我安慰地说："别哭，有困难讲出来，政府会帮助解决的。"

"唉，本来我是不想给你们找麻烦的，所以一直瞒着大家……"梁宇讲述着家中近期发生的事。他说本来改建房子的钱早就准备好了，而且儿子说改建房子时他还带工人回来施工，没想到儿子的工地发生了伤亡事故。儿子是法人代表，得承担事故的全部责任，赔偿死者家属。可是儿子的钱不够赔偿，梁宇只好把改建房子的钱全部拿出来帮助儿子。他现在没有改建房子的钱，所以一直没动工。

我叮嘱梁宇不要卖掉口粮，村领导商量一下他的事，看怎么解决。

我回村部后，把梁宇家的事跟村主任说了。

村主任说："听人讲过老梁的儿子工地出事了，老梁不说，也不好去问。"

我说："咱们得了解一下，如果情况属实，得报上去。"

村主任说："麻烦你跑一趟，把这事办了。"

我理解村主任的心思，因为这个村的人际关系复杂，他怕自己落实这件事有人说闲话，引起不必要麻烦。

我说："行，我去了解一下情况。"

村主任说："以梁宇的人品，这事应该是真的。"

我说："你知道还不向乡里汇报。"

村主任说："以前我不知道，我是根据你刚才说的话推测的。"

我知道村主任不想管这件事，也没再说什么。我来到梁宇儿子的工地，工程已经停工了，梁宇的儿子还在接受有关部门的调查。我回村后把情况告诉村里的其他领导，统一了看法，由村里上报乡里。

我感觉村民组长的工作没做好，单独找他问："你为什么不把梁宇家的情况反映给村里？"

"梁宇不跟我说，我哪知道他有困难。"村民组长强词夺理。

我说："他家发生这么大的事都不跟你说，你认为你与群众的关系处理得好吗？"

"我不可能了解每个村民的私事吧？"村民组长说。

我发火地说："你这个村民组长是

干啥的！"

村民组长见我生气了，又自知理亏，猛吸了两口烟，不说话了。

村主任走过来说："梁宇家的事，我也有责任。"

我说："工作出了问题还不承认。"

村主任看着满脸愁容的村民组长说："得承认我们的管理有漏洞。"

"这不叫漏洞，这叫不作为！精准扶贫是怎么理解的？像这样由于天灾人祸一夜转贫的困难户，我们不管让谁管？"我说。

"是啊，梁宇当村支书时，因为太认真，是得罪了一些人。"村主任顺着我的话音补充着。

村民组长看了一眼村主任，低下了头。

"这个事儿你打算怎么解决？"我问村民组长。

村民组长说："召集村民开个会，把梁宇家的情况告诉村民。"

"还有呢？"我说。

村民组长说："组织村民帮他改建旧房。"

"咱们就应该为群众排忧解难。"我说。

梁宇家的旧房改建终于动工了。那天我和村主任去梁宇家时，大老远就听到村民组长的号子声。我走近时看见有十多个村民在村民组长的带领下，正喊着号子上房梁。村民组长见我和村主任来了，号子喊得更起劲了。

梁宇夫妇迎面走到我和村主任身前说："谢谢你们。"

"这是我们应该做的。"我说。

村主任说："有困难跟村里说，别不说，集体的力量比个人大。"

"不想给村里增加麻烦。"梁宇说。

我说："这不是麻烦，等你有能力了，以后可以帮助别人嘛。"

"这话在理。"梁宇说。

我对村民组长说："干得挺卖力呀！"

"嘿嘿……正好给我将功补过的机会。"村民组长一边抖落着身上的土，一边端起一碗凉茶水一饮而尽。

村主任接过话茬说："既然你提起来了，我也说你两句。老书记的困难，你早就应该往上报，咱们不能揣着个人成见干工作。"

"老书记当年教育我改邪归正是好事，我不应该忌恨他。不过，老书记家出现的事全村人都在议论，你这村主任不可能不知道吧？"村民组长红着脸检讨完之后，还反咬了村主任一口。

"我当然有责任，我必须深刻检查！"村主任承认错误地说。

梁宇说："你们都没错，错都在我身上，是我太顾及脸面了，没有及时向你们反映情况，才拖了全村的后腿！"

"这不叫拖后腿。"我说。

村主任说："驻村第一书记说得对，这不叫拖后腿。"

"有错误就应该承认，就应该检讨！怕的是犯了错误不愿意纠正！"我说。

村主任说："这话说得太正确了。"

"咱们今天是在补错。虽然做错了，但是能及时改正，这是好事。"我说。

梁宇和村主任、村民组长一起拍手称赞说："讲得好！"

开始上房梁了，鞭炮声噼里啪啦地响了起来。

城里的巷

蕉鹿雪泥

白雪站在公交车的台阶上向车门外撑开雨伞，像在公交车的门框间开出一朵花。她一手撑着伞，一手提着白色纱裙的裙边，小心翼翼地下了公交，雨点顿时在她的伞上奏起了交响乐。

她小跑着躲进公交站的雨棚，拿出手机打开导航软件，输入了酒店的地址，导航提示音传进充斥着雨声的双耳。她打着伞走出公交站，被手机屏幕上的蓝色三角箭头牵着往前走。

她往常去稍远一点的地方，都由父母或者哥哥开车接送，然而今天，妈妈加班，爸爸开会，哥哥面试，都没办法送她。但是今天去酒店参加好朋友小丽的生日派对是早就答应的，于是她只好坐公交车，再走一段路到酒店赴宴。

她在第一个拐角的地方停住了，眼前这条巷子让她有点退缩。这种车开不进去的小巷，她是没有走过的，并且她没兴趣走。因为那种狭窄拥挤的感觉，让她不太舒服。走错了吗？她低头看看手机，蓝色箭头正完美地与这条巷子的中线重合着。她想，要不走别的路？点两下屏幕，错综的道路看得她眼花缭乱。她看着所剩不多的时间，叹了口气，迈开双腿，走进小巷。

巷子两旁歪歪扭扭的楼房，墙壁上大块的青苔与道道黑痕构成一幅幅张牙舞爪的画。巷子里，雨点在凹凸不平的青石板上聚成一洼洼水洼，现着混浊的褐色。白雪踮着脚小心翼翼地走着。她的左手边出现一间小卖部，昏暗的灯光下摆着凌乱的货物。白雪看见收银台前有一个鸡窝头的男人，在钱包里翻找着零钱。

她低头看着青石板，寻找那些水中的小岛，努力地把脚落在那些凸起上。一阵香味钻进她的鼻孔，刺激着她的嗅觉细胞，她口里仿佛出现妈妈做卤猪蹄的味道，金黄的色泽、软糯的肥肉、扎实的瘦肉、醇醇的酱香……可惜，妈妈工作越来越忙，已经很久没下过厨了。她往香味飘来的方向看去，有一家卖熟食的小铺，猪蹄、鸡爪、凉拌菜什么的，几大盘，赤裸裸地摆在门口的长桌上，苍蝇嗡嗡地围着它们打圈圈。刚才她脑海里留香的猪蹄味瞬间飞走了，取而代之的是一阵恶心，反胃。她赶紧往前走，但没走几步，传来一股更让她难受的气味。她没看，就知道那是肉铺的味道。白雪很少去市场或者肉铺，在她为数不多的去市场的经历中，肉铺给她留下了极不好的印象。她不明白那些卖肉的人是怎么做到每天淡然地与这些鲜红的肉相处。每次她看到那些卷曲的猪尾巴、用钩子钩着的猪肝猪腰……都一阵战栗。虽然她努力不去看肉铺，却没阻挡住屠夫的磨刀声。

她快步摆脱了泛出红光的肉铺，心情慢慢平静下来。雨渐渐小了，她的行走容易了一些，可以好好打量这条小巷。

小理发沙龙里有一个染着黄发油腻腻的胖男人坐在旋转椅中，手指点着手机，把腿交叠着搭在前面的理发桌上。

灰头土脸的麻将馆里，人声鼎沸。一个扎着双麻花辫的大妈一手撑着腰，一手哐啷哐啷地拨着麻将。

昏暗的螺狮粉店里有一个和自己差不多年纪的男孩，用手机打着乒乓作响的游戏，两个年纪小一些的孩子张着嘴，伸长了脖子盯着那缭乱的屏幕。

不知怎么的，耳边好像隐隐传来父母经常对她念叨的那句话："你要是不……以后就……"

白雪突然感觉自己身上聚来了一束目光。她身旁出现了一个穿着白背心、大裤衩的中年男人，手臂满是赘肉，嘴里叼着烟，暗暗地盯着她看。她的后背一阵发凉，赶紧攥紧了手机，把伞打低了一些，遮住自己的脸，快步往前走。要喊，要报警，要跑……万幸的是，男人在一个胡同口拐弯处，走了进去。白雪长长地呼了一口气，把伞抬起来，看见巷口已经在不远的前方了。她以前不知道自己生活的城市里有这样的小巷。小巷留给她的印象很不好，现在她希望快点走出小巷。

巷口有一个卖菠萝的女人，坐在屋檐下削着菠萝。有一个骑着单车的小伙在菠萝摊前停了下来。女人停下手中的动作，抬起头，睁着浑圆的眼睛看着小伙。

小伙掏出手机，点了两下，估计是看什么消息，看完以后，把手机往兜里一放走了。

白雪看见女人昂着的头又低了下去。她走过那个女人，一条宽敞的大马路舒展在眼前。车水马龙，人来人往，马路对面的酒店在暮色中金碧辉煌，不远处几栋高耸的住宅楼静静伫立着。白雪踏着高跟鞋，穿着白纱裙，像走进自己的城堡。

 主编·雨桦

邵彦山的诗

紫禁城的春雪

春天,雪老了。缠过麻布的小脚
城墙根,一条黄龙扮演灯火
以前的夜,没这么亮,适合隐姓埋名
那时,这里还是皇家大院

她的布娃娃埋在坚硬如铁的地下
养母曾陪她在八大胡同,挖掘
铁锹咿咿呀呀,木柄涂满了朱砂
绑上草鞋,挖灭半生战火

旧日的心,冰块般坚硬。现在,最易动情
眯灯光,以为看见太阳,禁不住流泪

码头看雪

码头靠内陆的荒坡,碎草附着石阶
像文字爬行在信笺。没有写完的部分
被翻阅在海边,全是空格键

心情不好,就会去码头看雪
废弃的,一定繁华过
可能隋朝之后,也可能在我们离别之前

喜欢这里单调的寂静,像幼稚园老师
慢慢地一下一下拍着巴掌,教数字
窗外,阳光越来越亮,越来越白
抚摸,大雪,再也未能相见的手

一生追求的纯净,就是这片洁白
蓝的或者黄的海水,推着繁华远去
深夜,从梦中惊醒,找不到自己躯体

最恐惧真相
看了一辈子的雪,突然有人告诉我
那是盐

雪夜醉北

好雪知人心,落地成溪,落地成梅
路都已封闭。呼兰河北岸
适合画成天色晚,狍子揉开睡眼

南岸农家小院,铁锅里酸菜炖大鹅
哥几个
笑谈当年围猎

大地如此神奇
在寒天地冻里养活了一群喝烈酒的人

特别推荐

诉说美好　◆　倾听心声

蝉纪元年（在萧红故居）

有兄弟双手捧蝉而出
疾奔呼兰河畔
高声吁：既然重生，何不放手……放手

让一扇门，活在潮汐涨落的岸边
风来了，吱一声开
琴响了，呀一声开
常常醉酒后，我醒来在你的门外
献上带晨露的花，有时是霜色的月
你浅白的脖颈，顾盼我沾满沙粒的赤脚
我学着门，吱一声，呀一声，为你唱歌

海潮退却，舞台相继关上灯火
咿咿呀呀，咿咿呀呀……结局，枯枝之上
湿润的海风，还能暗自送来咸咸的快乐
我在兄弟手心，听他沉重的呼吸

多甜蜜的爱，受苦的人啊，睡醒后
他看到，苍凉的沙滩，战栗的乐谱
"与蓝天碧水永处……身先死，不甘，不甘"
是节气已经过期，该把躯体掺杂在繁星中
把我埋了……埋了

冬天里的苦楝树

就是一位苦苦寻觅牙齿的老人，给他
二亩土地，翻腾过，种上路

所有人都在思念故乡之时，他
背一把破三弦出发，弦上挂满白发
在人潮穿涌的市井里，不知所措

外婆、蚂蚁，弄堂口被枪毙的爱情
对面墙上的红字和弄堂几十口人的灶台
换来换去。他拨弄着弦，开口唱

江南雨巷，北漠荒雪
这一生都为谁活过

北国恋

大雪来了，我停止收割，不再跃马天下
大地给我讲的每朵花，故事都如此纷扬
能让每把镰刀流泪，咸如沧海
山野成盐，成往事列车上的飞驶之光
蜂蜜结晶。现在，我独爱飞花

等你，我把苍白的夜擦黑，把黑抚亮
闻鸡起舞的白衣郎，舞三尺青剑。山川
远如笛音。风来，挽着袖，举着杯
我一再退避世间的盛宴，知雪要落

天地如此至寒，就知暖心人的花要开放
只采这朵，把余生谱曲成梅，落字为酒
三杯三世，洒遍北国与江南

马铃薯

信，走得很慢。空白时间由月光补偿
孤独的生命最漫长，享受
自己像生芽的马铃薯，躲在肥沃的泥土

远城和近路的灯火，遥遥对视
夜莺又起歌，想起滕州月
忆兄弟，高楼，酒后论天地

欢喜厨房飘菜香,客厅下棋声
有客,乘滕州月来,一肩镢头,一肩酒桶

兄弟,今夜出来喝酒放风

风放不坏,酒菜会放坏
时光也会坏,时光上闪耀的星星会落
风放不坏,感情会放坏
人心也会坏,人心里皎洁的月亮会亏

少年时,曾随好友在茅山练穿墙术
一起打麻雀,听耕夫说,麻雀是"四害"
渔樵称,溪山水烟易瘴眼,雌蛇也坏
万物之好坏,莫不是关乎人的利害

多年来,通往兄弟院落的小路
最怕,斜阳晚照,酒馆青旗乱歌
该放的风,别舍不得去放
该修的路,别舍不得去修

豌豆花

曾有几亩色彩斑斓的心愿
长成这一朵朵白色的蝴蝶结

生活,把我们分成一垄垄梯田
阳光画好了变化的影子
洒一坡巨大的台阶

失散的兄弟啊,是你先结出豆荚
一想起你遭受的意外,鸦雀之苦
我心痛得夜不能眠

去世多年的兄弟啊,今夜我又心痛
不得不吃一片片白色的药片
你看
这多像正盛开的豌豆花

三月三,庙会

那年大雪,围观的人众多
刑场不断增添颜色
破庙里的草莽被斩杀在二月尽头

到处是尸体掩埋后的新土
草根做了肥料,新种子刚刚长出乳齿
迎春花开满了村庄,牛和羊跳起了舞

懵懂中,我赶过一次盛大的庙会
众人载歌载舞宰牛羊,一座山
围得像在剿匪

夜宿东岩下

搓手,跺脚,烤火,北斗星渐浅
瀑布不断脱去衣裳,只留声响
它身体里,住着古庙诵经声
祈雨舞队,一个嘴唇像两只白鸽的怪人
咕咕叫,天地也孤孤

黑布,蒙住了我捡起过苍苔和野花的眼睛
姑娘,瀑泉洗头发
岩上,北方少年骑马

人情,热不过将熄的篝火
世界,大不过一块岩石,我已焐热

特别推荐

诉说美好 ◆ 倾听心声

东墙春

宋代土城墙
老人牙齿，阳光一笑，就漏风

年少影子，在晨光中比三丈城墙还高
暗恋的姑娘，出西巷，捧书，边走边读
风很柔，杏花刚开
米黄的蜜蜂，去去来来

请多关照

雨，落进麦田，麦子正要抽穗
我们初相遇
小青蛙，从田埂上跳进来
大地酥酥的，心里湿润又甜蜜

我曾穿行过冰冷的暗夜
云层漆黑，有大海低声咆哮
我炙热的身体穿越云层
无数个铁匠将我重重包围

所以，我可能是利剑，会划破你的手指
所以，我可能是废铁，会坠破你的口袋
我更愿意，是一枚亮藿藿的钢勺
和你一起接受生活的苦辣酸甜
接受，你的吻

紫荆花开

从三月归来，在茫夜里，我停下系鞋带
蛙声中，听出了你昨夜的梦里有白蛇

你是我见过最美的女人，笑容里带着帆船
让我在波涛万丈的人海里，呼喊你的名字
燕、环、肥妞、瘦女、鱼儿……雁儿

我更愿意轻声呢喃，在无风的海湾
水会轻吻上沙滩，抚到你的姓名之处
哦，我的花儿，媚儿……春夏秋冬儿

我一生波涛浪荡，养不开兰花
就做一块内心有火山即将爆发的顽石
成岛，是开满紫荆花的四月
台风来临前的海面，是碰触过阳光的伤疤

山那边

老道，白发童心，坐山顶吐纳
他把长须向身左的悬崖撇去，深吸一口茶气
这一吸，我的江山瞬间倾斜

斜如周至县城的八云塔
久旱而湿，绿苔纷纷捧脸，倾听我今夜的说书
娘子，从今往后，我带着你周游列国

浪荡的心

这个春季
好多梨花，好多柳絮
和邻居的哑婆婆在一起，一锄头一锄头
挖菜地

一树的雪白，不一定是梨花开

可能是那个北方女孩换季时内心还未曾
融化的积雪

漫天的飞花,也不一定是柳絮
或许是一颗浪荡的心,再也找不到着地
的方式

想起当年在北坡牧羊,遇老道相马
他与我说:南辕北辙者,始知地球是圆的
走出去的人,绕了一圈,还会回来

那么忧伤

你哭的样子,似古镇的四月
拥挤的游人,打着伞
梅雨细细绵绵,从清晨一直到午夜
不见我,那么忧伤,见我也那么忧伤

时间与空间都是狭窄的巷
叶子花住在往事客栈
开得也那么忧伤。红眼圈
粉红面颊,屋檐挂着水珠,又滴下

你第一次看到燕子在梁上啄泥
你第一次看到叶子在墙角开花
你第一次将江北冰花融化江南
垂柳依依,河水流淌

我双脚起泡,马儿瘦,高铁晚点
我还在来的路上

一世梦

云龙山,龙是湖水的幻觉
云龙湖,湖是杜鹃花遐想出的蜜蜂
今晨有雨,蜂与花也离别
花开在名叫远行的客栈

栈前青石板,挤着多个游人
我在那半截梦里,一直踏在拱桥这头
天气忽冷忽热,心头半水半山
雾很淡,似有笛音掠湖面,爬山坡

好像,有一场雨,下过就不会再回来
好像,有一世梦,黎明后都是陌生面孔
好像,立夏时令的一切与春天毫无牵挂
好像,临别时,给你画的眉也淡了

田野,风找到了故乡

青石山下,麦子比太阳自信
坦然自若,距婚床还差一把镰刀
镰刀上有杜鹃红的歌声,对唱的男女
就站在溪水两岸

以前的爱情,要翻越一座石磨
现在,时光流快了,带走割麦人的爱情
三哥哥和二妹妹这样的称呼
在手机上,已经变成傻瓜或笨猪

我的小笨猪啊,夏忙已经来了
你还坐在春风里,看那柳絮,被微风
一丝一丝,洒在古镇的巷头
桂花将开,捕鱼期也近了

古井无波

多年来，云水间，雁无回鸣
心是那高墙，还可支撑数片梧桐宽叶
夜色肯定不饶不依，追那翻过墙的石块

听风时，也曾在内心的空山上丢过手绢
都被那熟悉的犬吠拣回

稻穗弯下腰，离水更近
不是期盼，是不再需要水了
上善若石

旋转的玻璃门

心事，起夜，被梦憋醒
似乎又到开奖的时间，那扇门
在吞吐号码。我清楚地记得你的数字
与你相关，周边几个数字，我也统统购买

柳絮飘那么多，不说话的人也渐渐成群
风管的事比门童还勤，我像擦皮鞋的老妪
撅在台阶最下层的拐弯

你被一扇门吃进，再也没有掉出
门内可能有更多的狼虫虎豹
对牵肠挂肚而言，你这美妙的数字
我的彩票尚未中奖

追 梦

冬天容易入睡，像我的记忆
在梦中抱着一村月光或大雪，注定漂泊
仙女，在此时最会偷懒
该收割的，早已收割。该储藏了

从七月初八，你就回天宫去
冬青也给自己拉上了厚厚的雪被
把耳朵露在枕边，这一夜万物有梦话
那时她也说过，还用整夜春风夏雨吻醒我
现在失眠，都是风向变了，冻得无法入睡

其实，中间还有一个过程，先是
夏娃的头发慢慢变白，在月圆之后
夸父箭头上有月色一样的青霜
惊雷最后一次响彻江南，鸿雁雪葬塞北
她有以上那么多理由，不见我

我藏起，那个瘦弱的姑娘
还有一口铁锅，和三千担粮
昨夜，我赶着马车回到了清明前的村庄
推开爬满青藤的门，已故多年的外婆
抓着我的手说：放手吧，孩子

逆 流

一条河，曾把四季交给我
在晨风和暮雨中唱歌
在宽窄之间，碰触冷暖
我却在寻那枚卵石，昼夜失眠

我写生过水边洗衣妇人
木盆记下了所有乐谱，只有衣杵
还在一下一下挠着水的脚心
雨，在春天学会亲吻，在夏天怀孕
注定要在来年春分时生产

到那时，海面高过裙裾，水会倒退行走
追赶上泉眼，从结局追溯开始
因此，思念还像这样的春夜
泉水会咕咕冒出

我们喜欢在干渴的大地上扶拐杖
驼背
语言是最能找到着力点的暴动
不说也罢，行李留下
还需细细盘查

心 事

风停了，一棵树才知道疲惫
日夜打架的两只猫
逼迫送走一只，随后另一只
也离家出走

去追逐田野的风
自由自在
随意揭露伪装失眠的稻草人

要像一个青俊少年那样
头顶一对犄角
我沿着河岸行走

晚了点

飞机一直晚点到凌晨
世间迟到的事，一再发生，唯独离别
孤傲而坚定，从周公大道一路披星戴月
唤醒我
此地已不宜久留，今夜要换个地方入梦

然而，总有人，路灯一样坚守到日出
执念，再一次安检
被检查的还是那一批人
检查的人已换班
还需要更多时间，给等待一个标准答案

歇歇脚，再走

树木疯狂和草木呓语
进入一片湿地，爬上天空
今夜要陪月色演话剧
高出生活的流浪，其实是迁徙
哪里还有千年故乡

味觉，一宿木鱼。瞧路边野草花
野是自己，一锅乱粥
即兴唱出的道路。以前有女
背一江春水东寻。思念最费水

南 下

白云留在山上，我走了
火车开动，羊群才缓缓下山
羊群里怎么还有几只黑羊

等再仔细看，火车钻进山洞
旁座的小孩开始哭闹
巨大的黑板挂窗外，被抹得干干净净

黑板上原来画着两个拥抱的雪人
此刻，一个留在故乡，一个融化在心
过山洞，平原，一垄垄向日葵，向北开

特别推荐
诉说美好 ◆ 倾听心声

半生浮

走出大海，没有走出潮汐。月光
依旧潮起潮落。一条吞掉自己尾巴的蛇

在城市遇见村野放羊的自己，过马路
穿行在四月的杏林，车声轰鸣，蜂蝶飞舞

多像那棵杏树桩，找不回遗失的枝干
可能，有的成脚盆，有的做了肉案
翻不过高墙，就变成一块砖

叫邵庄科的山

那座山以前没有路
那座山，以前不长树
那座山，我放过羊，草也不多
地椒草最旺，专治痢疾

我在江湖上，跑肚拉稀这么多年
今天在一棵杏树下，静坐半晌
杏子将熟，布谷鸟把半沟溪水唤上山畔
蚂蚁爬上裤腿，蝴蝶落在肩膀

我落在蒿草之中，耳鼻细长成甘草秧
和小巧的昆虫一起嗅雨后的泥土
陕北没有蚊子，有过几只苍蝇
早已被我拍死在山下。这里也不养老虎

山羊和绵羊肥成一座座山梁
我给你们唱过的那些不着调的信天游
是两味中药，细辛和远志
就生长在，我坐着的这片土地上

牧羊的爷爷

羊在山野，就像风在林间
总捡不完那窸窸窣窣的啃咬
我的记忆就是林间山野的落叶和碎草
多年来，那个只吃糖不抽烟的老头
一生就种一棵梨树，还种在悬崖边上

山羊有角，风有角，悬崖的石头有角
善良也有角。坚硬是糖果粘在牙上
甜蜜像泥土柔软，熔岩滚烫。种子
迎着风成长。不说话的羊鞭，抽过
不听话的羊，还抽过想去崖畔摘梨的我

多年来，纠结，是你把梨树种在悬崖
我有什么错？但一想到，他一笑的酒窝
背我走过山路，讲故事哄我睡觉
我就不去琢磨那皮鞭上的羊骚味了

儿女花

许久，没认真思念
雾，起于黑夜
黑与白混搭，有和无交集

昏昏沉沉度过十余年
没跟故乡的春天见面
那片土地，每年
都会开儿女花。妈妈的说法

常常在醉酒后，绕在长街
看见无数个自己消失在街头
只有兴奋的肉身蹶在路灯下
晚安，兰花花

拍 卖

风吹过银杏树
父亲捡了一袋袋黄叶
这是虚拟的盛宴。兵马未动,粮草先行
在我的谣传里攻不破血压的城池

喜欢走上山路
过湾,上坡,就能回家
四十年来,父亲
你儿子学会十八般武艺,唯独没学会忘记

包括忘记
洛阳纸贱,长安酒贵

旱 塬

土厚。生活在这里的人
憨实的外表下,深藏着一汪泉水
多少人,在这样的泉水里洗干净汗脚
土厚。深藏在胶泥里的龙骨,对伤口收敛最好

小的山丘压着小的土塬
溪流是一条还没有褪过皮的蛇
或者,将熄的炊烟,要回乡的老人
做了一辈子梦的牛尾巴

想兄弟当年,一把镢头闯江山
从塬上到塬下种满杏树,修了羊圈
把猫头鹰的窝安在西塬崖畔,建成猪厂
崖畔,还开着五朵星星花

他常常在梦里求龙降水
但,在这里,更多的水生活在天上
像皇妃在风里骑着白马,丰满身躯压塌
山顶土庙
他合紧被子,天就亮了

浪子也生活在水中,只在寒冬里开花
旱塬不喜欢生长梅花
只开花不结果,不是一个诚实的庄稼人
该干的事
爷爷说,只有冻死的燕子,没有饿死的麻雀

流动的浪花

假装闻鸡起舞,剑弃乌江
后来,这条河改名
唐宋称黔江。改名人,放驴娃
过去和现在都一样,晒得黑亮

岸左,馒头山,炊烟焦黄
窝洼里挂一缕破幡。晚风
把山路吹得曲曲弯弯
人们都在寻找,走在回乡路上

观苍海

斩首,抽筋,扒皮,五马分尸。依然在这
守海岸,等朝阳从你身体一点一点抽出

河流,海的女儿。我只是嫁妆
有一箱子周游世界的客栈

有河姆渡木舟，稻谷，生育了酒
有山顶洞里骨头，烧焦的夙愿
有降低身份的高原和捻须的草地
千里荒原。再翻座高坡，白桦林

雪落在白桦树上，似绵羊隐入晨雾
在似睡非睡中，哦，睡美人。感觉走入你梦境
我还在养膘，你已开始冬眠
扫街人路过别墅群，远远看你一眼也好

我们的海

喜欢就好。我把静止的云、停泊的船
全留在这沙滩挖好的城堡里
城堡里举办着盛大的宴会。阿妹
请你举起蔚蓝的酒杯，酒杯里
欢唱的情侣，舞蹈，脱掉桃花瓣似的鞋
柔软的沙，薄雾的岩
紧紧地挽住了你狂欢的呼喊

海面越来越高
我们像两只蝴蝶飞起
阿妹，我问你
还有谁可以比海风更能撩人
你总是羞涩地抱紧悬崖峭壁
说，看那灯塔
从来，没见过阿三哥之外的阿四

晚风很柔

红灯绿灯，开车骑车步行
市政工人，正修路边的排水管
路边大树，树上鸟鸣
树边花坛，花丛虫吟
路灯也坚守在自己的位置，等着亮起
此时小雨，明日大晴

结网取鱼

天气并不太好，老眼昏花的世界
一群老虎在短短的几十年寿命里
不停猎杀掠夺

太阳常常升到半空，就开始逃匿
暴雨和闪电在多次谈判中，动了手
森林一半大火，一半洪水

看吧，从来不缺少耕牛和老头
在雨后，在河彼岸种彩虹

真实世界：
青草比绵羊多，绵羊比老虎多
鱼的种类比水的种类多

窗

久居高楼
常看见身体里的流水飞逝窗外

细泉涌，溪流奔腾
江河越跑越快，沿途
门户大开，世界越来越小

流水更像白鸽或一只流放的燕子
入海时，丰如圆月，被一场大风刮回眼眶

后来的我们

以前,那里有棵大树
落叶,有离开的方式,了解被扫去的未来
根,并不知,坚持着数年以后的废水坑

以前,那里有座无名山
历代帝王的冥居,在山体内叠成高楼
幽魂,时常会失忆,走错住处

以前,那里有座教堂……

异 域

我们,在岸上所见所闻太多
和土地拼酒 K 歌

纷乱,伤身。纷扰,伤心
游动,扭曲
在酒杯里长成参天大树

有一个小孩在树下光着身子钓鱼
我看见,你随着鱼线跃入水中
我就是那时紧紧地咬住你,才上岸

闲 话

在这片忙碌的天地里,躬耕南阳
射日西行,还有二两袈裟一匹马上
在蹄印里种上马铃薯和思念的箩筐
喜欢一座破庙或者懒散草堂

把英雄虚无的桂冠摘掉
兄弟,我浪一首诗吧
把将军的虎符丢在诗篇结尾
未寻到故乡的人们啊,燕子
在北岩,面朝南,垒出金色的窝

世人只看到了刀叉斧头。磨刀石
日渐清醒,像一棵棵膨胀的兰根
那么深爱,我在人群中都认不出孕妇

天际线

一块砖满足不了墙的愿望,还缺苔藓
缺月亮,缺你,滑倒在月光里

我把你扶起,带你去看荷塘
备辆马车把你送回,又备花桥抬来

要谢,就谢那块砖,没它就没苔藓
要怪,也只能怪那块砖,没它就没墙
就是那堵墙,把我们挡在了南北

立 秋

听数月蝉语,秋站起发言
声如风鼓,途经处,酒旗展了又展
老者醉中惊醒:谁在酒后喧哗?
童子敲门:声在树间。

青蛙依旧青衣布鞋,浪在山涧
我浪迹半秋,四处拜师学艺
没想到今夜还会醉倒在自家门前

特别推荐

诉说美好 ◆ 倾听心声

菖 蒲

睡吧,牛鬼蛇神。别忘记"灵魂深处闹革命"
那叶帆舟,在春申河,半夜来清晨往
艺术,载着新鲜的人黄去养猪

在崇尚法家的东风里,艺术是低矮的菖蒲
迎风煮粪,木杈,惊慌失措的面孔
在后来的谈笑中,昂向下弦月

久久,久久地不愿低下。不愿让亲人知道
木杈曾搅动过怎样的生活,泪流向哪条河
愿所有绿色茁壮成长。枯芽,逆向连根拔去

失语症

他,囚在镜里,丢失语言之人
左手捏着听诊器,右手还举着高音喇叭

忆起民国,百乐门前,西洋景里的画片
围观者大笑,笑得远郊的战火惊慌失措
炮火的背面,老鼠蟑螂臭虫
把金银财宝堆在产床上,分赃

有人在自己的公馆里养羊喂虎
街角的房地产广告,也很有趣
 "安居金厦,众生平等,自尊自强"

热爱命运

任何打击和失败,都不可站在生命之上
把典当给魔鬼的,那颗心,赎回来
战争闭关修炼时,这里草色含情

许多肉体,在北园内早灰飞烟灭
许多思想,在南墙上朱笔描了几代
部分有独立精神的人,站在山岗上嘶吼呐喊
其实,声音在岗上传播,并没有山谷里嘹亮

一部分人改变了大部分人的命运
每一位烈士都不会白白牺牲

巧 合

万物是必然的
人是偶然
死亡是必然的
生是偶然
爱情是必然的
我是偶然

赤 壁

阿瞒,你的战靴,还你
你不愿提起的华容道,我让史官划掉
借你的箭,全还给你,火把,也给你

把你的荆州水军和青州粉丝放回去
再给张楠和焦触两个博主加V

什么金雀银雀,我一概不管

只要把我的小乔留下
天下太平,谁不愿守着心上人

范退中举

我猴哥的名字叫范进,我是范退
退一步,也不见得海阔天空的退
我就是一头任刀光暧昧的猪
在屠夫开的钱庄,我典当了前肘、双耳和鼻
凑够了上城赶考的盘缠
与四弟范马结伴,又不能骑他

学双脚走路,颠簸,没鸡鸭鹅快
听不到风雨,像三弟范沙,显得老墙泥巴
闻不到,那些强盗宰杀路人弥漫的血腥

老大被山压疯了,老三的墙上刷满了标语
范马在一场洪灾中,舍身取义。被他驮出的
那几个屠户,面目严肃,在一座破庙封神

一次何等庄严而激烈的论坛,我只旁听
偶尔假装醒悟地点头。他们终于发现我
不约而同地投票给我:祭神

他总想

真好,神经病
如果自己住在自己隔壁
就是个诗人。多美

吃那么饱,还可以谈恋爱
食物,和分配食物的法则
都是丑陋的
总想啊,等养的栀子花开了
再去周游列国
顺道,把邻居李大爷丢的牛
给找回来

悟 空

石头坐在茶桌前,什么也没想起
忘记了曾随圣人西行取经,化解
人世的来生怨恨
就像幽魂内心抛弃的英雄

妖孽都把他名字铭刻在山谷
善良却在多数时间如流水,一漫而过
想不起就不想,总在夜深人静时
敬自己几壶浓茶,修行火眼金睛

玉净瓶

悟空,你又堵住瓶口
那一滴水的海洋,让你弄得一股猴味
杨柳青青,佛祖又不是真心想剪去你的尾巴

你堵住我生厌的睡眠,尚可饶恕
你把月亮变成枣泥、花生酱、核桃仁……
变成那些馋嘴的木鱼,一口一口吃掉
烛火的汗水。世间比海水还咸的,也不过是
一夜已经熬到最黑,我还等不到那个明

亮的人

雨夜花

把八月都赊给了酒。云与海
都醉成脱线的风筝,我打听不到你的消息

每次都绕开那巷子口的桂花,不愿闻
风送来的谣言。他们都议论你嫁给了一个
喜欢砍树的粗汉。我不屑一顾,他们不懂
你喜欢的诗,不是莽汉的"哎哟"和"啊"

哪像我写的文字,如秋雨一滴滴从屋檐
下滑
溅落墙头,甩在地上,飘上桂枝
天空,就像我凝视着窗外的眼睛

望星空

抬头,看见一颗星
注视,在其左又跳出一颗
我不敢眨眼,在其右又跳出一颗
我屏住呼吸,那些隐匿的星,都走了出来
近处,灯火明亮,星光淡
远方的人,最让人思念

有一颗蓝色的星星,向我滑翔过来
我的眼睛含满泪水,以为找到丢失的那颗
不能让她看到我流泪,匆忙擦拭
定睛看,蓝星的身边还有红星相伴
哦,是离行的飞机。我黯然摸下树梢

特别推荐
诉说美好 ◆ 倾听心声

在别处

我以为长出春天,羊群就不再吵嚷
荒原之草,翻耕过后
狼牙被做成饰品,挂在恋人的胸口

那两个还能牵手的人,从山坡那头
从蝴蝶的身旁爬上山岗,风,避让
他们亲吻后,又紧紧拥抱。分开
一个走下山腰,又被风推上去
两朵云相撞,打了闪电,还下一场雨

哪像我们
一场大火,就把我们连根拔起

水 妹

晚霞的画笔,又在白净的脸蛋涂抹
我就喜欢你似醉非醉的笑,笑我的战场
借来的十万支箭,终要还给江北

就因为那场离别的大火,烧尽眉毛
至今我的额头还寸草不生,那沟沟壑壑里
全是相思的石头,和无眠的残舟

你嫁去江北多少天,我就隐居在江滩
多少夜。缺了又圆

风 语

夜观天象者,貌似可以通天
说三更有雨,五更打雷
有些像商人揣测政策

每次的残桃盛会之后
醉态可掬，说天庭有人

其实我最想写关于疯子的文章
亲友劝，都说雨后的草地长出蘑菇
为何还能判断哪种有毒，哪种熬汤
传承的经验，因为付出过生命的代价

夜色尚朗，有薄云，月弯星稠
走旧路，回头看，我喜欢的女孩，没跟
上来

酒到中场

最好的日子，就是和朋友喝酒聊天
童年，被狗咬的，捅马蜂窝的，捉过蛇的
这些脚底板长满荆刺的中年男人
心里的石头早已扔光。代之，塞满
车贷房贷，孩子的成绩单和补课费
父母的头痛脑热，妻子幽怨的眼神

像一抹月光，行走在城市通火透明的街上
见树影都绕行三步，怕野狗怕马蜂怕蛇
出没
怕一切突如其来的变故

喝醉后，迈着轻飘的脚步
就如同刚卸下石磨的驴子，只窃喜于
偷吃未挨到鞭子，忘记了负重原地转圈
的苦

下 班

推门，脱帽换鞋，洗手
到厨房盛饭
训孩子，训完孩子还得去哄
哄完再送去补课
不知为何，也不知从何时起
孩子的童年，像一口漏锅，天天得补

不毛之地

这里曾是肥沃的土地
养羊群，养大象，养奔腾的雄狮
也养过一群聪明的人

他们让羊群酿酒，让土地笙歌
他们让大象建庙，让土地舞蹈
他们让雄狮征战，让土地斗牛

后来，这群人埋葬在这里
土地又开始肥沃了

在床上种菜

独行，总感到有人尾随
锄头，擦得发亮，后来还是生锈
向往的田野全都种上了水泥
爱恋的名媛已嫁给占山为王的草寇

窗口的首饰摆成当铺
赚钱，成为种梅养鹤人的心愿
还不想放弃种植"婆婆针线包"
芄兰结出的夹，缀满月光的潮汐

蜉蝣之羽此时重若碾石，五谷粉碎
我在今夜找到了自己的床

一路尾随的魑魅魍魉，望而却步

江山社稷

漂泊的大风把鹰吹来
鹰翼下，碧叶一堆蓝天万里
四十多亿叶片，停息一棵树上
各有姿态
摆衣楚河，垒疆汉界

挑水娘子担一肩门户
春雨一路飘洒
家，就是一口缸

迁徙的大风把光阴摧熟
繁叶落地，无大小轻重之分

天下第一名刹

没想到，所有的名号
竟然，是一座石牌

牌下，藏着大河大江大海
藏着天下为公的汹涌澎湃
藏着一面镜子的产房
善良"怪兽"跳出来，任肆意猎杀
藏着一间禁足的禅房
锁天下杀生利器和怒嚎时开的"桃花"

碑塔碑座生着青苔，碑前碑后长满大树
青苔丝丝相融，大树根根交错
来访者，有人匆匆而过
有人在大雨磅礴的土阶上燃三炷红香

雅砻江上的绳索

一条绳，苦难后的善良
余生晃悠，在难以揣摩的江面上
我牵着你，你牵着太阳
你挂着我，我挂着月亮

风一吹，整条雅砻江摇摇晃晃
有时扬红绸，有时飘白绫
开心会过去，忧伤也得过去
我们是岩缝的青苔，滴水褪去枯黄

在江岸渡口，寻一家小店坐下
握一盏烧酒。门口卧黑狗

南山草

又上南山，走丢了鞋，拔茇草新编
草根上捻住的蜈蚣，草丛里游动的蛇
树枝上落下的枯叶和鸟毛，这些动静
让我躁动不安。我是鹌鹑窝里刚破壳的
听觉

在茇草深处隐居着另一个平行的人间
生长着苦瓜、苦荞及黄连，全是降火的
植物
离溪水不远。但要先爬过两片滑脚的苔藓
和下山人相见，侧一下目，便知彼此心愿

主编·雨桦

山庙太小,无钟,木鱼也潮
后墙的解脱门,凌霄封住了看山是山的视线
诵经的师父不多,方丈说
来,我们聊天

力溪湖边

我,时光。浸泡在湖水
太阳姑娘从大木山茶园下来
一头金发,梳妆得平整而光亮
喜鹊和蝴蝶,插紫荆花在她的发间

我爱的人,光脚丫走在湖边青石板上
风捧起她长发,轻声歌唱
这些不是全部。还有被秋风揽入怀中
坚硬的稻茬,亲吻着白云的影子

秋风也不是全部。他只是孤傲的游人
生性自由,无礼而自卑,会写几句诗文
自卑者往往自傲
吹到哪里,哪里无云,只有那满天的星光
伴着溪水摇晃

摇晃也不是全部。因为我不是湖水
无法体会,大鱼领着小鱼呼出的气泡
在淡白月色里,围星夜话
幸福就像湖边盛放的紫荆花
看得见时,满目霞光。看不见时,幽幽清香

七宝古镇金秋玩蟋蟀

一窗阳光,铺满桌
风也高上四层楼的茶馆
沾满人气的尘土,还有一丝石头的模样

石拱桥上拍照的少女那么多
也有一丝丝你年轻时的撒娇
等那几个孩童举着玻璃糖蹦跳进老巷
两只蟋蟀才开始讲述自己的爱情史

显然,观众已经把他们假设成一对情敌
显然,观众不知,以前的情敌是一堆乱石
显然,观众也不知,现在的情敌是陶罐
也不知,陶罐是乱石碎成尘土后烧制而成

这是一个无知的午后,知了似乎在拼命
唯有,镇上的一小块白云匆匆离去
知道自己要去哪里下雨

木兰溪

东西乡,南北洋,船泊木兰花滩
常看见,放翁牵瘦驴过桥边

不确定,我看到
是浸水的月光,还是盛开的木兰

同在异乡,岁岁重阳
有人醉拥兄弟,讲述爱过一个姑娘
有人梦中挑剑收复中原

特别推荐

诉说美好 ◆ 倾听心声

桃花剑

山崖的风吹淡了梨花
吹白了道长的胡须，还有白发
吹白了江湖的名号
风像广告，十二个月的活动周期

十二个徒弟，逐年进贡
人生为了年而乐庆。风，要吹
我是开着长安，吃苦菜而来的十三
这名号，就是农人裤腰带上的草绳
那些节，存在还是掉落
根本不重要，关键要快
你念经了吗，没念

念你心头最重的女人了吗
好多人说是母亲。虚招
死在自己的跷跷板上
我说，建州有一个地方
烧的瓷很微妙
大大小小都适合埋葬

产一种蛟龙，耳大过昆仑
鼻炎很重，感冒对这个庞然大物
如囊。搜得精光
光腚的绵羊和光腚的牦牛
推着帐篷一路东行
在桃花岛上，赊一大片的伤疤
最诡异的武功，若使出来
爱着的，被爱的
都是奇异的旁门左道

邪，这个字在普陀山菩萨的座下
先咬咬牙，再给耳朵塞上海水
看海，是心诀里爱情终结时的剑法
闪一下

叫那个老头：老头，我爱你
你是天下

老头站在崖壁上，沉静
泛舟，是看海的八月十四
十一师兄，已阵亡
只有金牛在苍茫的大海上
驮一箩筐的闪电，那是剑的光芒
斩下去了
脱手的渔网，失手的社火，飞起来的剑光
我注视着，注视
注视，今夜月亮是头上的盔甲
不丢，即胜

师兄们是佯死
猪宝，首先忍不住哼了一下
整座海岛就开始摇晃
盔甲在窗台上剥落，天哪
我们真不需要薰衣草的呻吟

大紫大红不是江湖规矩
是海的命运，反正
一生就这一次狼嚎
柳树会枯，桂花会谢
我思念的人，也在老去

二十年来，这座岩岛上
我的青春慢慢地氧化在石缝里
浪进一分，桃花落一寸
桃熟一枚，猴跳一丈
浪花，高不过岸堤

  邵彦山，陕西省延安人，现居上海。作品散见《北极光》《诗选刊》《江河文学》《诗潮》等上百种纯文学刊物及选集。出版有小说集《大禹秋》，诗歌集《浦江诗存》《赊月色》等。

张羽中的诗

蚊 子

嘴唇与皮肤接触的瞬间
一种痛感传遍全身
虽谈不上撕心裂肺
却也让人终生难忘
嗡嗡的声音，听起来心烦
能够想起很多不该发生的事
教训刻骨铭心
可惜相同的过程还是会再次发生
既然无法躲避
只好选择面对
然而有些痛苦
远远超过了人的承受能力
在不堪折磨之后
我只能以决定生死的一记耳光
来结束我们之间的纠纷

乡 愁

乡愁是故乡的黄土地
列祖列宗的坟，祖父的坟
层层叠叠，让人顶礼膜拜

乡愁是父母的记忆
童年的欢乐，乡里乡亲
点点滴滴，让人时常回味

乡愁是那一所老房子
那一片山，那一块地
春夏秋冬，总是记忆犹新

乡愁是我们灵魂深处的家
总感觉温暖，无论离开多远
都觉得还有一块可以休息的地方

乡愁其实是一种文化
活在生命里，中国独有
超越了所有宗教，让受伤的心
永不绝望，永不孤单

村 庄

你站在一个荒凉的山野
你看到一座座旧房子
你看着一些老人，孤独地数着星星

你的心是凄凉的，你无法理解
一个村庄最后的影子，被山风吹过
野棉花开得好美，好像是你童年的眼睛

特别推荐
诉说美好 ◆ 倾听心声

夕阳用最后一丝光线
把这一切衬托成梦幻

羊群在山坡上吃草
你却听不到牧羊人的歌声
牧羊人在一棵大树下睡觉
对他来说，只有在梦里的世界
才是幸福的

村主任

千万不要以为
拥有了一亩三分田
你便会收获地里面所有庄稼
影响收成的不光有阳光，雨水，种子
还要除草，施肥以及各种汗水
甚至于还要提防野兔，野猪
以及不可预知的狂风冰雹

劳动的时候要专心致志
要注意随时突然出现的蛇
那可是伤人的动物
要命的是
它有时候和庄稼一个颜色

闲暇的日子
记得一定要去村子里面五保户
王二家里去转一转
或许你现在所过的日子
正是他年轻时候所拥有的日子

泼 妇

二娘用了一天工夫
把一个邻居以及他家的祖宗十八代
都弄了一个狗血喷头，二娘字字珠玑
每一句话都是砸向敌人的炮弹
让人躲之不及
每一个人见了二娘，都客气谨慎
生怕惹二娘生气，在小山村
二娘的能力让所有的人都退避三舍
这不，二娘突然又鬼哭狼嚎起来
那声音穿透力极其强大
足以让你放下一切前去观看
原因是邻居家的树叶
落在了二娘家的门前，二娘手舞足蹈
仿佛那树叶，是邻居家发明的化学武器
二娘想不明白，那树叶
为什么就偏偏落在了她家门前
肯定是受到了邻居的什么指示
专门来和二娘过不去
二娘觉得，自己实在是有些冤枉
所以一定要让邻居把这件事
给她解释清楚

与钱有关

你在晴朗的日子取消了一次旅游
其实与钱有关，你说你忙
你心情不好，你什么也不想干
其实是与钱有关
甚至你不想约会，不想谈恋爱
不喜欢吃一些食物
也是与钱有关，往远了说
当年你没有上学，没娶个好媳妇

也是与钱有关
甚至于你的父亲打你，骂你
说你没出息，也是与钱有关
你的劳动，你的努力
你干好的每一件事
你快乐，你高兴
你痛苦，你忧愁
别人都奇怪，但是只有你知道
这一切其实都与钱有关

又一个老人走了

在农村，一个老人走了
意味着村子里又要忙活几天
意味着一些故事再也没有人说了
意味着那些多年不见的城里亲戚
又要打扮得一尘不染下来摆阔
意味着很多在老人活着的时候
看不见的亲人又要哭得死去活来
意味着老房子将从此没人居住
意味着他的儿孙和这个村庄
今后将会显得更加陌生
意味着一条狗从此只能流浪
意味着很多药从此没有人吃
意味着几块地明年只能荒芜
意味着他们家周围的那些地方
很快会被野草和兔子占领
意味着村子中央打牌的老人
将越发显得势单力薄
那可是这个村庄阳光下
唯一仅存的风景

官鹅沟冰雪节

在这个寒冷冬天
一个故事中的爱情
让我感动，鹅嫚与官珠
在冰雪节，我看见俊男与靓女
把一曲情歌唱得地动山摇
雪白成了一种文化
晶莹如一颗心快乐的样子
瀑布停止流动，为有爱的人们
展现出自己独有的风情
此时的官鹅沟，天蓝地白
篝火升腾，人们载歌载舞
我认识与不认识的人
都彬彬有礼，谈笑风生
我得感谢官鹅沟
感谢这个冰雪节
让我的心，与故事里的爱情
幸福成今天这个样子

牧羊人

像看着一群奴隶
目光所到之处
羊们惊恐万分躲开

羊们在太阳下吃草
尽量不让牧羊人发现
但是羊们没有隐私
牧羊人十分清楚
该吃多少草，该喝多少水
牧羊人时刻掌握着量
绝不让羊们越雷池一步

渴了的时候
牧羊人也喝水
牧羊人看着羊
犹如强势的国王看着嫔妃

需要时候
牧羊人毫不手软
羊们一辈子的努力
只不过是给牧羊人
献上几顿平常饮食

一种时候

忽然想起了一些什么
你乌黑的秀发
穿过黑夜里无边的黑暗

将一个手机翻来覆去
都是一些无关紧要的事情
黄昏时候你嫣然一笑
多像电视剧里的某个细节
我翻阅了所有资料
找出你的每一次过去
让夜伸展开
星光下我想着你走的方向

多想，你是一个妖精
妖艳而美丽，我在的时候
热烈诱惑一回

关　公

一个活生生的人
硬生生被小说家与帝王们
塑造成了一尊神

从此你坐在神庙里
默默地看着这个世界
看人们对你顶礼膜拜
看人们给你天天送礼
香火一年比一年旺
你却一直脸红
那么好的荆州
怎么说丢就丢了呢

我常常怀疑
你是否有足够的钱
来赏赐给这些源源不断
向你磕头乞讨的人

关公像前

这个耍大刀的关二爷
此刻就在我面前
威风凛凛得不成样子

威武也罢，骄傲也罢
反正荆州是丢了
忠义也罢，愚蠢也罢
反正他已成神，没有人敢说
黑脸白脸，喜怒哀乐
都是帝王们说了算
他的忠孝节义
犹如我们高考时的成绩单

历史就是历史
已经不能改变，能够改变的

只有我在他面前拍照时
所取镜头的高低

感 觉

官员是应当存在的
百姓也是应当存在的
就像男人是应当存在的
女人也是应当存在的

当一切存在的都存在了之后
我感觉我也是应当存在的
同样痛苦与快乐
更是应当存在的

聚 餐

写诗是重要的
聊天是次要的
吃饭是重要的
喝酒是次要的

纠结一件事情
就得付出一点代价
钩心斗角
酒席上的点点滴滴
可以看出人的错综复杂
是云彩决定了太阳的亮度
是雪选择了冬天的寒冷

但我不能离开
一些人的存在
让一切都重要得不成样子

茶

杯中的清亮
让一种浓烈，扑面而来
全身为之一振

醇厚如一首老歌
把简单、复杂的过程糅和
岁月的沉积
劳动的洗礼
让一片树叶化茧成蝶
眼，耳，鼻，舌，身，意
让你在一生的时间里
理解其中感觉
色，声，香，味，触，法
让你在一世的经历中
品尝其中滋味

不浮不躁
不浓不淡
那种惬意，那种悠闲
只有喝着茶的你明白

瓢子熟了

山风在树林里回荡
万物在阳光下成长
草莓一颗一颗
像落在地上的星星
偶尔有一朵野花装点其中
一片山梁
因为阳光的缘故
让人留恋

你站在一棵树下
唱了一曲山歌
一片山从此让我
幸福了几个季节

幸　福

知道你要来
心开始如小鹿般碰撞
感觉一下子就年轻了

细想你的每一个细节
马上在茶壶里倒满了水
洗一些你喜欢的水果
把你的爱好翻来翻去
看看还缺少什么东西

这个夜晚
我的心如桃花般开了

看门的狗

任何时候
都不要同看门的狗发生冲突
狗在向你发出声音之前
已经看出你身上的衣服值几毛钱
在当今社会
狗同过去一样不说人话
但是因为物质丰富
狗也变得聪明了
早已经洞察了一切
了解主人的心态
所以该咬谁，不该咬谁

狗跟主人都心知肚明

如果你一定要见主人
就得付出代价
得用什么去哄好狗
让狗知道你背后的势力
这是高深的问题

流浪狗

散落一地的狗毛
是从同伴身上拔下来的
一只更比一只凶狠

没有希望
也找不到食物
只能在同伴身上撒气
扳倒一个同伴
便少一个对手
狗的心里一直都这样思考
各种手段，各种计谋
层出不穷，眼花缭乱
想尽一切办法
要把同伴踩到脚底

斗了一年又一年
流浪狗还是流浪狗
除了一颗受伤的心
和日渐荒凉的狗窝
没有什么改变发生

一个人的夜晚

月亮明晃晃的
从东边的山上爬了上来
这样的夜晚
你不来，简直就是辜负

星星挂满天空
眼睛一眨一眨
这样的日子
没有你，那是多么遗憾

冬天让雪成了一个诱惑
春天让花变成一种等待
把一口水反复喝下去
你可知道其中无奈

有你的日子
生活是一首歌
没有你的日子
一切都成了回忆
你可知道其中滋味

这一夜

一些远去多年的记忆
在黑夜里将我内心点燃
让我的思念又反复了一回

曾经的点点滴滴
在感觉里阳光明亮
透明如一首诗
直到今天
我依然清晰记得

故事中的那些
懵懵懂懂的日子

这一夜
我是幸福的
我是那个年轻的自己

下雨天

一场雨让人对这个世界
仿佛又害怕了几分

连太阳也躲了起来
似乎远离了芸芸众生

一个人奔走在雨中
是那么孤立无援

没有阳光的日子
确实让人心生寒意

雨下得久了
感觉白天和黑夜
没什么区别

过程

草是一种诱惑
风轻轻拂过
无意间暴露了目标

扳机扣动的那一刻
一切都烟消云散

特别推荐

诉说美好 ◆ 倾听心声

所有努力只是开始
现实如此残酷
猎物到死也不明白
仅仅是一棵草
让自己成了别人的美食

时间在草尖上流动
以另一种方式走过
究竟是猎人伟大
还是猎物幸福
这一切谁也不知道

夜深了

瓜子皮散落一地
毫无顾忌，杂乱无章
总共有五百零六颗
其中三十多颗是空的
十多个是苦的
其余的全都正常
星星的眼睛一眨一眨
我想了一遍又一遍
没其他任何问题
一杯水拿在手里
淡淡的味道让人感动
洗洗睡吧
今夜的月亮
注定徘徊在流浪的路上

无 题

翻一本书，像看一个人
情节随着文字起起落落
脸上的微笑，心中的痛苦
故事的浪漫与现实
因为一场雨
让生活恢复了本来的面目

在一些平常的日子
云朵很低，天气晴朗
各种各样的花儿，竞相开放
赤橙黄绿，高低不同
惹一些蜜蜂，哼哼唧唧
一天到晚地忙忙碌碌
像太阳一样起起落落
熟悉而又陌生

真羡慕那些，花枝招展
走街串巷的女人
她们挥挥手
就可以摘下一片云彩
浓妆艳抹的脸
多像领导的办公室里
床头柜中的那些水果
光彩夺目，惹人羡慕

　　张羽中，网名昆仑山之石，甘肃省陇南市西和县何坝镇人。中华诗词学会会员，中国楹联学会会员，甘肃省作家协会会员。曾在《延河》《诗林》《北极光》《诗词》等刊物发表作品多篇。

姜灿辉的诗

相遇一束光

穿过手指间的柔光
你想它们久久停留
瞬间的遇见
让心抵达秋的薄凉

心在纯净的日子
去寻找一朵朵流云
仿佛每一朵云的离开
都会有一个故事

我们常为一些壮阔的意境
感动至极
也为一朵迟开的小花
而暗自惊喜

想象在草原上
模仿着格桑花舞蹈
让自己的歌声
飘扬在那无边无际的绿色里
让寻觅变成一束美丽的光芒

总有一份宁静
让人憧憬

总有一个温柔的情结
系在心窗
像一把季节打不开的锁

你是我的天空

夕阳硕大而通红
没过多久
便落进远处的树林里
西边的天空
挂起了一绺橘红的晚霞

白云聚集一起
像孔雀展开的翅膀
也如一条大鳊鱼
张着嘴巴寻寻觅觅

我喜欢阅读天空
读它的宁静和辽阔
也读它变幻的美
我却不敢读它的深沉
天空仿佛是一位画家

于是我学会了凝望
也学会了等待

特别推荐

诉说美好 ◆ 倾听心声

亲爱的
你就是我的天空
你含着惊喜的微笑
为我打开一片无边的湛蓝

爱是心灵的花朵

窗外
天空阴沉着脸
风的吼叫像战斗机轰鸣而来
天气真的凉了

季节一步一步
向深处走去
不久
很多树木都会脱光衣服
向冬天奔跑

我不怕冷
我心里有一条温暖的河流
春天荡着小船
在河流上画着你的微笑

当雪花纷纷扬扬
给大地披上银装
我便在雪地上
用树枝写着你的名字
旁边画一些心形的花朵
冬天就会变成可爱的模样

乡村之夜

乡村公路的路灯
没有城里的亮
它们像含羞的花朵
轻轻地掀开夜色

一个人走在路上
风里带着清凉
突然觉得路灯
像一群可怜的孩子
低着头，默默读着地面

抬头
夜空像黑色的湖
所有的星子
都躲了起来

远处的资江大堤
像在天边涂下的黑影
隐约可见
堤下的灯光如星辰闪烁
似为夜戴上了一条闪光项链

温柔的白马

一匹白色的马
走在大草原上
它没有奔跑
只是默默地望着远方

它在等待吗
还是在寻找
草原像江湖一样
心里打开一片辽阔
还有无法预知的险境

秋天
总是披着一层苍凉
心想用文字取暖
那摇曳的格桑花
仿佛还在成群走来

远处的帐篷
像一个个灰白色的蘑菇
似与天空相吻
清凉而又美丽

傍晚的小桥上

吃过晚饭
人们喜欢在桥上乘凉
桥下的水渠清清的
风从水面拂来
特别凉爽

人们倚在栏杆上闲谈
欢笑声在桥上回荡
夜幕降临了
大家还不想回家

白天的劳累
仿佛早已忘记
朴实的小桥
带给了人们惬意和快乐

站在桥上
可以看到一个个鱼池
像一面面蓝色镜子
照着天空的微笑

远处的资江大堤
极像一条绿色的带子
系在天边
宁静而朦胧

秋夜

路灯
是夜间盛开的花朵
擦亮着
夜的宁静

我让等待
变成温柔的花朵
我的夜空
便星辰闪烁

可我们都已变得淡定
美好的一切
已开始变为曾经
变为心空迷失的云朵

心已不再撑开
那把紫色的伞
真怕它摇曳出一帘烟雨

乔口之夜

远处的灯光
像闪烁在天边的星辰
它们倒映在柳林江里
一束束柔和的光
在吻着河水

特别推荐
诉说美好 ◆ 倾听心声

月亮在车窗外
仿佛跟着车在跑
温柔而娴静
美丽了夜空
桥两边的路灯
向车后快速奔跑
它们是绚烂的花朵
擦亮着我们心中的等待

过了柳林江大桥
乔口古镇便亮在眼前
两边的高楼灯光闪耀
各种店铺招牌上的店名
五光十色，瑰丽无比
闪过不停
惊艳我们的视野

茉莉花

表弟后门口的
一盘茉莉花开了
花朵小巧可爱
洁白的花瓣重重叠叠

它们在宽大的绿叶上
随风轻舞
浅笑嫣然
散发着淡雅的芬芳

那些含苞未放的花蕾
含着些羞涩
在等待绽放的惊喜里
像静静点燃的白色火焰

茉莉花朴实而纯洁
带给人们恬静之美
它们以精致和典雅
向秋天展现温柔的魅力

夕阳里的王家河

此时的王家河
似一面绿色镜子
夕阳把河边的树林
染成金色

一群群游鱼
在河面嬉戏
拖着一条条细小的浪
在静静荡漾

一些发黄的树叶
在河面飘荡
我把它们当成一只只小船
装着秋天的凉意和宁静

一只小渔船
像画在河面一样
船头的村民手里提着网
准备向水中撒下一个圆
船尾的村民
不紧不慢地划着小桨
把悠闲写在河面
那溅起的水花洁白晶莹
闪烁在夕阳金色的网里

长春花

以前听到过长春花的名字
觉得很美
总以为在春天绽放
并在心里
想象它们的样子

表弟家后门楼梯间
两盘长春花开了
像淡红的星子
闪烁在碧绿的叶子上

它们的花瓣自然平展
笑意盈盈
在秋风中轻舞
样子恬静而优雅

常春花似乎把春天带来
把典雅和芬芳带来
它们是一群可爱的仙子
让秋天沉浸在甜蜜的遐想里
尽情享受它们的温柔

天空

此时的天空
正打开湛蓝的扉页
你含着微笑
看着白云为你剪裁
最美的纱巾

我在你下面的绿草地
放着一个心形的风筝

并写上我的真诚祝福
亲爱的，生日快乐

我的风筝升上了天空
瞬间变成一朵柔美的云
依然是心形的模样
亲爱的
你看到了吗

到了夜晚
我还会召唤一些星子
为你拼出最亮丽的文字
亲爱的，祝你
美梦成真，幸福永远

洋沙湖

我们带到了洋沙湖
准备去看花海
热情的小曼打票去了
同学们便在门前的大坪闲谈

我走到湖边
眼前的洋沙湖特别辽阔
湖水清清的
一个个柔波向湖边涌来
正画着优美的弧线

天空湛蓝湛蓝的
像洗过一样
湖心有一个小绿洲
树木葱茏
让洋沙湖变得更有诗意

特别推荐

诉说美好 ◆ 倾听心声

此时
一只小艇像箭一样射过来
瞬间打破了湖的宁静
洋沙湖便动荡起来
那驶向远处的船只
像画在湖面一样
对岸的高楼
直插蓝天
像贴在天边一样
让人读到宁静之美

默读黄昏

你靠在足球门柱上
夕阳在西边的天空
画着一个通红的圆
柔和的光线织成网

没过多久
夕阳落进远处的树林里
天空挂着橘红的晚霞
一群一群的小鸟
把歌声带进树林

此时的田径场
变得格外开阔
一些新生的小草
舒展着嫩绿的叶子
在微风中轻舞

身后是球门的网
其实
生活也是一张网
却网不住那些美好的瞬间
以及心中放飞的遐想

十里桃花

当你依在他的肩上
桃花就开了
粉红的桃花
把窗外点亮了

你们种下诺言
种下似水的柔情
桃花的芬芳
从窗口飘来

岁月变迁
时光如一条小河
清清浅浅
你仍在桃树下
守着那亲切的声音
寻找从前的温馨

十里桃林
仍在举着粉红的火焰
却照不亮
来时的路

我的南方

资江清澈宁静
在画着天空的湛蓝
黑山羊在堤坡
啃着新生的嫩草

泊湖的荷叶像撑着
碧绿的伞
洁白的荷花像仙子一样

在绿叶丛中舞蹈

傍晚，小渠的石拱桥上
人们倚在扶栏上
读夕阳落进资江河里
读小鸟成群飞向堤边树林

而田野像碧绿的海洋
一直荡漾到天边
一排排崭新的楼房
正被树林掩映
让乡村变成一幅优美的图画

如果天空飘着细雨
江南便会烟雨蒙蒙
那江边的垂柳
远看如淡绿的雾
静谧里含着似水柔情
宛若少女心中朦胧之恋

有爱的绿草地

青青的草地上
开着五颜六色的野花
在阳光下闪烁
像一个个灿烂的笑容

一只小花猫
眯着眼
躺在小白狗的怀里
世界
出奇宁静

小白狗和花猫

便成了
让人羡慕的风景
爱像一条温情河流
流过草地
被阳光染成金色

爱的风景线

两只白鹅
向小屋飞奔
小屋盖着黑色的燕子瓦
屋外堆着一些干柴

一只翅膀竖起
像洁白的风帆
一只翅膀平展
扇着温和的阳光

它们朝夕相处
形影不离
所有的时光
都沉浸在快乐里

一起觅食
一起游玩
一起歌唱
生活浪漫而惬意
它们真像一对夫妻
是人们羡慕的风景线

　　姜灿辉，中国网络作协会员，湖南省诗歌学会会员。创作三千余首诗歌。其中组诗《永远的故乡》获2018年《北极光》我的乡愁全国散文诗歌大赛特别新诗人奖，作品《黄昏》荣获2019年全国第二届"琅琊杯"诗书画家精英赛二等奖。

特别推荐

诉说美好 ◆ 倾听心声

毕季清的散文

冬日栽冬青

已经过了霜降，天气开始变冷。这天一早我骑着电动车，回岗山父母家。天刮起了大风，我是三位一体，全副武装，帽子、口罩、手套，就这样身上还是凉意袭人。我骑到昌平花园北边，刚拐到新设计院路——这地方是拐角，视觉受到影响——忽然听到快乐的笑声，我扭头一看，在拐角处有十几个农村妇女，围坐在一起栽种冬青。她们头上戴着围巾，红红绿绿，色彩鲜明，映衬着手里的冬青。冬青泛着绿意，与她们色彩鲜艳的头巾，形成鲜明对比。她们爽朗的笑声在冬天里散发出暖意。

我望着她们的身影，看着周围，车如流水，人群匆匆，她们却在寒冷里栽种冬青。我想起花园里一年四季带有绿意的冬青及悠闲散步的人们。

冬青的意蕴和生命相通，具有极强的象征意义。它的特性和人的生命体征有着相同的脉系，它的形态是挺拔的，它的叶片有耐寒力，人们常常把它和人类的意志、精神相连。

我看到她们栽种的是小冬青。虽然它不是那种高大乔木，但有着共同特点：生命力旺盛，散发生命的活力，释放出一种精神、信仰。

小冬青不高，其貌不扬，特点是常绿。

冬青的特性、色泽、本质和人类生命的本质相通。人们青睐它的生命力旺盛，有着生命的暖意和温度，在哪里都可以生存。无论是在山坡上，平地里，还是在社区，一丛丛，一簇簇，它们释放出生命的力量，散发出勃勃生机。在家庭，在办公室，人们通常摆放一盆冬青。冬青绽放的绿意，彰显出主人的不俗和人格追求，是一种良好精神状态的呈现。凡是有冬青的地方，生命力奔放，有着积极向上的精神。

我们平常看到的是郁郁葱葱的冬青景观，是一种形状、造型，这种景观背后的忙碌却是鲜见。

我看着她们在寒冷中忙碌。虽然她们弯着腰，却没有懈怠。虽然寒冷，脸上却闪耀着明亮的光彩。我感觉她们自身就是一簇簇冬青。她们身上释放着冬青的生命特征。这种人与冬青的交流、互通,是树灵与人类心灵的对接。随着一簇簇冬青植入泥土,仿佛土地都有了生命力。随着她们的劳作,象征生命温情与顽强体征的冬青在冬日里铺展开来。

冬青只有植入地下才有了气场,有了生命力,才传递出生命的意义。而正是这些普通的农村妇女,培植了它们。她们是冬青的酵母。绿色就是这样铺就,绿意就是这样释放。我看着冬天里的她们,再看一看面前赤裸的地面,认为这里就要绽放郁郁葱葱的绿意了。

绿色就是这样不断延伸,生命就是这样充满无限生机。

天 境

1

天境不是天堂,天堂如虚如拟,为宗教蜃景;天境亦非仙境,仙境似梦似幻,有天禀之赋。天境,是浑厚的意境,是斑驳的意象,是无言的大美,是天乐般的梵音。她承载历史的厚重,透视生命的星空,穿越宇宙的浩瀚,阅尽天园的美景。

秋韵深郁时,我首次乘飞机去彩云之故乡——云南。乘坐波音747客机,在八千米天空,欣赏了美绝人寰的天景——云彩,并与天穹谈心,同云际对话。

2

波音747客机像太阳车,而我像古希腊神话中驾着太阳车的太阳神阿波罗。我在太阳系里穿行,领略着宇宙的大美,大境界。

但见,浩渺天际,云翻浪涌,变幻无穷,各色云朵,绚丽多姿,姿态万千,使人如同进入梦之境,幻之境。

这里有契诃夫笔下《草原》上的浓云,刘鹗《老残游记》中的云朵,萧红《呼兰河传》里的云霞,叶梦得《八声甘州》中的云河……

各色云朵,千形万象,姿态迥异。那是黄海怀的江河水,在二胡缠绵的音调里,缓缓流淌。那是显克微支描写的大海,波光粼粼,喷雪抛玉。那是陈容墨下的巨龙,或潜隐,或飞腾。那是梅尧臣笔下的山岳,峥嵘高峻,巍然雄奇。那是托尔斯泰刻画的野狼,似在怨诉,似在哀号。那是梅尔维尔描绘的白鲸,自如腾跃,海水溅珠……

各种云彩,仪态万千,风情万种。那袅袅娜娜、翩翩而行的宛如德沃夏克的《自新大陆交响曲》中的慢板。那自由奔放、匆匆疾行的恰如中国琵琶名曲《十面埋伏》中的快板。那舒展轻盈、从容而行的像柴可夫斯基《D大调第一弦乐四重奏》中的行板。

观云即此,心有思忖。角度迥异,体味不同。地面望云,只觉陈味平淡。天上观云,方知别有奇观。看云如斯,生活亦然。若遇不顺,或有挫折,即像观云,多种角度思考,定会别有洞天。

逆境是心灵上的门槛,却是思想上

的景观。

3

云朵浩浩荡荡，在宇空里自在灵动。波音747客机犁开簇簇云朵，像划过层层波浪，在云的波涛浪涌中飞速前行。须臾，飞机驶出齐烟九点的齐鲁，进入有九朝古都之称的中州——河南省。

这是一片历史的天空，这是汉风宋韵的天空，极目豫天舒。大河文明在此孕育，仰韶文化、龙山文化在此发祥。这里的每一片云朵都鼓荡着历史的回声，这里的每一片云朵都裹挟着银瓶乍破水浆迸的战争风云。我看见，龙钟飘髯的老子，目光深邃，淡泊安然，手中捧着《道德经》，口中吟诵着有关宇宙、自然、上善若水的哲言，骑着青牛，缓缓而来，祥云缭绕，紫气氤氲。我看见，东周、西晋、后唐等九朝君主们在逐鹿中原。苏秦挂六国相印，在诸侯之间，雄辩滔滔。曹孟德把酒望月，横槊赋诗。李煜身为臣虏，吟出了"问君能有几多愁，恰似一江春水向东流"的千古咏叹。

倏然，波音747客机驶入天府之国。这是一片文明的天空。这里的云层浸润着文化的羽痕，这里的云海凝聚着思想的帆影，回旋着鼓角争鸣。大禹导江、杜宇化鹃的美丽传说使人咨嗟，三星堆、十二桥的历史遗迹让人流连。我看见，大行普贤骑六牙白象，目善眉慈，汲水洗象，光映峨眉金顶。陆放翁，此身合是诗人未？细雨骑驴入剑门。苏子瞻把酒临风，究问青天。其森森思绪，绵绵情怀，在天地之间自由翱翔。

如幻之中，飞机进入彩云之南的故乡——七彩云南。这里是云蒸霞蔚的天空，这里的云海美轮美奂，飘漫着历史的云烟。我闻到了春城无处不飞花的香气，我看到了寒食节散入五侯家的袅袅青烟。我感佩南诏古国的遗址，我惊叹寓意东巴文化——纳西人的象形图案。我看见，六月云带、绿雪奇峰的玉龙雪山十二美景，澜沧江、金沙江、怒江三江并流的景观，五朵金花在蝴蝶泉边舞步翩跹，傣家少男少女于澜沧江畔翩翩起舞。

4

这次云中之行，可谓美奂之行，穿越了历史星空，欣赏了天际美景，同时，我也看到了不和谐音符。在彩云之中有黑云，在明媚之中有污染。山东的天下第一泉常常"气短"，河南的龙门石窟寿命正在缩减，四川的西岭雪山升高了雪线，云南的滇池浊气熏天。

人类欲要生活之快乐，祥和，宁静，就要满怀虔诚之心，敬畏苍天，使其安静，千万不要让它感冒、上火，更不要让它打喷嚏。否则，潘多拉魔盒将被毫不留情打开，人类必将灾难无穷，陷入万劫。欲不为此，人类就要从身边做起，热爱自然，保护环境，减少污染，让地球更洁净，让天空更明媚，让阳光更灿烂，让彩云更绚丽。

这次天际之旅，可谓心灵之旅。我听到了天与地的对话，灵与肉的问答。领略了天上万象，世间百态。看到了人类对生命诞生的喜悦，对死亡的悲哀，对人生苦短的无奈。看到了人们物质生活的丰裕，精神世界的苍白。由此，触发了对人的生命的理性思索。

对于生命，先贤们从没有停止过探索的步履。六朝时，古人已发出深刻的拷问：生年不满百，常怀千岁忧，人生苦昼短，何不秉烛游？透视了生命的定律，人们的心源。古人们面对的是混沌初开的世界，新元复始，面对生命的无常，物质生活的匮乏，古人却表现出了超然和达观，坚持了对精神世界的终极探索。

今天的人们，在尽情享受物质生活的同时，一部分人逐渐丧失了对精神世界的诉求，与精神家园渐行渐远，看事业为嬉戏，视人生为驿站，最终成为精神世界迷途的羔羊。结果是，世风不古，德行异变。面对激烈竞争，心灵脆弱，不能承受挫折与磨难。人们在功名与利润的惯性驱使下，循规蹈矩生活，有些人不再留意每天的太阳是不是新的。所以，人们应迅速开启心灵灯塔，找准生命坐标，定好事业罗盘，积累物质财富的同时，更要打造精神家园，构筑灵魂憩芳草地，淬炼能够承受生命中一切之重的心灵，营建精神天境，让心中日月常新美。

5

天境是一种心境。欲有心境，先有人境，后才有天境。天境即在心，在与自然的融合，在天人合一，而这需要人类的精心呵护与滋养。

爱护自然，天地和谐，人类大同，这是作为万物之灵长的人类追求之终极目标。世人，千万莫因人祸，让天籁沦为天赖，天景变成天惊，天境成为天怒。

壶口瀑布——生命的交响

1

如果把黄河比喻为一首雄壮的交响乐，从它的发源地、上游、中游，到汇入浩瀚大海，分成若干曲式，壶口瀑布就是它的呈示部。如果这首交响乐是冼星海、光未然的《黄河大合唱》，那么，在《黄河船夫曲》《黄河颂》等八个乐章中，壶口瀑布就是《怒吼吧！黄河》，是最为缤纷雄伟的华彩乐章。

2

我们一行数人是从延安乘中巴车去壶口乡的。我们基本是沿着黄河的同一方向走。经过数个小时行驶，终于到了壶口瀑布。

我们从距离壶口瀑布约两里路的地方下了车，然后向瀑布奔去。虽然有了一定的心理准备，但是眼前的一切还是把我们震撼了：宽达五十米，深约五十米，最大瀑面三万平方米，是中国仅次于贵州省黄果树瀑布的第二大瀑布，也是世界上最大的黄色瀑布。如果说这里是黄河的中游，黄河之水天上来，那么黄河上游的水如同一条天河从天上倒灌下来。它如同一条硕大的七彩画布横亘在那里，那浩荡奔放的黄河之水则是画家。

3

黄河在平原上流淌时，呈现的是温顺、祥和，使人感到厚德载物；在峡谷里奔腾时，虽然空间狭小，仍然给人以气势如虹、自由奔放的感受；到了壶口瀑布，本来是宽敞的河道一下变得非常狭窄，逼仄。滚滚黄河水至此，三百余米宽的洪流骤然被两岸所束缚，上宽下窄，在五十米的落差中翻腾倾涌。万里黄河一壶收，河水被困在一片狭小的空间，浩荡的河流不再横流，河水受到了强大的挤压。

正因为挤压，才有了咆哮；正因为无路，才有了呐喊；正因为狭小，才有了抱团。往往最狭窄的河床，集聚着最强大的力量，最大的能量。水电站，都是建在最狭隘的地方。被挤压不可怕，水能被挤成热能，水流被挤成电能。

挤压出能量，愤怒出力量。

辽阔使人感到宽阔、舒畅，令人神怡。峡谷让人感受到气势、奔放，但是，一壶之地更让人眼前一亮，令人振聋发聩。宽有宽的度量，狭有狭的气势。事物的特点就是不同的境遇造成的，不同的环境、不同的条件成就不同的特质，正因为如此，才有了世间万物的千差万别。这里面没有对与错，优与劣。凡事都有其内在特点，二者相辅相成，互相包容。人生的航道如同河流的航道一样，充满了曲折、迂回，所以，在日常生活中，遇到挫折、困难，不能消极对待，不能气馁，要善于发现事物的优势，使被动变主动，从而游刃有余，逢凶化吉。因为，再黑暗的时候，也会有光明，再失落的时候，也会有希望。

4

壶口瀑布似一部雄奇的交响音画，呈现给世人一幅大气磅礴、美艳夺目的画卷。它惊天裂地，似万马奔腾，如雷霆万钧，像山呼海啸。

壶口瀑布在我脑海中，呈现出一幅幅五彩斑斓的意象：我看见徐悲鸿的奔马，正嘶鸣着孟郊"春风得意马蹄疾"的诗句，猎猎长啸；我看见李可染的猛虎，正狂吼着李贺"雄豪气猛如焰烟，无人为决天河水"，裹挟着狂风冲下山岗；我看见冼星海正猛烈敲打着琴键，一组组音符化作汹涌的浪花。

壶口瀑布不仅有着地理上的景观，而且具有内涵和精神底蕴。它是培育英雄的温床，它是孕育壮士的滥觞。多少勇士在这里寻找到了展示雄壮的舞台，多少怯懦者在这里重拾勇敢信念。多少英雄在这里使自己的生命像星空一样璀璨，多少烈性男儿在这里为自己树立起勇者的风范。

这里没有婉约，这里只有豪放；这里蔑视怯弱，这里倡导勇气；这里拒绝邪恶，这里弘扬正义；这里蔑视猥琐，这里崇尚崇高。

1987年9月，黄河漂流队探险队员王来安乘坐由四十个汽车轮胎缠结成的密封舱，顺瀑布而下，揭开了人类在壶口体育探险的序幕，人称黄河第一漂。其后，天津张志强在黄河大桥跳悬索，人称中华第一跳。1996年8月，河南冯九山横跨壶口走钢缆，创下高空走钢缆最长的世界吉尼斯纪录，被誉为华夏第一走。

诗人光未然，音乐家冼星海，就是在黄河壮丽奇景的激励下，谱写出了鼓舞人民斗志的《黄河大合唱》。也只有在壶口瀑布附近，才能真正使人感受到黄河在怒吼、黄河在咆哮的真正内涵和寓意。我仿佛看见，冼星海正对着黄河，手中有力地舞动着那根指挥棒，亿万人民伴随着他有力的节拍，齐声高唱："风在吼，马在叫，黄河在咆哮，黄河在咆哮……"它幻化出革命的浪漫主义和英雄主义的恢宏乐章。它成为中华民族不屈不挠的象征。

这里没有小夜曲、奏鸣曲，没有慢抹轻抚调的丝竹，没有声声慢的木管，这里只有交响乐，只有放射着铮铮金石之声的铜管，只有震耳欲聋的打击乐。这里没有肖邦、莫扎特，这里只有海顿、贝多芬。

5

凝望着壶口瀑布飞扬的神采，我在想，在今天的社会，人们对于种种现象不满的情况下，壶口瀑布给了我们太多感受和启发。它折射出许多真理，对于我们的今天和未来有着积极意义。它以摧枯拉朽的气势，树立了正义；它以高标气质释放着正义的能量；它以卓尔不群的性格，树立了正气的雕像。它是最好的"清洗剂"，洗涤着社会存在的污浊现象；它是振奋剂，给萎靡不振的人增添能量；它是高能发动机，推动中华民族在改革征程中无畏前行。它是美的制作者，创造出雄壮、阳刚的壮美形象；它是哲理的阐释者，释放出深邃、深刻的思辨理念。它是中华民族大义凛然的象征。中华民族必将以雷霆万钧气势，在民族复兴的征途上浩然前进。

绝壁天梯

绝壁天梯有两重境界。一是物象，二是人生。

从表面看，绝壁天梯是物象。就内里而言，绝壁天梯是人生。物象浅显，人生深刻。

世上的路有无数，关键如何选择。

走投无路时，便有了路。

路不是境，绝路不一定是绝境。有一句成语，绝处逢生。

天无绝人之路，后面给你关闭一扇门，前面会给你开启一扇窗。但是，需要自己主动开启。

特别推荐
诉说美好 ◆ 倾听心声

我们把通向青藏高原的铁路,称为天路。天路也是路,也是人为,也是人的意向。

世界上,有很多种路,有宽阔之路,有羊肠小道,但都是正常之路。绝壁天梯,也是路,却是纵向之路。人生之路最丰富,有纵也有横,人们可以纵横捭阖。对于绝壁来说,垂直是一种险峻,对于生命而言,绝壁是一种凶险,荆棘密布,充满坎坷。它兀自独立,直刺苍穹。

人类诞生伊始,从海洋到陆地,从爬行到直立,这中间经历了亿万年时光。人类的诞生,也是经历了"攀爬"过程,是恩格斯在其《自然辩证法》中所言的劳动。从海生物到陆地,到人猿,从四肢着地,到前肢立起来,从爬行到直立,是环境变化,是为了生存需求。久而久之,前肢变成手,后肢成了脚,最终站立起来,过渡到人。

在中国有不少绝壁天梯。河南辉县的郭亮村位于两百米垂直悬崖上,还有地处四川大凉山美姑河大峡谷区域的悬崖村。这些悬崖上的村庄的形成,有着各种原因。人们为了躲避战乱或者避开灾祸,躲到这里。这些悬崖的上面,有村庄,甚至还有学校。在外人看来好像远离喧嚣是世外桃源,但是其中充满了艰辛。如果作为一次体验、旅游、历练尚可,但是我们看到那些生活在这里的村民,那些背着书包,命悬一线的孩子们,我们的心情无论如何也无法平静。好在这种状况已经受到社会广泛关注,随着精准扶贫的深入,已经改善,很多人已经搬离。

特定历史造就了这种状况,人们是在走投无路的情况下,选择了这条"绝路"。而这种选择是无奈的,也是悲情与决绝的。从另一个角度看,这些苦难、困顿,表现在人类不畏艰险、富有抗争的精神方面,折射出人性的美。人类面对难险阻,没有畏惧,他们与自然抗争,在悬崖绝壁上面凿开了天路,这是生存之道。德国地理学家拉采尔在1882年和1891年出版的《人类地理学》一书中,论述了人类作为环境的产物,其活动、发展受到环境的制约、影响。后来他的学生美国地理学者森普尔和亨廷顿等人更加强调地理环境对人类文明的决定性作用,他们的观点产生了广泛影响,形成系统的环境决定论。存在决定意识,恶劣的环境没有制约人类发展,作为高级灵长类动物的人类,逐步适应、改变环境。

当人类受到逼迫,身处绝境,自身的生命力、勇气、意志力会被激发出来,潜意识的生存本能会被激活。

我亲身经历的是地处太行山南麓、位于河南新乡辉县南太行的八里沟绝壁天梯。如果说太行山是一部雄浑交响乐,八里沟绝壁天梯则是它的呈示部。从远处望去,绝壁天梯有一种宏大的生命张力,如同一阕交响音画,默默进行着宏大的生命叙事。

现实版的绝壁天梯横亘在那里,在阳光照射下,发出幽幽的光。它在那里一立,威力彰显。

我感到展现在面前的是一部充满哲

理与人生的书籍。

绝壁与天梯是互相关联的,一个绝,一个天,意义自然显现,它呈现的是自然的险与峻,力与美,生命的道与理。天梯本身就是一种人文奇观,一个奇迹,一种精神。

八里沟绝壁天梯,整体呈之字形,垂直高度一百五十米,好像游弋的蛇,攀缘而上,又好像生命的轨迹。虽然不断出现拐点,但由此到达顶点。

绝壁天梯折射出绝壁人生。有时看似陷于绝望、绝境,却可以置之死地而后生。它是一面镜子,可以照见人的意志、品质。意志不坚定者,望而却步。坚强者,迸发豪情。

绝壁天梯有着强烈的心理暗示。在攀爬之前,很多人都是心情忐忑,惴惴不安。因为导游告知,不走回头路,所以,大家都害怕落下,落单是恐惧的,天梯相对来说只是害怕。虽然很多人恐高,有的还有高血压,有的嘴里发出阵阵惊呼,但事到临头,没有后退者。

攀爬在天梯上,万分惶恐,但始终是在扶梯攀升。我感觉到如果山体是一架巨大钢琴,而我攀爬的天梯就像一个个硕大的琴键,每一步的移动,仿佛在奏响一曲生命乐章,宛如生命在律动。最终大家都登顶,很多人瘫坐在地上,感觉到即使是方寸平地,也是那么平坦、舒服、踏实。有些女士流下了眼泪,心中滋味是五味杂陈。有的念念有词,再也不来了。

勇敢者在这里挺立。怯懦者在这里折腰。

就像一个事物的结果由多个因素决定,绝壁天梯也是如此,它的意义是多元的,它给我们的影响是多维的。

地球上有多少天梯,人生就会有多少路。天梯再多,它的数量是固定的、有限的,而人生之路却是灵动的、变化的。

绝壁是自然景观。绝壁天梯,因为有了人类的元素,便成为人文景观。在这方面,中华民族创造了很多奇迹。矗立的千年庙宇、四大石窟、绝壁天梯等,都是建立在绝壁上。

绝壁天梯作为一种自然景观,在我们眼前呈现。绝壁天梯又如同一部哲学书籍,给我们启示。虽然是天梯,它也是一条路,它再高,也有顶。人的生命之路是非常丰富的,关键在于我们的心态。如同我们攀登天梯,既然到了眼前,就没有回头路,一切的忐忑、恐惧已经没有任何意义,只有勇敢面对,脚踏实地,迎难而上。就像电视剧《西游记》中的一句歌词:"敢问路在何方,路在脚下。"而一旦到达,上面将会是另一种风景。

栏 杆

1

在悠久的中国文化史中,有这样一种有趣的现象。原本只是一种抽象、固态的物体,因为文人的关注、浸润,被赋予一种人文情怀,开始有了意象,使得固化的事物蕴含了精神元素，具有了生命形态，久而久之，便形成独特的文化气质。

就像栏杆。

从中国古代开始，文人志士便有了登高的习俗。这一风气可以追溯到孔子。孔子在游历景山时，曾经对子路、颜渊说：君子登高必赋。《诗经》中也有记载：升高能赋，可以为大夫。到了汉代，登高能赋成为士大夫的一种人格要求，代代传承，成为文人学士的一种精神诉求，成为一种独特的文化现象。

人们登高，又有登山、登台、登楼之分，而登楼倚栏则是具体表现之一。所以，身倚栏杆，有着独特的历史情境，包含着鲜明的时代背景，蕴含着特定时代的历史文化意蕴。

从此，栏杆成为中国文化史上的一个符号，成为中国文人抒发情感，寄寓情怀的一个物象。

我们无法推测谁是第一个登高、第一个接触栏杆的人，这已经不重要，重要的是登高成为一种传统，成为中国文化的一个特质，成为中国文人的一种精神气象。栏杆只是随着时间的流逝，成为一种载体，进而演绎为一种文化。来到这里的人们有着多重心境，他们不再是单一倚栏，还有凭栏、拍栏等多重表达情感方式。当然，登临者也不乏闲情逸致者。更多的是在国家民族遇到危难之时，各个朝代的文人学士、仁人志士们借栏杆表达情怀。他们是怀着愁绪和悲情，如乡愁、情愁、国殇。无论是哪一种，都是需要境界的。他们往这里一站，少许的一个肢体动作，甚至不需要任何表白，栏杆也会生发出浓烈的历史气韵。

2

栏杆，中国古称阑干，也称勾阑，早在周朝时期就有。最早使用的是木栏杆，石栏杆出现的时间晚一些。目前所见最早的是隋朝建的安济桥和五代建造的南京栖霞寺舍利塔上的石栏杆，是仿木形式。其建造本意是一种安全设施。

在物体上，栏杆是有高度的，但那是一种相对高度，在精神层面上，栏杆的高度是绝对的。同时，伴随着栏杆精神物象的展示，美便出现了。这种美含有多重含义，激越、豪迈、雄浑。

文人志士的这种情怀，使得物质的栏杆被赋予生命力，如同一个个流动的音符，构建成瑰丽缤纷的意向组合。

栏杆成为他们精神的家园，心灵的磁场。

栏杆成为其心中的小宇宙。不论朝代、姓氏、年龄，栏杆成为他们心灵的契约，他们在这里进行思想交流，进行跨越时空的文化传递。

和栏杆亲密接触的人们，有一个共同特点，他们都是孤独的。这种孤独使他们成为思想者。因为思想者大多是孤独的，是特立于世之人。

栏杆成为待响的鼙鼓。文人志士一个个走来，击发出一声声鸣响，营造出意象。他们或浅吟低唱，或豪迈放歌，或慷慨激越。栏杆化为他们绵绵不绝的心经，定格为他们心中的母题，那就是强烈的爱国主义情感。

3

古人每一次的登临，每一次的凭栏、倚栏、拍栏，都是一次火山般情感的喷发，都是一次文学史上的绝响，这些文学作品在文学史上闪耀着夺目光芒。

凭栏者，心膺浩茫，思接千载。
倚栏者，心绪繁郁，情思切切。
拍栏者，心潮激荡，激情满怀。

随着一次次的登临，我仿佛听到一阵阵历史的涛声在这里回旋，一个个意象在这里定格，一组组雕像在这里完成。

栏杆在这里回荡的是一种天籁，是一种天人感应。只有与历史的脉搏同拍共振，才得以与历史同行。

看，从历史的深处，李煜走来了，李商隐走来了，辛弃疾走来了……

凭栏，这里有李煜国破家亡的咏叹——《浪淘沙》：

帘外雨潺潺，春意阑珊。罗衾不耐五更寒。梦里不知身是客，一晌贪欢。
独自莫凭栏，无限江山。别时容易见时难。流水落花春去也，天上人间。

倚栏，这里有李商隐对家乡的思念之情——《北楼》：

春物岂相干，人生只强欢。花犹曾敛夕，酒竟不知寒。异域东风湿，中华上象宽。此楼堪北望，轻命倚危栏。

拍栏，这里有辛弃疾的激愤沉郁——《水龙吟·登建康赏心亭》：

楚天千里清秋，水随天去秋无际。遥岑远目，献愁供恨，玉簪螺髻。落日楼头，断鸿声里，江南游子。把吴钩看了，栏杆拍遍，无人会，登临意。

休说鲈鱼堪脍，尽西风，季鹰归未？求田问舍，怕应羞见，刘郎才气。可惜流年，忧愁风雨，树犹如此。倩何人，唤取红巾翠袖，揾英雄泪。

无论是李煜的咏叹，还是李商隐的抒情，或是辛弃疾的沉郁，栏杆已经成为他们心灵深处的一种情结，一个磁场，这个磁场成为他们精神家园，成为他们思想的宇宙。

4

从古人的诗词作品来看，跟栏杆相关的大多是词作，而且宋代尤甚，这同当时的环境有关系。宋代是一个积弱的朝代，这就决定了文风的特点。无论是婉约，还是奔放，都能恰到好处地表现出人们当时的境遇和心情。

每一个栏杆都有具体的历史意象，都有特定的历史元素。这些元素聚集成了历史酵体。而那些仁人志士们紧扣时代脉搏，跟历史同步，与时代共鸣，成为思想的发酵者。

在一系列关于栏杆的意象中，拍栏是最富有亮色的。

辛弃疾在登高拍栏时，面对的不仅是茫茫旷野，山水景致，而是整个宇宙、民族、人生。在手与栏杆的触点上，蕴含着他的理想、情怀、抱负、压抑与磨难。

这一拍，宛如虎啸龙吟，好像英雄长啸；这一拍，郁闷顿失，神清气爽；这一拍，气势如虹，豪情万丈；这一拍，成为一个定格，一种坐标。

今天，科学技术空前发达，文明程度也是今非昔比。早在19世纪末期，无线电报的发明，使得文字讯息瞬间传递到世界各地。今天的手机、互联网技术，在倏忽间，可以穿越千万里，到达地球的任何一个位置。纵然如此，这些技术无法使人类的精神和思想能够完成历史的穿越、时空的跨越，更不能从一个时代传递到另一个时代。

文化与精神层面的传递仅仅依靠敲打键盘是枉然的，还须依靠文化的意象和心灵感应。而栏杆已经超越了它应有的范围，成为一种思想的传感器，对于历史文化有着遥感和跨越时空的传递功能。

5

二十一世纪的今天，没有谁再在寒风中、在秋意里凭栏和倚栏，更没有人再去拍栏。人们不再凭栏远望，不再壮怀激烈，既没有了婉约，也失去了豪放。在人们的意识里，俱往矣，好像一切已然远去。今天没有了那种语境。

在今天，并非一切风平浪静，并非没有内忧外患。无论是世界局势，还是内部矛盾，都需要我们每一个人居安思危。许多人都在登高，他们不是为了望远，不是为了抒怀，更失去了辛弃疾在《声声慢》中"凭栏望，有东南佳气，西北神州"的那种浩大的家国情怀。他们有着剪不断理还乱的愁绪，只是这种愁绪是个人的，他们既不是凭栏，也不是倚栏，而是发自内心欣赏美景。

生于忧患，死于安乐。我们心中永远都要存内忧外患之念。特别是今天，每一个公民需要家国情怀，需要担当责任，需要有人仰天长啸，需要有人独上高楼，需要有人望尽天涯路，需要有人慷慨悲歌，需要有忧国忧民的情怀。

龙门石窟随想

1

如果说建筑是凝固的音乐，雕塑则是静止的历史，石刻雕塑就是历史上的繁枝茂叶。

这里是河南省洛阳市南郊12.5公里处，坐标为洛阳市南郊伊河两岸的龙门山与香山上。

此刻，我站在龙门山的远处，远眺着巍峨的龙门山与香山。只见山的上空祥云缭绕，紫气纷纭。在山的下面，龙门峡谷东西两崖的峭壁间星罗棋布、密如蜂房的窟龛中，莲花吐蕊，祥光四射。因为这里东西两山对峙，伊水从中流过，看上去宛若门阙，所以又被称为"伊阙"。

我仿佛看见从公元494年北魏孝文帝开始，在同样的时刻，在不同的经纬度上面，顺着同一个中华文化的脉系，历经东魏、西魏、北齐、隋、唐、五代、宋等朝代，在甘肃敦煌、天水麦积山、山西大同云冈的天空也是同样的云蒸霞蔚，祥光四射。我仿佛听见，千年的长河中，中华文明的心音深处，传出石凿斧裂的声音，宛如音乐般悦耳。这声音听起来没有杂声，像银铃，延续了千载，回响了千年。千年之中，在中华的大山中，一块块巨石被劈开，开成一个个长方形的石窟，化成一朵朵盛开的莲花，化作一个个慈祥的佛像，莲花盈香，佛歌萦耳，佛光四射。

面对瑰丽壮美的石窟，如在艺术的海洋。我沉浸其中，愕然陶醉，很想在里面畅游，沐浴其光泽，泽被其芳香。然而对雕塑，对于石刻艺术的价值与内涵，无论是宏观方面的历史文化背景、哲学思想体系、美学风格、艺术手法特点，还是微观石刻艺术造像的质、量、空间感的表现手法，我的确是燕泥鸿爪，知之甚少。我不敢贸然造次，唯恐有所不敬，亵渎了艺术。然而面对如此文化盛宴，我又不免有饕餮之念，对其有膜拜之意，欲罢不忍，只能诚惶诚恐，怀敬畏之心，忐忑之意，瞻其风姿，获取一二感知，姑且慰藉我心。

我沿着这条铺满艺术的花朵，闪烁着璀璨光芒的长廊巡礼。这条长廊的起点开凿于北魏孝文帝年间，之后连续大规模营造达四百余年之久，南北长达一公里，今存有窟龛2345个，造像10万余尊，碑刻题记2800余品。

虽然石窟的造像千姿百态，令人赞叹，但是有一个鲜明特色，那就是和佛教息息相关，有着浓郁的宗教色彩。龙门石窟是佛教文化的艺术表现，但它折射出当时的政治、经济以及文化时尚，自然而然，石窟艺术成了佛教文化的载体。

2

我怀着朝圣的心情来到石窟门前，走进这条闪烁着佛法之光的艺术长廊，领略它的美丽风光。当怀着朝觐般的心情迈入这神圣的殿堂时，蓦然有一种飘飘欲仙之感，眼前佛光缭绕，祥和静穆，一片璀璨氤氲景象。

首先扑入眼帘的是北魏孝文帝时期，这是民族大融合的奏鸣。在这里，北魏造像失去了云冈石窟造像粗犷、威严、雄健的特征，生活气息逐渐变浓，趋向活泼、清秀、温和。这里散漫着北魏孝文帝文韬武略、锐意改革的雄胆伟魄，辉耀着杨玄之《洛阳伽蓝记》的瑰丽，飘逸着王羲之的兰亭序气韵。

我们知道任何艺术都有其物质属性，同时更有丰富的精神寓意，渗透着深刻的精神内涵。它又是同历史环境、时代背景、审美习俗息息相关。宾阳中洞是北魏时期代表性的洞窟。宾阳意为迎接出生的太阳。而莲花洞因窟顶雕有一朵高浮雕的大莲花而得名，开凿于北魏年间。莲花是佛教象征的名物，意为出淤泥而不染。

突然，我看见一组规模宏伟、气势磅礴的雕像，那是大卢舍那像龛群雕。这种风格是唐代的。这里的天空显示着大唐独有的脉象，这是诞生贞观之治，开元盛世的朝代，这是产生过白居易的《琵琶行》、王勃的《滕王阁序》、张若虚的《春江花月夜》的时代。这是意识与存在的最好诠释，这是形而上学与辩证最合理的结合。唐代人们以胖为美，所以唐代佛像脸部浑圆，双肩宽厚，衣纹的雕刻使用圆刀法，自然流畅。这座依据《华严经》雕琢的摩崖式佛龛，以雍容大度、气宇非凡的卢舍佛为中心，用极富情态质感的美术群体形象，将佛国世界那种充满了祥和色彩的理想意境表达得淋漓尽致。

3

从瑰丽的艺术长廊中走出来，从佛的境界中走出来，返还到尘世间，有一种似梦非梦的感觉，兴悦之情，震撼之感是不言而喻的。石窟中保留着大量的宗教、美术、建筑、书法、音乐、服饰、医药等方面的实物资料，宛如一座大型石刻艺术博物馆，那些美轮美奂的佛像愉悦心灵。

历史的心音在这里律动，生命的活力在这里蒸腾。我仿佛感受到了他们的脉系，我仿佛听到了他们的私语。他们是艺术的唯美，是哲学的辩证，是命运的象征。

我扪心自问，为什么石窟多建在中国北方的黄河流域？从北魏至隋、唐，是凿窟的鼎盛时期，尤其是在唐朝时期修筑了许多大石窟，唐代以后逐渐减少。因为这个时期黄河流域是中国政治、文化、经济中心。

我同时也有一种矛盾感觉，不论是龙门石窟，还是中国其他诸多石窟、寺庙，为什么都建在远离闹市的地方？现在我明白了，这是和佛教本义息息相关。按照佛教的教义，佛是出世的。它的教义是不管现实多么残酷、不公，就是要人们接受现实，承认现实是合理的，对于不满、愤懑等情绪，采取忍耐态度。

它建在深山断崖之上，依靠巨大雕像，使芸芸众生在佛面前有卑微感觉，使人在高大的佛面前自惭形秽，失去心中积郁的那股气，那种愤。久而久之，所有的情绪都云消雾散，一切都祥和平安，清风明月，心中的苦难、反抗的欲望，在缭绕的香火中，化为轻盈的诵经声。最终它逾越了恶，导入了平安的元素，植入了人们渴望的心理，演绎成善与美的化身。

除此之外，另一种沉甸甸的感觉袭扰我的心头。在诸多的佛像中，有很多是被焚毁的，有很多肢体残缺，有的少了头，有的没有了脸，这些的确在人们心头留下了少许缺憾。转念一想，这些石窟历经两千年风雨的侵蚀，战火的破坏，不知经过了多少厄运，能有此运，有此结果，已属难得。再者，文明总是残缺的，而残缺也是一种美。想到此，心中也释然了。

4

我恋恋不舍地离开了龙门石窟，再回首，遥望龙门山，香山上宛如棋盘，我眼前还在飘飞着那些充满生命艺术体征的佛像。我在想，作为文化宝藏的一部分，作为珍贵的文化遗产，如何利用、怎样保护这份遗产成为当务之急。

至于它们带给后人的启发、警示,是糟粕还是精华,是消极还是积极,需要三思,然而这种思考是绵绵无绝期的。

千岛湖哲思

在自然界,山与水的存在已经有亿万年。它们的存在为地球增添了无尽美景,为人类带来丰富多彩的景观。如果没有山与水的点缀,地球将会变得苍白,人类生活也不会丰富。

山与水不是孤立存在,山水相连,山水相依,说明山水的密切关联。因为这种关联,才有了人文景观,还被人类赋予了生命意态。比如念青唐古拉山和纳木错湖的美丽传说。水因为依托山显得厚重,山因为有了水富有灵性。它们大多是以并存的方式呈现给世人,但是两者可以转化。这种转换是以水为主,它可以改变自然景观体征,它可以水滴石穿,也可以把山变成岛屿。

千岛湖就是这样。千岛湖由人工建坝堆砌而成,南北长一百五十千米,宽十千米。通过湖周边二十五条大小溪流、河川汇集入湖。

由于水的原因,陆地出平湖,山变成岛。在五百八十平方千米范围内,一湖碧水和一千多个岛屿互相穿插,相映成趣,形成一派湖光"岛"色的旖旎风光。

当人们在欣赏千岛湖的自然美景时,我却在寻找它的人文景观;当人们在为那些湖光岛影、水光潋滟的绝佳景致陶醉时,我在寻觅那些淹没在数十米深的古色古香的小镇;当人们津津乐道于水的碧波,岛的逶迤时,我在思索其中的变数,寻找山的影子,思忖自然与人文转化的哲学理念。

山不转水转,水不转云转,一切都在运转,无论怎么转,是有轨迹的。虽然可以变轨,仍然是在轨道上运行。虽然卫星在轨道上运行可以变轨,但是历史不会以变轨形式运转,就像那些沉没的小镇也是循着历史与时间轨迹向前运行。

原来千岛湖周边是山,是千"山"湖,是陆地。这么人为一"淹",陆地变成湖,山变成岛,自然景观与人文景观发生了互变。

这样的变化源于人类的求变心态:改造自然,利用自然,为人类造福。关于变,《周易·系辞》中早已指出:易,穷则变,变则通,通则久。

任何事物的变化都是万变不离其宗。就像长江三峡,三峡大坝没有建成之前,原生态的三峡山高谷深,水流湍急,自然风貌旖旎。自从三峡大坝建成,巫山云雨被截断,自然景观变成高峡出平湖的人文景观。这是人类利用自然,改造自然的一大壮举,也是人类对自身能力的检阅。现在看到的三峡两边的山体被淹没,没有了山的险峻,如同岛的形态。

千岛湖也是如此。无论是千岛湖,还是三峡,一切都是以水为本。天不变,道亦不变。那些被淹没在水底下的城镇,没有因为它们被淹没而暗淡了历史的光影,它们依然在沉寂中续写着历史。如果人类对自然利用与保护不力,水退却了,他们会恢复原来的面目。城镇不会消失,山脉不会变矮。

世界上任何东西都会被淹没,会崩塌,会消失,但是精神的东西不会。时间不会,文明不会,历史不会。虽然非物质不会崩塌,却会失传,没有了继承,就等于消失。

从千岛湖的变化来看,世间万物没有一成不变的,任何事物都是互相转换的。如此才有了自然与人文的互变,有了人类可以观赏的各种美景。这种转化不是量变到质变,而是充满了思辨。变化的程度怎样,要看人类的动机、理念。动机、目的明确,能够善待自然,正确利用自然,自然也会与人类良性互动,与人类和谐统一。否则,自然将会呈现给人类狰狞的面目。当然,这种变化还有一定客观条件,如同千岛湖,变化适当,不仅为人类造福,而且自然与人文景观并存,实现双赢。

千岛湖是这样,人世间的道理也是如此。

十八盘律动

1

大凡形而上的事物都是意象繁纷,这些意象又充满着审美特质,它们和审美的层面、角度紧密相连。就像古人所言,"横看成岭侧成峰,远近高低各不同"。

如同泰山。

在泰山集雄浑、博大、历史文化于一体的特点中,我的目光在它雄伟身躯上面逡巡,寻找一个经纬点。在它缤纷的意象中,我把目光聚焦在了其中一个闪亮的点:十八盘。

2

在我的感觉中,从起始点到最高峰玉皇顶,是一首交响乐,随着乐章次第展开,起点岱宗坊就是呈示部,十八盘是展开部,南天门是高潮,十八盘则是泰山的象征。

泰山十八盘是登山盘路中最险要的一段,共有石阶1827级。

在人们的感觉中,十八盘不仅是冰冷的、凝固的,还是抽象的,它静静地躺在那里,裸着身躯,被人们任意踩踏。然而,在我的心目中,十八盘是温暖的、形象的。它既像从南天门甩下来的一道天梯,又如一挂飞悬的瀑布。它用自己坚实的脊梁,默默地承受着无穷的重量,任凭人们踩踏,它都无怨无悔,默默为人们托起向上的希望。

如果说泰山的历史、文化属于软件,那么十八盘就是名副其实的硬件。

它是信念的酵母,是正能量的本源,是希望的大写意。

十八盘是每一个登山者心中的绵绵情结,是人们心中垂悬的一道彩虹。无论国内国外,无论年龄性别,人们在这里寄寓希望,抒发胸臆,展示毅力。

人们在攀登过程中，或凭栏而上，或手脚并用，无不气喘如牛，步履似铅。但是都有一个共同姿势，无论身躯多弯，头都是昂扬向上。因为前方有心仪已久的目标，那里是希望的支点——南天门。而到达南天门的终极愿景，就是登上日观峰，看壮丽的日出。十八盘和南天门的对接，不仅是一段山路的终结，而是愿景与希望对接，是艰辛和希望的递接。如果把日观峰上观日出看作是终极，那么从这里开始，那轮红日已经在人们心中升腾，呼之欲出，灿烂的红光已经开始四处迸溅，任凭艰难路险，休言腿痛腰酸。就像夸父逐日，人们不会停下追逐希望和太阳的脚步。无论何时何地，何种境遇，都会怀揣信念，向往希望，永远心仪那颗光芒四射的太阳。在我的意象中，每一个登山者都是令人敬仰的夸父。此刻，脚下的十八盘再也不是冷冰冰的，而是暖意融融；再也不是僵硬的固态，而是活力四射。

或许是心诚则灵的缘故，在我的感知中，十八盘好像灵动起来，它仿佛变成运载火箭，登山的芸芸众生搭载着它，向着希望奔去，向着太阳奔去。

3

十八盘在我的意象中，宛如一朵盛开莲花，花的枝叶在我眼前绽放着层层波浪。那1827级的台阶如同一个个舒展的花瓣，又恰似一个个旋转的法轮，在释放着佛法的要义。它好像一个转场，让我想起了在西藏时，藏族古老的习俗，他们手中摇动着一个个转经筒，围绕着冈底斯山一圈圈地轮转。它为信众祈福，为善者普度，为勇者开光。这里有着出世的超逸，这种超逸不是遁世，更非逃逸，而是一种对于现实的认知，是对于生命的顿悟，是一种精神的超越。面对十八盘的险峻、高兀，需要的是一种精神元素。这种元素，是一种气。它是正气、勇气、浩气。

这里有着入世的意蕴。面对十八盘的危耸，这种入世是超凡脱俗，不是看破红尘，而是超越红尘。它需要的是脚踏实地的从容，是勇者的无畏与坚定。

如果说泰山是一座音乐之山，十八盘就如同一个巨大的钢琴，每一个石阶都是一个琴键，我们每一次踏足都是对琴键的击打，如在音乐的旋律中向上攀登。每一个人都在用汗水谱写着自己的命运交响曲，呈现生命的力度。我仿佛听到随着铿锵的步履，整个泰山在起舞，在律动。

如果说泰山是一座哲学山，十八盘就是哲思闪耀的源泉。它蕴含了多元的思辨意蕴，每一种思想都能够在这里寻找到与其相适应的对接。那些似乎看起来神秘莫测的哲学家们，在这里是那么具象，那些抽象深奥的哲学思想在这里是那么简约、形象。比如苏格拉底、康德、罗素、老子、冯友兰，这些哲学大家们和我们的关联是那么直接、密切。你会发现，在攀登十八盘的过程中，他们的哲学思想无处不在，如影随形，时刻都在闪耀着它们的光泽。而我们其实都在以自身的行动践行着这些哲理，攀登十八盘就是我们对于这些哲理的体验。

这里有美国哲学家马斯洛的人本哲学。他认为，人生如同长远的行程。马斯洛希望在漫长的行程中，每一个人都调动积极因素，释放身上的能量，以寻求自身价值的实现。攀登十八盘同样是一场竞技，是和自己的内心较量。

这里有奥地利哲学家阿德勒的人格哲学。他提示我们生命的意义怎样体现出来。人生是在不断克服缺陷和自卑，要正确面对境遇。就像他自己所言，面对不同的境遇，要发出这样掷地有声的声音："我就是这样！"

所以十八盘是充满哲学的磁场，它闪耀着哲思之光，思辨之芒。一、二、三，每上一个台阶，都是一次向上的攀升，都是在增加心灵的高度和精神的气场。每一次的弯腰俯身，都是与地气衔接，是与石阶亲近，倾听它的律动。面对1827级石阶，每一个石阶都是一个哲学命题。当完成十八盘的穿越，不仅完成了一次物质的贯穿，更是完成了一次精神洗礼。完成十八盘的攀登，不仅是完成一次简单的旅程，而是完成一次心灵之旅。人生有了这次历练，蓄积了精神的巨大能量，那就是：积极进取，不畏惧难，勇于担当。这为今后的生活，积蓄了丰富的营养，它胜似一切的物质补品。缺钙的，骨质不再疏松；腿软的，能够直立行走；腰椎发软的，能够挺立。这是一次从物质到精神的质变，是一次精神的蜕变。它使弱者变得坚韧，自卑者变得自强，抑郁者变得阳光。

如果说泰山是一座励志山，十八盘就是试金石。

它是锻铁的火炉，检验人们的坚毅、勇敢。人们的脚步在这里摩擦，像铁块在通红的炼铁炉里淬火。我仿佛看见火花四溅。这里没有弱者，即使在这里站立一下的人，都为自己树立了勇敢者的雕像。每一步的攀登都是向着高处进发，都是目标的接近。人们的生命之光在这里投影，人类最本质的心源在这里昭示。纵使泪水与汗水齐飞，化成生命深处的馨香。那些白发苍苍的老人，那些身残志不残的人们，那些背负重物的挑夫，他们都在用全身的体力与热血，展示生命的亮度和烈度。在这里的每一个攀爬者，都是一种力与美的展示，坚强与执着的折射，不屈与不挠的呈示，精神与思想的绽放。

4

完成十八盘的穿越，带着对希望的憧憬，带着对太阳美好的向往，人们最终站在日观峰上面。如果说对十八盘的登攀是追求希望，那么站在日观峰上，弯曲的身躯变得挺拔，十八盘的逼仄变成辽阔。站在泰山之巅，等待太阳呈现，也是这首交响乐的华彩乐段。

我认为在泰山看日出，是人们的期盼。我们的生命征途不也是这样吗？最壮观的不是最后的结局，而是我们跋涉的过程。无论这个过程充满了怎样的艰辛、荆棘，无论有多少十八盘，只要我们一往无前，不惧艰难，坚持到底，前面一定有我们的日观峰，一定能看到辉煌的太阳。

当然，有时人们也不是那么幸运，因为天气缘故，不一定每次都能看到日出，也会感到失落。但是，看到日出不是唯一的愿望，关键是在我们的现实生活中，要时刻胸有朝阳，心怀红日。而这轮红日就是我们的心灵，是我们的正能量。这轮太阳，任何风霜无法阻隔，任何力量不能阻挡。无论我们身处何种境遇，无论是沐浴在阳光下，还是行走在风雨中，这轮红日永远充盈心中，这轮红日永远冉冉升起。

危 石

危石是大自然在危殆之地盛开的一朵奇葩。它以山作为母体，以内核作为卵子，经过沧海桑田，孕育而成。

汉字有象形、会意之说。从危字即可看出，危岩耸立就是如此。它没有中规中矩，而是呈现出一种棱角分明，荦然独立的特质。李白的《蜀道难》，咏叹蜀道之难，开篇就是：噫吁嚱，危乎高哉！位高才危。

从汉字联想到大自然中的危石。自然界中到处充满危石、险石，它们的成因大都是因为沧海桑田，经过了亿万年的变迁，或者因火山爆发，或者是受到板块挤压。它们不是平平凡凡的石头，皆为个性独特。

它们或坐落于名山大川，或遍布穷山荒岭，大小不同，形状各异。但无论是什么山岭，最险处都有危岩耸立。它们顶天立地，孑然于世，精神高蹈，气质豪迈，彰显着独特的风姿。它们大多数是屹立在山的最高点，有着险峻的造型，因此成为独特景观。它们大多数自成一体，也有的互相支撑，抱团。它们看似摇摇欲坠，却又巍然屹立；看似岌岌可危，却又正襟"危"坐。它们身临绝顶，直刺苍穹。它们和悬崖为伴，与白云共舞，栉风沐雨，披雪带露，吸纳自然之精华，接受刚风之锤炼，任凭狂风骤雨击打，愈加俊俏挺拔，为世人心仪。

《徐霞客游记》载：山雨复大至，乃据危石，倚穹崖而坐待之。

危石的身上，闪烁着多重意义，它是哲学，寓意着生命；它是美学，象征着崇高。

危石是自然之美，却有着生命的理念，由是联想到"危人"。这里，"危人"不是指危险、威胁，而是身处逆境，命途多舛者。这种状态有两种。一是面临磨难，身处大的逆境中，而又有着远大志向，有着家国情怀。就像司马迁在其《报任安书》中所言：盖西伯拘而演《周易》；仲尼厄而作《春秋》；屈原放逐，乃赋《离骚》……无独有偶，司马迁也正是在遭遇了宫刑之后，发愤而作《史记》。这是古人。在二十世纪三十年代，中国共产党领导的工农红军两万五千里长征，也是在危难之中的伟大壮举。第二种是现代生活中的人们，为了生存，疲于应对，压力很大，有的人能够正确对待，处之泰然，有的则疲惫不堪，消极对待。一种积极，一种消极，两种态度，得到的结果截然相反。

虽然危石和人形态各异，状态不同，可危石和人的境界相同，都是处危殆之地，却都是高处临风，坦然淡定，临危不惧。

有危石就有"危人"，它们和生命息息相关。危石不是奇石，不是巧夺天工，它和崩塌比邻，是鬼斧神工。虽然它临绝顶，却不张扬，处绝地，而不动摇。烈风锤击神色不变，雷鸣电闪不变色，千万年来，就这样傲然挺立。

它心无旁骛，没有杂念。因为它知道，哪怕有一点点动摇，也不会屹立；有一丝丝私心，也不会坚强。成为危石是少数，是卓尔不群，是一种幸运，是一种资格，是一种精神，一种信仰，一种高度。

人如危石，危石如人。在战争时期，国难当头，一切以民族大义为重，一切以国家至上。现在是和平年代，没有了那种须臾间的生与死，荣与辱的考验。虽然战争时期的血雨腥风不再，但是人生的世界观、价值观时时刻刻在考验着每一个人，时时刻刻检阅着人的道德观。如今依旧有忠奸之别，君子小人之分，有着原则立场的考量，有着积极与消极的人生观。虽然有的人衣着光鲜，但是道德败坏，这样的人，不用风吹，不需要人推，已经倒下。虽然有的人身有残疾，患有重疴，但是心灵美好，依然站立。何况在生存中，人无远虑，必有近忧。我们生活在种种压力之下，做人稍有不慎，便会趔趄，危机四伏。我们应当像危石一样，坚定信仰，绑定信念，在各种考验面前，临危不乱，在重压之下屹立不倒，站得挺拔，活得富有刚性。

转经筒

1

飘然的意态，虔诚的神情，雪域一般纯净的眼神，荒原一般古朴的面孔，嘴唇轻启，六字真言在喃喃念诵。厚重的步履，摇动的手柄，在沾满酥油的苍老之手的拨动下，小坠子轻快地转动。转经筒划过一圈的轨迹，象征着藏族完成了一次心灵的图腾，他们凝重的脸像酥油灯花轻盈跳动。

转经筒，这是我去西藏采风时，在雪域高原看到的一道独特景观。这种景观无论是在大昭寺、扎什伦布寺，还是在八角街、拉萨街头，乃至冈底斯山，随处可见。他们或成群结队，或独来独往，手拿转经筒，在晨光初曦，在黄昏夕照，在每一个时令，按照顺时针不停摇动，一遍遍念诵着，表情真挚、庄重。随着转经筒不停摇转，青藏高原那原始感和宗教感的浓郁气氛向外散发着，弥漫着。

2

转经筒有大有小，这种手摇转经筒又叫手摇玛尼轮，主体呈圆柱形，中间有轴以便转动，圆筒上刻有藏传佛教六字真言：唵嘛呢叭咪吽。在西藏，人们除了转动手摇转经筒外，还抽出时间去转更大的转经筒。大转经筒一般集中在寺院周围，一排排被整齐固定在木轴上，有专门的转经走廊。

在西藏随处可见转经人。人们认为转经相当于念经，是忏悔往事、消灾避难、修积功德的最好方式。其中被视为最高级的转经方式是围绕冈仁波齐转经。冈仁波齐是冈底斯山的主峰，海拔6656米。冈底斯山是藏传佛教信徒心中的圣山，因此围绕冈底斯山转经是他们最大的心愿。于是，在这生命的禁区，在通往圣山的坎坷路上，虔诚的信徒、风尘仆仆的旅游者、异国他乡的人，不远万里，冒着风险，来到冈底斯山，向着圣山，寄托他们美好的愿望和希冀。

转经筒是宗教的外延，是心灵的节点，每一圈的轮回，都包含了人们的期盼、执着、信念。这里面承载着对美好生活的祷告，对亲人的祝福，对未来的憧憬，充盈着藏族的虔诚之心。

3

我手中拿着一个转经筒，轻轻摇动，目光紧紧盯着旋转的光圈。我欲从那飞旋中，寻找到它的质感，透视它的内涵。

藏族没有经历过封建社会，而是从奴隶制直接进入社会主义制度。然而，制度变了，藏族全民信教的传承没有变。千年以来，藏族人民把理想、信仰，把对未来幸福生活的祈盼，寄托在小小的转经筒中。他们认为，经筒摇转，幸福无边。我感到这是一种迷信，

一种宿命，可转念想，西藏进入社会主义已半个世纪，又没有经历过封建社会，谈不上什么封建流毒的贻害，何以坚守？归根结底，在于转经筒的丰厚底蕴。它是一种文化，一种教义，一种信仰，一种精神寄托。它根植于深厚的藏传佛教土壤中，承接藏族历史的长链。在人们的意象中，它满含悲悯，恪守真诚，修积功德，勇于救赎，为人种福，劝人向善，这一切是它的内涵。转经筒则是载体，是其精神扩展。

4

我曾看过几部外国经典电影，它们所诠释的真理，所解读的人类共有的理念，所释放的深刻哲思，在我眼前闪耀，净化了我的心灵。它们是《阿甘正传》里的执着，《勇敢的心》里的勇气，《辛德勒的名单》里的责任，《宾虚》里的敬畏，《肖申克的救赎》中的信念，还有《千与千寻》中的救赎，《拯救大兵瑞恩》中的拯救。这是全人类共有的精神财富。其实，救赎也好，拯救也罢，其命题就是直视人的心灵。

心灵是什么？心灵是散发芬芳的花园，心灵是流溢真善美的泉，心灵是生命休憩的港湾。哀莫大于心死，人们最容易受伤的是心灵，最需要抚慰的也是心灵。特别是社会大变革的今天，有些人存一种浮漂、焦躁心态。电脑的内存越来越大，心灵的内存愈来愈小。潮汐是月亮的心跳，是自然现象。如今人们已不再把玩的就是心跳视为一种幽默，而是嫌其跳得太急、太快，以致使人们

心态失衡，终成病灶。究其根源有多种，婚姻、住房、疾病、工作压力以及不可预测的天灾人祸等等。这些在人们心中集聚、发酵，对人们脆弱的心灵进行挤压，使之不能承受生存之重。人们迷惑，当今高科技已使GPS卫星定位系统广泛应用。它给汽车、飞机、轮船定位，使其不再迷失方向，而发明它的人类，却找不到给自己心灵定位的妙器。

记得一位学者诠释《论语》，其要义在于让人们过上心灵需要的快乐生活，得到大众认同。原因在于这一理念与人们迷惘的心灵进行了对接。从这可以看出，对大众心灵的安抚、救赎是多么急迫和重要。所以，人们的精神确实需要一个支点。如果在心灵深处，人人有自己的一个小小转经筒作为寄托，经常把执着、勇气、责任、敬畏、信念、救赎轻轻摇一摇，念诵一遍，漂浮的心灵就会产生强大的定力。

5

经筒悠悠旋转，人的心境安然。藏族虽然武威、剽悍，但他们的心灵像雪山一样纯洁，像拉萨上空的白云一样宁静，像高原上的太阳一样温暖，像冈底斯山一样富有定力。充满神奇、富有无穷内涵的小小转经筒，在这片古老的雪域高原上摇转了上千年。今天、明天，它必将一直摇转下去。

摇出气定神闲，摇出幸福快乐，摇出和谐美满。

特别推荐
诉说美好 ◆ 倾听心声

情系沱沱河

1

岁月似歌，人生如河。一条河流从源头到终端，或从从容容，或气宇轩昂，虽百转千回，但始终咬定目标，终归大海，完成其终极目标。人的生命也像一条流淌的河，伴随时间承载理想信念，或平平淡淡，或轰轰烈烈，不管享受幸福，还是历尽苦难，却痴心不改，最终走完旅程。这是物质的有形与精神的无形之河，生命之河与自然之河的交融。

在我的生命历程中，除了生命之河外，还有一条自然之河。对于我个人，它是一条心河，流淌于我心灵中；对于中华民族，它是一条龙的河，渗透于我们的魂魄中，血脉里。它就是长江正源——沱沱河。

2

童年的小摇车，摇动着沱沱河的浪花波影，寄寓了我的情怀。地理老师激昂地讲解长江，让我对这条大江的源头有了感性的印象。但这种印象是朦胧的，抑或是梦幻的。在我童稚的意识中，沱沱河在青藏高原，在天边。它是一条天河，遥不可及，高不可攀，好像是一个童话，甚至比天上的月亮还遥远，毕竟月亮抬首就能看到。

让我对沱沱河有理性认识的是巴蜀壮士——尧茂书。1985年6月，满怀民族情感的尧茂书来到长江源头，在沱沱河下水，开始了人类首漂长江的壮举。在成功漂流沱沱河、通天河后，在金沙江触礁翻船，不幸遇难，年仅三十岁。尧茂书深深感动了我，也感动了许多人。我对沱沱河有了更深刻的认识。

从此，结识它，走进它，了解它，成了我生命中的一个夙愿。青藏铁路的开通，给我实现梦想提供了机会。

那是仲夏的一个上午，我怀着热切期盼，带着童年时的梦幻，青年时的向往，来到青藏高原，走近沱沱河。

3

近河情更怯。我思忖着，沱沱河毕竟集聚了我几十年的情缘，用什么方式来解读第一感觉，至为关键。我想，沱沱河会给我惊喜、惊叹，给我一种俯仰天地的感觉，产生"大江东去，浪淘尽，千古风流人物"的豪放、洒脱。当我的眼睛像照相机里的取景框一样紧紧套牢它时，的的确确给了我巨大惊叹。一条大河波浪宽，却没有风吹稻花香两岸的美景，它没有给我带来高山仰止的崇高感，没有让我产生天地玄黄般的浩叹，它没有"乱石穿云、惊涛裂岸，卷起千堆雪"的气概和壮观，甚至没有色彩的云，离我的愿景相差甚远。

在我眼中它就是一条河，一条平凡的河，一条不算宽阔的河。在藏北高原阳光照射下，略显混浊的水波澜不惊，婉约，从容不迫，像一位略显羞涩的姑娘。只是高原的阳光给了它深厚的温度，在远方雪山的映衬下，才有了苍凉、洪荒的味道。

沱沱河从格拉丹冬的姜根迪如冰川发源，由冰川、冰凌融水汇成溪流，水面宽只有三米，深二十多厘米，河水在流出巴冬山后，经过一片广阔的河漫滩，再经过一条峡谷，流到葫芦湖附近，急转东去。经过一百三十千米的流程，河道变得开阔起来。

4

此刻，我身处万水之源，思绪悠悠似梦，伴随江水涌心头。凝视这条让我憧憬已久的河，心中未免有些落寞。我闭上眼睛，平静一下躁动的心绪。天地悠悠，万籁俱寂，只有河水流淌时发出的汩汩声。河水的流淌声让我心中蓦然一动，我想起了尧茂书。我睁开眼睛，再次注视着流淌的河水，仿佛看到了尧茂书的身影。我想起了他孤身一人在可可西里无人区度过的寂寞日子，想起了他首漂长江的壮举。虽然出师未捷，英雄离去，但他的壮举已化作百折不挠的民族精神，融入滔滔江水，启示后人。

这时我感到刚才的落寞一扫而空，心中豁然明亮。其实，我们的寂寞不是落寞，更非落魄。我感觉俯仰天地间，沱沱河已不再模糊、抽象，它的脉络、形象在我心中变得清晰起来。

5

山有其涵，海有其博，曲有其韵，水有其德。水是万类之源。生命出其之本，万物被其泽之。上善若水。水是大善的具象，水是至德的载承，水是生命的律动，是坦坦荡荡、百折不回的精神。沱沱河正是如此。

作为中国第一大河——长江的正源，论资历，它最高；论名分，它最正。但它流淌得如此安详、静默、内敛。我们感受到了它独特的内在气质：自信、乐观、包容、坦然、高贵。沱沱河正是有了这种不择细流、不事张扬、兼收并蓄的胸怀，才有了出夔门、激虎跳的壮观，才有了江入大荒、长河落日的雄浑，才能洋洋洒洒接纳七百多条支流。

在这个世界上，无论是一个民族，还是个体，欲求生存，谋发展，就必须发扬这种大河精神。

6

沱沱河之旅，感怀良多。长江源头的生态环境引发了我的思考。由于长江源头植被破坏，沙化日益严重。正像《长江源环保纪念碑记》中所言：由亘古至长今，不择溪流，会九派云烟，坦坦荡荡。如此大江精神，民之魂也，国之魂也……治理长江环境，保护长江生态。玉洁冰清，还诸天地；青山碧水，留以子孙。

这是神圣的宣言，这是振聋发聩的警示。

特别推荐
诉说美好 ◆ 倾听心声

登临意
——阅读王粲

1

无论在中国文化史，还是在中国文学史上，有着众多的文化现象。而其都是通过一个简单的汉字。中国的汉字的确有着丰富的张力，有时一个单音节字就能释放出斑斓色彩，引发出一连串文化气象，从而形成一种独特的文化，成为一种文化符号。在这些文化掀起的浪花中，信手采撷，令人欣喜。一个是"拍"字，一个是"登"字。虽然是两个简单的单音节字，却彰显了中国文化的丰富内涵，寄寓了饱满的文化气韵。

"拍"字使我想起了辛弃疾的《水龙吟·登建康赏心亭》。"登"字使我想起了王粲的《登楼赋》。它们是具象的，更是写意的。

正是这两个字，呈现了丰富多彩的文化，如一幅文化史上的动人图景。这两个简单的动词，恰好是人体的重要肢体。拍是手的舞动，登是足的应用。这足以说明，古人在表达情感上，是多么富有创意。西汉学者毛亨为《诗经》所作的《大序》里写道：情动于中而行于言，言之不足故嗟叹之，嗟叹之不足故永歌之，永歌之不足，不知手之舞之足之蹈之也。正是这一拍一登，我感觉到，仿佛整部中国文化史也在我们的眼前舞动起来。

我想，既然是动感十足，就应该是活力四射，轻松愉悦。虽然它们动力充分，却不是想象中那样轻松。其实，舞得很辛苦，蹈得颇沉重。

如果把它们置于中国文化的脉系上，让我们侧耳倾听，会感觉到，它的脉象是沉郁的，是缓慢的，我们仿佛听得见从里面发出一声声沉重的叹息。

因为在它们后面，交织着几千年来中国文人的情结，而在文人后面，则是整部厚重的中国文化史。而中国文化史的每一步进程，还是要靠人力充当纤夫。因为几千年来，它们是紧密关联的，是一脉相通的。

它们化为空灵的视觉元素融入诗词中，渐次升华为寄托情思的审美意象。它们已经化为一种深厚的栏杆情结，登临情怀。让我们欣赏一下关于"拍"字。

辛稼轩的《水龙吟·登建康赏心亭》：

楚天千里清秋，水随天去秋无际。遥岑远目，献愁供恨，玉簪螺髻。落日楼头，断鸿声里，江南游子。把吴钩看了，栏杆拍遍，无人会，登临意。

岳飞的《满江红》：

怒发冲冠，凭栏处，潇潇雨歇。抬望眼，仰天长啸，壮怀激烈。三十功名尘与土，八千里路云和月。莫等闲，白了少年头，空悲切。

这是一组和栏杆有关的意象，这更是中国文人对于国家民族的一种发自肺腑的情感交织和情怀。

关于"登"字，当然是登高，主要是指山和楼。无论是哪一点，都是登高望远，抒发情怀。我们这里姑且局限在登楼吧，这一意象更加具体。提及登楼，我们的意识中，会立即迸发出繁纷的联想和意象。除了王粲的《登楼赋》，还有唐代诗人王之涣的《登鹳雀楼》：

白日依山尽，黄河入海流。欲穷千里目，更上一层楼。

北宋文学家范仲淹的《岳阳楼记》，其中的名句已成为格言警句：

先天下之忧而忧，后天下之乐而乐。

2

无论是拍，还是登，无论是拍栏杆，还是登临意，都是抒发一种情怀、一种惆怅。而栏杆的意象也是和楼相关的。如此，作家、楼、栏杆三位一体，成为一组登临抒怀的意象组合。它们不仅带给人一种视觉的画面，而是成为源自心灵深处的意象情怀，化为文化史上标志性的风景。而这种情怀不是狭隘的个人利益，而是赋予了民族情节，渗透了家国情愫。

登高抒怀，凭栏远眺，这种意象承延了几千年，这种声音在中国历史的天空鸣响了几千年，直至今天仍然在我们耳际萦绕。

他们是深刻的，是发自灵魂深处的。无论是辛弃疾的栏杆拍遍，还是岳飞的壮怀激烈，抑或是李煜的独自莫凭栏，无限江山，他们有着共同的时代背景和心灵感应。让我们看一下他们抒发这些情感时的时代背景,便可了然。

李煜为南唐后主,亡国之君;岳飞和辛弃疾处于南宋时期国势危殆时刻;王之涣处于盛唐时期,在登高望远中展示不凡的胸襟抱负;范仲淹因为改革遭贬。

我们看到,这些感情的抒发,无论是什么朝代,何种背景,他们的情感都是相似的,心灵都是相通的。辛稼轩的慨叹,岳飞的激愤,李煜的愁绪,王之涣的抱负,范仲淹的磨难,都有同一个母题:国家安危,政治抱负,建功立业,民族危难。由此,栏杆成为心灵的遥感,做着心灵的传递;登楼成为精神的道场,做着思想的弘扬。

作家的情怀与精神世界,是取决于时代的背景、文明的进程。国家的运势,成为作家风格的晴雨表。

王粲生活的时代也是这样。王粲生活的时代大约是公元176至217年,字仲宣,山阳高平,即今天的山东邹城人。王粲出身于名门望族,他的曾祖父王龚,在汉顺帝时任太尉,祖父王畅,在汉灵帝时任司空,是当时的名士。二人都曾位列三公。王粲的父亲王谦,曾任大将军何进的长史。王粲少年时即为大文学家蔡邕所器重,博学多识,善属文,蔡邕见而奇之。王粲年轻时曾经在荆州避难,依附刘表十六年,建安十三年归附曹操,随曹操征战。

3

作为我生活工作了几十年的邹城,早已视其为我的第二故乡。这座小城竟然有那么深厚的文化底蕴,既有思想家孟子,学者匡衡,还有文学家王粲。而且上溯自两千多年以前,从战国时期到东汉。今天,他们无论是影响,还是实力,在中国乃至世界,都享有盛誉。这种现象出现在一个县城,实属有因,绝非偶然,况且,那时的邹县无论是人口,还是城域规模,抑或是社会的稳定、文明程度、人们的生活水平,和今天是无法比拟的。为什么会有如此多的俊杰出现?是与这里的一方水土相关,和这里的历史、文化有关。

王粲为"七子之冠冕",文学成就最高。王粲的出身还是显贵的,应该算是官宦家庭,属于贵二代、富二代,可以说是他的头上罩满了光环。只是他这个富二代不是凡俗之徒,这一切对于他来说只是浮光掠影。他不仅天姿聪慧、才华横溢,而且他有着远大的政治抱负和建功立业的理想。他的才华少年时就显露,为大文学家蔡邕所器重。蔡邕是当时的文坛巨匠和领袖,此人才学过人,朝野闻名,人们对他无不敬仰,家里常常宾客盈门。有一天,王粲去拜访他。蔡邕早已听说王粲的大名,听说王粲到来,慌忙出迎,连鞋子都穿反了。王粲进屋后,宾客们见他只是一个十来岁的孩子,而且身材短小瘦弱,容貌丑陋古怪,大为惊讶,弄不懂蔡邕为什么如此看重王粲。蔡邕明白众人的心思,就说:"这是王公的孙子,有特殊的才能,我是不如他的。我家的书籍文章都应该送给他，才算物归其主。"从此，两人便成了忘年之交。

关于王粲出众的才华，在他的诗文中多有表露。他以诗赋见长，《初征》《登楼赋》《槐赋》《七哀诗》等是其代表作，也是建安时代抒情小赋和诗的代表作。这里就他的博闻强记略举一例，可以窥斑见豹，领略其过目不忘的风采。有一天，王粲与几个伙伴到郊外玩耍，走到半路上，发现路旁立着一块石碑，上面刻满了密密麻麻的碑文。勤奋好学的王粲见碑文写得不错，就大声读了起来。伙伴们早就听说他有过目成诵的本领，就和他开玩笑说："王粲，你读完这一遍，能背下来吗？"王粲谦虚地说："试试看吧。"于是，他把脸背过去，一句一句地背诵，一字不差。

4

在历史上，曾经有过很多文明时代，例如青铜时代、黄金时代。那么英雄时代呢？顾名思义，是以英雄辈出为标准的，如春秋战国时代就是英雄迭出，就像《东周列国志》那首开篇词《西江月》所云：

道德三皇五帝，功名夏后商周。英雄五霸闹春秋，顷刻兴亡过手。

青史几行名姓，北邙无数荒丘。前人耕种后人收，说甚龙争虎斗。

诚然，这些诸侯都是英雄，也涌现出了已被历史定位的春秋五霸、战国七雄，但是都有一个局限，他们都是为了自身的利益而战，不是为了国家民族利益。就像历史上所云，春秋无义战。而东汉时期的三国时代也是风云时代，群雄并起，英雄辈出，魏蜀吴三国演义。虽然也是属于军阀割据，也在无义战的范畴，但还是趋向国家统一，基本上和历史的发展相吻合。特别是曹操，始终把统一中国作为终极抱负，这也使得他的理念有了终极的定位，把自己放置在一个与历史同步的坐标系上。在整个中国历史上，这片历史的天空也是风云变幻，彰显着独特的魅力和亮度。这其中，出类拔萃的代表是曹操。不论后人怎样评说、褒贬，什么奸雄、枭雄，曹操在中国历史上的地位，无论是政治抱负、气魄，还是他的文学才能，都是气势如虹的，也是刘备、孙权无法比肩的。

较之曹操年轻二十多岁的王粲，虽正值雄姿英发之际，却空有一腔政治理想不能实现。此时，王粲在刘表的府中，却一直不被重用，人们说王粲一直是胸怀大志，想建功立业，却投错了门。

刘表没有什么大的志向，属于碌碌无为者。刘表字景升，山阳郡高平人，就是今天的山东微山。他身长八尺余，姿貌温厚伟壮，少时知名于世，与七位贤士同号为"八俊"。虽然相貌堂堂，身材高魁，在政治视野上却是短视，在志向上更是短板。其实，也不是刘表无能，而是因为曹操太优秀。

公元193年，东汉献帝初平四年，王粲时年十七，司徒辟之，诏除黄门侍郎，以西京扰乱而皆不往就其职，于是到荆州依附刘表。刘表以王粲其人貌不副其名，而且躯体羸弱，不甚见重。王粲于是整日郁郁寡欢。刘表竟然以貌取人，嫌弃王粲长相丑陋，不仅狭隘，而且短视。

虽然已经成为历史，我们还是感受到荒唐可笑之外的三昧。人才观不仅在古代，就是在今天，也是一个重要命题。

当时，王粲的心情很低落，精神萎靡不振，理想无着，抱负落空。他不仅是在炼狱中经受考验，而且陷入了很大程度的孤独。真正有思想的人都是孤独的，孤独对于他们而言，是一种折磨，也是一种成全，弥漫着浓郁的精神感伤，是源自肺腑的孤独。这种大的孤独，自古有之。他们都是高昂着头，向着高处，向着人类精神的深处，发出猎猎长啸。屈原是大孤独，对于他而言，人世间已经没有了参照，已经皆浊，他唯有对着茫茫宇宙发出苍茫的《天问》；陈子昂是大孤独，登上了幽州台，发出"前不见古人，后不见来者。念天地之悠悠，独怆然而涕下"的慨叹。此时的王粲也是大孤独。他左顾右盼，周围都是世俗之人，没有心语者，没有安慰的人，没有志同道合者。

王粲这种状况持续了十五年，这是何等的残酷，对于一个有着雄鹰般志向却屈附在一个鸡群里的人来说，这是多么残忍。如果不是坚强，意志如铁，很难坚持下来。幸运的是，王粲思维清晰，他的豪情更是没有减弱。只是他心灵的痛苦也是深刻的，他需要找到一个缺口、一个载体，来宣泄内心的压抑，喷薄他的思想。人的一生中，坎坷、磨难有时如影随形，有积极和消极两重性。在意志坚韧者那里，痛苦和挫折带来的不再是消极影响，而是一种动力，一种推波助澜。这时，火山的积累已经到达沸点，他的压抑已达到临界点，他需要倾吐。他唯有独自登高，带着这种大孤独，去寻觅一个精神的制高点。

5

公元208年秋，荆州刘琮投降曹操后，王粲以降俘之身随大军南下，途经襄阳城的仲宣楼。他信步登上阁楼，纵目四望。此时，他心中的"火山"已经到达了沸点，一篇集思乡、压抑、壮怀、希望诸多情感与一体，传诵不衰的名赋华章《登楼赋》喷薄而出。

登兹楼以四望兮，聊暇日以销忧。览斯宇之所处兮，实显敞而寡仇。挟清漳之通浦兮，倚曲沮之长洲。背坟衍之广陆兮，临皋隰之沃流。北弥陶牧，西接昭邱。华实蔽野，黍稷盈畴。虽信美而非吾土兮，曾何足以少留！

遭纷浊而迁逝兮，漫逾纪以迄今。情眷眷而怀归兮，孰忧思之可任？凭轩槛以遥望兮，向北风而开襟。平原远而极目兮，蔽荆山之高岑。路逶迤而修迥兮，川既漾而济深。悲旧乡之壅隔兮，涕横坠而弗禁。昔尼父之在陈兮，有归欤之叹音。钟仪幽而楚奏兮，庄舄显而

越吟。人情同于怀土兮,岂穷达而异心!

惟日月之逾迈兮,俟河清其未极。冀王道之一平兮,假高衢而骋力。惧匏瓜之徒悬兮,畏井渫之莫食。步栖迟以徙倚兮,白日忽其将匿。风萧瑟而并兴兮,天惨惨而无色。兽狂顾以求群兮,鸟相鸣而举翼,原野阒其无人兮,征夫行而未息。心凄怆以感发兮,意忉怛而惨恻。循阶除而下降兮,气交愤于胸臆。夜参半而不寐兮,怅盘桓以反侧。

王粲站在楼上抒发这种情感,表达了十五年的遭际,此刻他的身心非常放松,眉宇间会英气四射。他身躯是直立的,目光是深邃的,表情是沉郁的。他的思想闪烁着光芒,天空的云朵也在这种璀璨的思想映照下,发出七彩之光,周边的山水呈现亮色,树木宛如披上了锦缎。随着他的吟诵,情思与才思齐飞,哲思与美学交织,苍郁与豪迈共鸣。

我诧异,一座不起眼的楼台究竟有几许文化的承载量,能鼓荡起历史之风。

这就是一个中国古代文人的情结。一个杰出的作家,一篇好的文章,不仅是才华的流泻,思想的积淀,还是挫折的挤压,苦难的集成,当然还体现人格的高贵。只有它们在一个文人的身上不断聚集、融合,才会凝结成一首绝唱。

我有时感到困惑的是,王粲的《登楼赋》,不仅千古流芳,还制造了那么大的冲击波,带来了撼人心魄的文化效应。我们今天的写作,像机械制造一样,流水线式加工,虽然数量庞大,可绝大部分是垃圾,甚至是精神污染。其影响远远也不如两千多年前一个封建文人的381个字。

王粲在登楼抒发情感时,他萎顿的精神得到了一次放飞,禁锢的心灵得到了一次突围,低沉的情感得到了一次升华。他不知道这个作品会在文学史上留下浓墨重彩的一笔。

因为他这一次登楼,不仅一篇文章载入文学史册,而且一座名不见经传的阁楼被赋予浓郁的文化色彩,成为城市的文化符号。我不知道是谁成全了谁,但是对于一个楼,这是一个偶然;对于王粲,这是一个必然;对于历史,这是一个节点;对于思想,这是一段华彩。王粲登楼演化为一种文化意象,这种意象成为后人的依照。他们以此抒发乡愁,倾吐情感,释解郁愤。这应该是中国士大夫心灵深处的一种共鸣。

此处的楼已不再是一座建筑,而是演变成一种精神,体现一种共享的文化意志。

从此,中国文人的这种登楼情结便被固化下来,后人也多以附会。宋朝的高似孙《木兰花慢》:只问寒沙过雁,几番王粲登楼。周密的《一萼红·登蓬莱阁有感》:故国山川,故园心眼,还似王粲登楼。

抒发完情感的王粲,如释重负,一直怀才不遇,不甘愿成为池中物的王粲,在建安十三年(208年),走进了曹操的府中，投向了年长他二十多岁的曹操。

而此时的曹操正在吸纳人才，一个招贤纳士，求贤若渴；一个汲汲营营，心似箭出，再加上两人文心相映，王粲的命运发生了变化。

6

如果说王粲是曹操欣赏的海中物，曹操就是大海。

一场波澜壮阔的事业在召唤着他，面对机遇，他义无反顾地纵深跃入历史的洪流中。

这是一个改变他命运的选择，这是一次历史的契合。从此，王粲如同龙归大海，虎入深山，走上了历史舞台，开始了崭新的生命征途。

曹操的用人之道是，没有特殊之才，不是俊杰，是入不了他眼的。王粲备受曹操重用，官拜侍中，赐爵关内侯，在兴革制度、谋划军事方面发挥了重要作用。

208年的一天，王粲逢曹操大宴宾客之际，给曹操献了一计，这个礼物就是刘表病死后，王粲力劝刘表的儿子刘琮归附了曹操。荆州平定后，曹操任命王粲为丞相掾，赐王粲爵关内侯。一次曹操在汉水边设宴款待百官，王粲给曹操敬酒说："当今袁绍崛起，倚仗兵多将广，志在夺取天下。虽爱惜贤才却不重用，那些奇士终归离他而去。刘表盘踞荆楚，从容不迫，坐观时变，自以为可以仿效周文王。那些避难到荆州来的贤士，都是海内的俊杰，可刘表却不善用他们。明公您平定冀州的时候，下车伊始就忙着整顿冀州的军队，当地的豪杰各尽其用，因此能称雄天下。等到平定了江、汉，又征召这一带的贤才各居其位，使天下归心，望风归附，文武并用，英雄尽力，这些都是夏、商、周三代开国国君才能做到的事情。"

公元213年，魏王国建立后，王粲与和洽、卫觊、杜袭一同被任命为侍中。

有时我想，作为中国历史上家喻户晓的人物，曹操可谓是英雄，可谓是慧眼识英才。但是，按照世俗的观念，他还是一个奸雄、枭雄。他和王粲走到了一起，他们之间有着怎样的契合点。仅用巧合来解释，是不够的，这需要从政治和文学角度，对曹操和王粲各自的政治理念加以解析。

自古以来，政治对文学好像就有着敌意和排斥，文字狱证明了这一点。政治家和文人有着很大的鸿沟。洁身自好也好，明哲保身也罢，文人往往对于政治总是敬而远之，唯恐避之不及。而文人往往还有着独特的人格，注重特立独行，富有人文情怀。虽然政治和文学看似格格不入，其实是一脉相通。

曹操是政治家，文人很难走进他的世界，被他加害的知名人士不在少数。比如建安七子之一的文学家孔融，医学家华佗等等。这一切的确留下了历史阴影。不同之处在于曹操不仅是一个具有雄才大略的政治家，还是文学家，他欣赏的是海中物，而非池中物。他有着远大的政治抱负和济世情怀。他和他的两个儿子曹植、曹丕在独具特色的建安文学中占有重要位置。曹丕在《典论·论文》中，首次将汉献帝年间的七位文学家：孔融、陈琳、王粲、徐干、阮瑀、应场、刘桢与三曹相提并论，七子与三曹往往被视作三国时期文学成就的代表。

如同曹操创建的帝业一样，他的文学才能也是彪炳史册。他的政治抱负如同《观沧海》那样浩茫、辽阔；他的政治理想好像《短歌行》那般恢宏灿烂；他的志向恰如《龟虽寿》那样坚毅。他集政治家和文学家于一身，兼收并蓄，刚柔相济，在他身上，文学和艺术高度融合。这在中国历史上确实鲜见。这也说明了，政治和文学系于一人的时候，并不是没有矛盾的，只是高度融合。

而王粲就是这样的人，他是既有政治抱负，又有文学才能。就这样，王粲开始了他新的人生，就像他的《登楼赋》一样，开始一路走高。

就这样，在时代的浪潮中，在政治的波澜里，政治砥砺了王粲的豪情，文学又得以载道，给予政治以智慧。两者本来是不相关联，无法兼容的，在王粲这里却是融为一体。

就这样，王粲在曹操的幕府中如鱼得水。而且他还得以善终，没有被政治旋涡吞没，在那时，也是一个奇迹。

在曹操的幕府，王粲不但受到赏识和重用，而且他同曹丕、曹植的关系也相当密切，建立了深厚的友谊。众所周知，曹丕、曹植都是著名的文学家，但是他们的关系水火不容，后来的《七步诗》就是兄弟阋墙的例证。但是曹丕、曹植非常尊重王粲，他们的关系很融洽。他们之间经常有诗赋往还，给文学诗话增添了一个话题。

王粲在荆州时的作品主要抒发羁旅之情和壮志难酬的感慨，如《七哀诗》；在归附了曹操，从政以后，依然没有放弃对文学的追求，仍然密切关注时运和人间疾苦。因为在他看来，忧国忧民和百姓的疾苦本身就是一种政治，他把这看似有区别的两点，自然融合在一起。这样的关心，增加了文学的现实性和深刻意义。因为有了施展的政治舞台，又为北方地区即将统一的现实所鼓舞，他的创作风格呈现出激昂旋律。加上他跟随曹操东征西战，对于国家的现状和战争带来的破坏，人民的流离失所，有了更加直接的感受，分别写了曹操西征关右和东征孙权的《从军诗》五首等。

7

此时的王粲正值盛年，本可以大显身手，厄运却盯上了他。就像人们常说的，天妒英才。英才短命，这在文学史上不乏先例，比如王勃、李贺、王令等人的遭遇。我想到他们，内心就会感到隐约的痛。这几乎成为英才俊杰的一种宿命。他们侥幸没有被政治的旋涡吞噬，却都逝于疾病和意外。王粲也是如此。他正在政治舞台上春风得意时，文学上屡有建树之时，建安二十一年（216年）冬，曹操兴兵伐吴，他随军南下。次年暮春，在返邺城途中，不幸染瘟疫而终，年仅四十岁，令人扼腕。曹操、曹丕亲临吊唁，曹植作《王仲宣诔》，赞扬他"既有令德，材技广宣，疆记洽闻，幽赞微言。文若春华，思若涌泉。发言可咏，下笔成篇"。又云"吾与夫子，义贯丹青；好和琴瑟，分过友生"。作为肱股之臣英年早逝，曹操父子又是文坛上的风云人物，文人相惜，都在情理之中。然而曹丕却不顾身份，不分场合，做出了一个匪夷所思的决定，要学驴叫。他的举动，令众人一片骇然。他自己学也就罢了，而是让大臣们和他一起学。大家虽然面面相觑，却也不敢违抗。于是，在王粲墓前，响起了一片驴叫声。此情此景，我想，古今中外，绝无仅有。

曹丕和王粲的关系非同一般，可谓情谊笃厚。王粲生前有一个癖好，喜欢听驴叫，每次听到驴叫都手舞足蹈，兴奋不已，如痴如醉。如果是作为政治家，曹丕断然不会做出这样的举动，然而他还有另一个身份，文人。从这一举动，可以看出曹丕和王粲的情谊是多么深厚。他是以这种方式寄托哀思。

8

落日楼台一笛风。虽然人去楼空，却演绎了一阙绝唱。

今天，人们仍然在登高，然而已无当年的古韵，人们已经没有了古人的那种境界，站在高处，只是单纯地看自然景色。摩天大楼拔地而起，直冲云霄，人们已经无须刻意登高。

当我旅行时，站在任何一处楼台，我的眼前仿佛依然闪现着王粲的身影，他的《登楼赋》常常在我的耳际萦绕。

今天，作为一名作家，我可以不再登楼，但是我们一定要经常吟诵一下《登楼赋》，因为它不仅对自己的境遇感慨，更表达了对于国家动乱，渴望统一，心系苍生的家国情怀。

毕季清，笔名毕季青，祖籍山东青岛。山东省散文学会会员，济宁市散文学会理事。先后任兖矿新闻报社总编办主任，新闻部主任。在《中国煤炭报》《花溪》《北极光》《山东文学》等发表散文、诗歌多篇。散文《高原的月亮》获"华夏情"全国诗歌、散文征文一等奖，散文《矗立的文明》获第三届王粲文学征文一等奖。长篇通讯《借衣服领奖的采煤工人》获中华全国总工会、人民网联合举办的"他们是时代的领跑者"征文一等奖。翻译长篇小说《大森林里的小屋》《大草原上的小屋》《农家子》《澳大利亚小说选》《西方美学、哲学文论选》《纪伯伦散文诗》《英国当代散文选》等一百万字。

无奈最是愁深处（外二篇）

许瑶林

  细雨柔光，烟锁江南，滚滚的历史车轮扬起尘埃，一位才华横溢的俊逸男子走来。他眉目纯情，黯然忧伤，在裹着雨翼的戚风中，边走边吟唱：问君能有几多愁，恰似一江春水向东流……

  他是李煜，字重光，初名从嘉，南唐最后一位国君，史称李后主。南唐在五代十国时期，属于南方一个偏安一隅的小政权，公元937年立国，公元975年为宋所灭，只有近四十年政权，其疆土"东暨衢、婺，南及五岭，西至湖湘，北据长淮，凡三十余州，广袤数千里，为其所有"（《旧五代史》卷一三四）。在同一时期并列的诸国中，可谓是最强盛的。

  李煜的祖父南唐烈主李昪"崇文重教"，曾征书三千，为南唐开创了文化先河。其父李璟是南唐著名词人。李煜生于帝王之家，自小家学深厚，受到宫廷文化的极好熏陶，比一般文人过着更加雅致的生活。所以，李煜多才多艺，精通书画、音律、诗词，以词成就最高。王国维在《人间词话》中说："词至李后主而眼界始大，感慨遂深，遂变伶工之词而为士大夫之词。"

  也就是说词体发展到李煜这时分为两界，一种是唐五代以前的伶工之词，这里的伶工是指宫廷内奉职的词曲演奏家，其作品多是服务宫廷宴乐；另一种是十国之后的士大夫之词，这种长短参差，五言七言构成的文学体裁，开始渐渐被士大夫阶层接纳，且融入更深的文化内涵和艺术趣味。

  在南唐宫廷里，有这样一群君臣，他们过着最富贵的生活，具有比一般文人更高的文学能力和艺术品位。他们喜欢音乐，燕会赋诗，以一种江南的婉约情调叙说闲愁，抒发情怀。这是一个由君臣构建的宫廷文化流派，被称为南唐词派。其在词坛的影响力使得宋以后文化更加融通，词风兴起，宋词成为一种十分具有特色的时代文体。

  在时间上，南唐词派的出现稍稍晚于西蜀花间词派，这个流派有相似之处，也有各自的特点。《人间词话》中这样评价过："温飞卿之词，句秀也；韦端己之词，骨秀也；李重光之词，神秀也。"王国维对李煜的词评价很高，从一个"神"字，即可探见李煜的词灵御万物，又担负人世的情感，比如"流水落花春去也，天上人间""林花谢了春红，太匆匆"。

  以物入情，也许恰好意浓；以情化物，则世界顿开，世间万物皆传了神。

李煜经历了与别人不同的苦难，亡国之后，成为臣俘，在忧心忡忡中过着朝不保夕的幽禁生活，正是这份悲苦凄惨，才使他从男女情爱、伤春悲秋的情感中跳脱出来，转向大宇宙观的慧悟。在因禁于汴京的赐府三年，李煜创作的词回荡着凄婉哀愁，却不再仅限于自身的感慨，而是意味深远，触物伤情更加深邃。他在《虞美人》中，开头便问出了世间最悲戚的无奈之愁："春花秋月何时了，往事知多少？"

李煜把时间、空间进行裁剪，将春秋两季，天上地下，内与外，远和近，如此看似互相冲突，却被一种深深的愁怨拉到了对故国不堪回首的无奈之中。

"小楼"昨夜又吹起了东风，似有一种情绪在抓挠着。这时，一轮明月普照，"雕栏玉砌"的宫殿映照在皎洁的月光中，依旧巍峨延绵。低眉处，汴京长街冷冷清清，原来物是人非，而曾经南唐的国土早已归宋，一切再也不似从前。

渐渐升温的悲情欲诉难诉，是无奈，是离愁，是悲至深处反倒无力，也无处申诉的痛苦，这样一段一段穿透人心的"愁"恰似一江春水东流去。

所以，李煜的愁深处是一种无奈。他身为帝王，沦为俘虏，个人遭遇与当时的朝代绑在一起。唐五代十国伴随着南唐灭亡，李煜被押往北方，一种文化风向正向宋倾移。

李煜的一生似乎是为了一种具有朝代特点的文体盛扬，而历尽磨难。郭磨在《南唐杂咏》中这样写过："作个才子真绝代，可怜薄命作君王。"这正是他最令人惋叹的地方。一场注定悲剧的人生，从未放过与他相遇，甚至隔着千山万水之遥，也要排开所有阻挠，降临在他身上。

李煜排行第六，帝王之位，本与他无甚关系，况且其父李璟即位时，曾在李昪灵柩前，盟约兄弟世世继立。当时，李璟长子李弘冀为南昌王。后来，李弘冀当上太子，其王叔李景遂被鸩杀在宴席上。面对宫廷争嗣的残酷斗争，李煜惧怕地选择了躲避。

在南唐的宫苑，李煜修建一座寺庙，自号钟隐。此时的他，由于其他兄长早夭，他已经成了实际上的次子，因而忧虑会被太子毒杀。委曲求全的心理，在李煜的人生经历中，不止出现一次，每次他都带着一种哀伤、凄迷的情绪。

而南唐的处境，也的确堪忧。富庶的江南之地，秦淮河沿岸歌舞香艳、画舫摇曳，这里的一切实在太耀眼，相比之下，北方的后周只有高头大马，还有磨刀霍霍之声。于是，公元958年，后周南下进攻，割走了江北十四州。迫使南唐不得不除去帝号，从此沿用后周的年号和历法。南唐的君臣，再宴乐赋词，就添了一份哀愁忧伤。

此时，李煜二十一岁。他第一次感到忧愁，不是因为被割走的领土，是因为一幕宫廷的血淋淋杀戮。一次宫宴上，春酒酣畅，突然叔父燕王的口鼻血流如注，倒下的时候，一把揪住了李煜的袂角。

太子李弘冀居然当众鸩杀了王叔。李煜万分恐惧，这样残酷的宫廷夺嗣斗争，远非情感细腻又多愁善感的人能承受。于是，他开始虔心礼佛，在清净中，他的书画技艺更加精湛，诗词造诣达到巅峰。正当他醉心艺术之际，太子

李弘翼卒了。

亦喜亦忧，李煜被封吴王。公元961年，他在金陵即位。此时的北方，宋夺了西周，宋太祖正意气风发地推行天下统一大业。南唐处长江天险，妄图偏安一隅，在江南之地日夜笙歌。

大周后娥皇终于将原本失传的《霓裳羽衣曲》复原。那是一个清风朗月的夜晚，春殿上，盛装的嫔娥们首尾成环，如鱼儿一般游贯成各种队形，婀娜多姿。伴随一排凤箫声动，霓裳曲重奏，盛唐气象似乎再度重现。李煜正准备通宵畅饮，甚至迷醉不醒。

这一年，后蜀降宋，南唐则继续向宋朝贡。乱世天下，随着宋的势力愈加强大，各地方政权纷纷归降。李煜只好一再对宋妥协，他不敢称自己是皇帝，改称为江南国主，还把皇宫上的鸱吻摘掉，以表示甘心居于长江以南的小地方。

公元974年，宋太祖派遣使者至南唐，要求李煜入朝。李煜思虑再三，决定称病拒绝。之后，宋借词集结大军南下，攻打金陵。翌年十二月，金陵被宋军攻破，南唐灭亡。

往事如风，瘦了春光。月如钩，李煜独倚阑干，泪水湿襟衫。这里是飒飒汴京，宋人的北方。

回想四十年来家国，三千里地河山，一朝尽归宋。辞别金陵的那一日，李煜坐在澄心堂内，人生如梦，何处是清醒。他整了整衣裳，走向宗庙，宫殿教坊正演奏着别离曲。忽然他凄然泪下，无可奈何地起身，领着众臣踏上屈辱的囚徒之路。

到了东都汴京，李煜被赦。但是宋太祖不满李煜抵抗宋军，城破才归降，封了伪命侯羞辱他，又将他幽禁在赐府内。同年，宋太宗即位，改封李煜为陇西公，仍是俘虏身份。

宋太宗赵匡义是宋太祖的弟弟，太祖于开宝九年十月去世，本来依照惯例，即位皇帝的年号要翌年才能实施改元，然后十二月即位的太宗，却立刻改元为太平兴国元年十二月。

作为五代十国后期，经济文化皆盛的南唐，随着金陵城破，丰富的藏书、文物、艺术品被带到了北方，最终促成南北再度融汇，一种新的文化气象悄然蓬勃生发。也许宋太宗感觉到李煜有一种特别光芒。宋太宗出于政治嗅觉，认为这是一种文化威胁。

公元978年，宋太宗找来徐铉，这位李煜昔日信任的老臣，奉命前来探望陇西公李煜。赐府的大门打开，冷清的院落只有一老卒取来一张陈旧的长椅，摆在梧桐树下，徐铉纳闷又惊措。

老卒重回内院。不久，李煜一身纱帽道服走出，清廋愁倦的面容，见到徐铉乍露出几分喜色。

徐铉仓皇下拜。李煜快步走下石阶，扶起徐铉，拍了拍他的手，让徐铉坐下。徐铉不敢全坐，只是偏椅子一角，欠身而坐。李煜握着徐铉的手，哭哭啼啼了一番才坐下。

须臾，听李煜叹息一声，说道："当时悔杀了潘佑、李平。"潘佑、李平皆是当时南唐朝廷的主战派，曾主张厉兵秣马，反抗宋军。可是，最后潘佑在狱中自缢，这是宋开宝七年（974年）的事。

李煜将真切的痛苦，袒露在徐铉面前。他不加修饰，浅直鲁莽。徐铉自知无力隐瞒这一次的对话，第二次宋太宗召见，如实述出。因此，宋太宗知道了，震怒。

徐铉走了，庭院不复往日安静，梧桐栖落的鸟鸣声，搅乱了心神。

李煜找来南唐故伎作乐，奏起一曲《虞美人》，顿时乐声飞扬。三载的囚徒，一旦感情寻到了出口，一种具有国家兴亡、世间沧桑之情随之迸发，似一声长哀，向天叹。愁怨传出小楼，传到了汴京的长街上。李煜始终欠缺一种政治敏感度，他终于激怒了宋太宗。

又是一个七夕之夜，银河迢迢，不知是谁在召唤。这一个夜晚，宋太宗送来一杯寿酒，结果酒中含有牵机药，李煜被毒死在赐府内，时年四十二岁。

廪君传说

"西南有巴国，大皞生咸鸟，咸鸟生乘厘，乘厘生后照，后照是始为巴人。"——《山海经·海内经》

在远古时代有一位英雄，大家称为廪君。据说他是伏羲的后代，伏羲就是大皞，而伏羲作为神话中的人物，他的子孙自然带有很浓的神话色彩。

当时在南方的五落钟离山，居住了五个不同姓氏的部族，他们都没有自己的首领，彼此争斗不休。长久以往，五族人都将灭绝。因此五个部族的人聚在一起商议，用比试神通方法，推举出一位大家认可的首领。之后，这位首领带领五族人，一起去寻找一块山环水绕，清旷无尘的安居乐业之地。果然，这五个族的人历尽艰险，迁徙到九丘建木附近，在那里修建一座雄伟壮丽都城——夷城。

从此，华夏的西南屹立起一支强大民族——巴族。

廪君又名务相，生于钟离山的赤穴，是巴氏一族的儿子。同在此山中，还有樊氏、瞫氏、相氏、郑氏四个部族，他们住的是黑穴。在远古部落时期，生活向来没有保障，时常遇到天灾饥荒。五族之间又经常为了各自奉祀的鬼神，互不相让，打打杀杀。眼见各族人丁凋零，各族中的老人们开始担忧，他们聚在一起商量，如何推选出一位神通广大、坚毅睿智的首领，让这位首领带领大家走出这片贫瘠之地。

到了比赛约定的日子，五个部族各派出自己的代表。他们来到一座高高的山顶上，各人手里握着一把剑，奋力向对面山崖的洞穴掷去。其他人的剑都纷纷落入山谷，只有巴氏务相的剑，如一道长虹贯去，直飞对面山崖洞穴，留一小截剑身露在峭壁上。顿时，众人齐声欢呼，狂舞双臂，响声震撼山谷。

掷剑之后，乘雕花土船，下河放流。五个部族的代表皆造有一条雕琢精美花纹的土船，比谁的土船行驶在河上既平稳又不沉。谁的船不沉，谁就有资格成为首领。另外四个氏族的土船入河就沉，唯独巴氏务相的土船，行驶在碧浪滔滔的河面上。因此，巴氏务相被奉为五族人的首领，尊称为廪君。

当上了五个部族的首领后，生存问题摆在了廪君面前。经过深思熟虑，廪君决定举族迁徙，自夷水一路寻找富饶肥沃之地，彻底改变五族人的命运。

一个艳阳天，廪君登上那艘雕着美丽花纹的土船，在他的大船四周，围绕着许许多多木筏，一起浩浩荡荡放波夷水。沿途山峰绵延，水道九曲十八弯，河流湍急,时而有木筏被冲散,时而有人掉落水中……困难重重。

直到有一天,他们的船伐进入夷水的一条分支——盐水河,平缓的水流,使他们的船伐不再如箭飞射。廪君走上船头,眼前美丽的河滩盐田千顷,鱼苗欢腾,完全是一派浓厚的生活气息。顿时,他心中忍不住赞叹了一声。这时,其他的木筏也纷纷伫立水中,他们望见了一座小城。

这是一座叫盐阳的小城。虽然人口不多,但在盐水女神的掌管下,百姓们日子过得颇为丰裕、安稳。白天的城楼上,四处旌旗飘扬,不见一兵一卒;城楼下,一丈来高的大门忽然打开,欢歌笑语远远传来。

廪君一行人被盐水女神亲迎入城,带入一座四方宫殿里。女神十分热情地款待廪君和他的族人,连续数十日,迟迟不放他们离开。原来盐水女神见到英俊不凡的廪君后,一心倾慕于他。女神想留下五族的人。

一日在花苑里,她劝说廪君道:"留在盐阳吧!此处水域广阔,盛产鱼和盐。我是这片水域的女神。百姓们敬奉我,只要你留下,我愿与你共同享有这一切。"

廪君被说动了,答应了盐水女神。他与族人商量此事。可是五族的人都不同意。他们历经了一段艰险的水上漂流,想要的不仅仅是这一座小城,而是想创造远大的未来。更何况盐阳的物产只有鱼和盐,不算富饶,不是最佳选择地。廪君见族人都反对,也不好坚持,狠心谢绝了盐水女神的盛情。

随即,廪君带上五族人回到船伐上,准备离开盐水河。可是无论他们的船伐怎么调整风向,始终迷失在一片白雾缭绕的水域中,无法重返夷水的河流。

这是盐水女神所为。痴情的女神为了留住廪君,使了神通,不仅自己化身成一只飞虫,还把水泽的精怪召来,化作浓雾般的虫阵,困住这些船伐。每晚女神化身一位巴氏的年轻女子,跑上廪君的船留宿,次日清早又化成一只飞虫离开。女神如此不依不饶地纠缠着廪君,希望他能留下。

盐水河上密密麻麻的飞虫像沸腾的水,形成浓浓白雾,遮天蔽日,无法远视。如此七天七夜,盐水女神将廪君和他的族人困在阵法中。廪君无法辨别方向,停留此地。廪君被五族人埋怨着。他一时半会想不出办法,只能假装恋着女神变成的巴氏女子。

一夜正值秋水上涨,盐水女神又来到廪君船内,尽管她一身朴素打扮,依然难掩丽色,脸宛若天上的明月皎皎生辉。烛光曳过长长的夜,廪君一夜未睡,仍没有戳穿女神。他在思忖如何摆脱女神的苦缠。忽然,只见他手起一把匕首,割断一缕青丝,然后用一根红绳束好。

廪君的一连串动作被女神瞧见,她偏离了烛光的照耀,脸被黑暗蒙上一层迷惑不解的面纱。于是,女神往光亮走来,越发清晰的脸庞上,带着一丝疑色。还没等女神开口,廪君幽幽说道:"女神的心意,我不好一再辜负。你将这缕发丝送到女神手里,同她说我决定留下,愿与她结成夫妻,生死与共。若我违背今日誓言,将来我溺死后,化作白虎,成为巴氏族的一个图腾。"

廪君假装一脸平静地,将红绳交

给目光闪动的女神，然后他又补上一句说："若是她也愿意，她将此发丝置于身上，便是同意了这份誓言。"

盐水女神心中激动，双手微微发抖地捧过红绳，放在胸口，转身退下。天已经蒙蒙亮，女神必须回去了。当女神走上甲板，心潮一时澎湃，便下意识地显露出真身，一个簪冠华服的女神模样，然后变成一只飞虫，冲进迷雾。

这时，从船舱里的一个阴暗角落，投射出一道冷硬的目光。刚才廪君见盐水女神将那缕发丝视若至宝地贴身藏好。他悄悄地带上准备好的弓和箭尾随而出。

此刻，飞虫越来越密集，盐水女神化作一只美丽的飞虫，混入虫阵中。乌压压的一片，若非那闪闪烁烁的青丝，实在不好辨识哪是女神。

廪君跟着女神来到一块祈祷止雨放晴的阳石上，迅速拉弓搭箭，瞄准在半空中飞舞的那束红绳青丝，只听嗖一声，一只飞虫应声落下。

被一箭穿了心的盐水女神，瞬间恢复了真身，惨白的脸上露出不敢置信的表情，含恨中美目圆瞪，令廪君心头一颤。女神坠入盐水河，很快消失了，虫阵随即消散。

霎时，天地若裂开，照下万丈光芒。众人的欢呼声如擂鼓震鸣，只有廪君站在阳石上，凝视美丽身影落水的地方，心中涌起百味杂陈。族中有人来规劝，他才强忍悲伤带领船伐驶向夷水。

此去一路北上，有时两岸峰连峡谷，曲水回环；有时森林浓郁，峭壁危岩夹水狭长。他们寻到一处黑黢黢，望之似大洞穴的地方。所有人都失望了，廪君也叹息道："我刚走出洞穴，又狠拒了盐水女神，难道是我的报应，才让我又过上同样的穴居生活？"

廪君的话刚说完，眼前的洞穴顿然土崩瓦解，现出约三丈多宽，一段阶梯衔接一段阶梯的台阶，依着悬崖直上高岸。神奇之景把众人看得目瞪口呆。廪君最先回过神，他沿台阶而上，其他人紧紧跟随。

当众人爬上高岸，见到一片广阔肥沃的山川原野，五颜六色的奇花散落在葳蕤间，蝶舞蜂飞，如一匹灵动绚丽的布，一路绵延到天边的绿林带。一条潺潺的小河穿过深林，鸟兽纵跃，虫鸣啾啾，似乎添了几分幽静。

廪君发现了一块平整的石头，长一丈，宽五尺，正好供大家坐在上面休息。他召集五族的人，一起围坐在石头上，讨论如何安置，如何修墙筑城等事宜。

说来奇怪，廪君讲到如何修筑城池，用竹子片计算费用时，竹子片像生根一样，附在那块平整的石头上。这时，廪君和族人更加确信，这片土地是上天恩赐予他们的。

安居之地有了，廪君率领五族的人，开垦荒原，兴修水利，发展农业，后来修建了一座都城。他们的子子孙孙继续秉承遗志，在这片神奇广袤的土地上努力生活，世代繁衍生息，创造了灿烂的巴族文化。

廪君的故事还未结束。也许是他对盐水女神始终怀有愧疚，也许是应了自己的誓言，他在一次渡河中遇难，溺水而亡，死后化作一只白虎图腾，乘烟飞走。从此，巴族人将廪君奉若神明，一代一代地崇拜颂扬。

高尔基曾说："一般说来，神话乃

是自然现象，对自然的斗争，以及社会生活在广大的艺术概括中的反映。"也就是说，神话故事的产生，离不开现实生活。

廪君这个人物就是巴族文化原始时期的一种精神追求和象征。廪君的传说是在这种精神指导下"神圣叙述"。在这种充满想象力的叙述中，不是为了将其视为原始宗教崇拜，更不是为了与神仙之说合流。尽管神话与宗教、信仰密不可分，通常还会被放置在宗教仪式中演示和讲述，但是不能就此把神话从一种文化现象中剥离。

神话其实是一种对世界起源、创造以及秩序的维护和表达。其目的是为了弘扬民族精神，如何百折不挠，凭着努力与自强不息，实现美好愿景。

妇好略传

商朝有一个叫子的方国，在诸侯中地位颇高。某日，子方国中的一户王公贵族府内，诞下一个不凡的女婴。

说来奇怪，刚落地的女婴没有啼哭，而是睁开一双乌溜溜的大眼睛，好奇地四处转。她粉嫩的小脸别提多俊俏，完全不像刚出生的婴儿。

日子一天一天过去了，女婴渐渐出落成如花似玉的少女。她十分聪慧，家教也好，更习得一身好武艺。那一年，商王武丁选王后，她凭着出众的相貌及好名声脱颖而出，成为武丁的第一位王后，史称妇好。

武丁算得上是位贤主。在他当政的五十九年里，国家日益强大，成为当时华夏强大的王国。而这个王国的缔造不只是武丁能礼贤纳士，还得益于他身旁有一位被称为战神的王后——妇好。

那是一个披着彩霞的天空，妇好容貌端庄，身材颀长，雍容华贵，像天边飘落的一朵彩云，光芒四射地走到武丁以及百官面前。

在礼官宣读册封诏书完毕时，一双强有力的大手伸向妇好，拉她一起走向宝座，接受百官朝贺。这是一个怎样的女子？她的一双熠熠有神的眼睛，似流光溢彩的宝石，吸引着武丁，不知不觉，一颗爱的种子在武丁的心田生根发芽。此后，无论岁月悠悠，武丁一如当初，眷恋、深爱着她，即使她早早离世，也无法减少武丁对她的思念之情。

武丁当政初期，周边的方国、部族并不安稳，边疆之患由来已久。有一年夏季，北方边境战事告急，妇好主动请缨，要求带兵前往。武丁犹豫了，一来他放心不下爱妻，二来妇好从未有过领兵打仗经验。经过一番占卜后，他才同意妇好领兵出征。

妇好大获全胜，捷报送入宫中，武丁大喜。当获知妇好的军队拔营回朝，武丁迫不及待地带上一队礼兵跑出城外十余里地，等候、迎接得胜归来的妇好。夕阳下两人并肩策马，如胶似漆。彼时武丁的宫中妃嫔无数，善战者也有，可如此珍视，唯有妇好一人。

商朝本由一个畜牧民族成长而起，自中丁以来，经九世到了盘庚时期，商王室内部争夺王位，内乱不止，以致诸侯都不来朝拜。到了盘庚迁殷后，商朝复兴过一段时间，又复衰。武丁即位不久，流亡西北的夏王朝后裔蓄势起兵作乱。

这一次武丁照样占卜后，派出王后

妇好领兵出征，平叛乱。出征前，武丁不放心，将麾下得力大将悉数归妇好统帅。誓师时只见妇好身着铮亮发光的铠甲，威风凛凛，英气逼人。她望向远方的目光明睿坚毅，似乎给了众将士一个信念：凯旋。

这是一支强有力的王军。不久，妇好顺利剿灭叛军，大获全胜，俘虏了许多败兵。妇好在战场上的威名渐渐传扬开，紧接着，尸方国进犯，妇好再度跨上战马，率兵出征，连续激战数个回合，又是胜利归来。自此，妇好的军队像一把锋利的刃，所到之处，令敌人闻风丧胆，为之惧怕。

春暖花开的季节，妇好迎来第一个儿子的降临，武丁出奇地开心。这个国家的继承人诞生了。武丁在宫中大肆宴席，许多妃嫔纷纷送来贺礼。她们也十分喜爱这位气度不凡的王后。

其中有一位叫妇妌的王妃，地位仅次妇好。她也是一位女将军。前不久，她征伐龙方，获得一块上好的玉石，派人寻了能工巧匠，做成一只高十三厘米的玉凤作为贺礼，献给妇好。这是一只高冠勾喙的玉凤，亭亭玉立，通身剔透晶莹，长尾翩翩地含情回首，优雅高贵得如妇好给人的感觉。妇好对玉凤爱不释手，特意嘱咐人编上挂绳，成为她最心爱的挂件之一。

从这年开始，妇好多次授命主持祭天、祭祖、祭神等各种祭祀活动。在高台烽火上，在袅袅云烟中，妇好唇齿清晰，用悠扬的声音唱起祭词，百官听完无不动容。祭祀典礼上，妇好肃穆威仪，恭敬庄重，令人信服。

武丁不仅任命妇好为占卜之官，为了表彰她的赫赫战功，还封给她一处富庶之地。武丁在送妇好离开商王宫去封地路上时，二人依依不舍，以至于一段不长的路走了好几天。到了封地后，妇好勤勉政务，开发经济，训练了一支三千人的亲军。可见妇好不仅行兵打仗很出色，还有管理行政事务的能力。

该到向大商进贡的时候，妇好带着贡品回殷都。当她坐在王宫的宝座上，接见前来收贡品的卜官——宾。宾对这位王后十分恭敬，他先是问候王后的生活起居，见她精神饱满，宾心中十分欢喜。当宾看着抬到殿中的丰厚贡品，目瞪口呆了，只见卜骨多达十屯（这是占卜用的甲骨的计量单位，两片牛肩胛骨，即左右一对为一屯），卜龟五十。在当时，这些都是十分珍贵的贡品，特别是卜龟，俗称金龟。

正在他们查收贡品的时候，武丁匆匆赶来。因为不日，武丁要亲自领兵讨伐鬼方，为了笼络各诸侯，他想让妇好代替去看望诸侯中一些年高的老人，表示大商尊老敬老，爱护臣属的心意。妇好二话不说，启程前往各地，当起了外交官。

南征北战十余载，妇好俨然已是了不起的王后和军事统帅。她辅佐武丁平乱，绥靖边疆，在武丁亲率的诸多重大战役中，她多次身先士卒，率兵攻克敌阵。

一次武丁率部出征，攻打印方。按照武丁的军事部署，妇好带领亲军埋伏在一处山谷的峡口，静静地等待敌军到来。而武丁亲自带领一队人马自东面击溃印军，并将其驱入事先布置好的伏击圈。这是战争史上第一次，也是最早一次记载了胜利的伏击战术。

商朝逐渐强大，臣服的各方国越

来越多，武丁决定向东南拓展疆土。这一次妇好作为统帅，率领了一万三千人的庞大军队出征。其中有三千人是从妇好的封地征集而来，还有一些是从众族氏中抽调而来，临时组成的军队。出征前，武丁授她一件重达九千克的青铜钺，以象征她在军中拥有至高无上的权力，钺上饰有双虎扑噬人头纹，并刻上"妇好"二字的铭文。

如此一支浩浩荡荡的军队，光凭气势便足以震慑敌人。很快，东南的疆土被撕开一道大口，武丁趁机亲征，自此不少原来臣属夏王朝的东夷方国，鸟兽散去。商的领土拓广许多，管辖更加辽阔，物产更加丰饶。

商朝在武丁时代达到鼎盛。妇好作为武丁所倚的重臣之一，功不可没。这一年的春耕，各国派遣使臣来朝拜，其中有一国进献了大型酒器配十觚、十爵。这是当时献给王后妇好的礼器中最为瞩目的。

武丁与妇好不常在一起，有时因征战而分开，有时因妇好要到封地处理事务分开。然而武丁记住了妇好的喜好，不时派人送礼物到封地，以博她一笑。为此，武丁曾寻遍天下巧匠，做成两件稀世珍宝，一件是象牙雕夔鋬杯，通体刻有繁缛精细的饕餮、夔龙、鸟等图案，其图案的口、眼、眉、鼻以及身体更是镶嵌上绿松石，还以细条的"回"纹衬托在四周；另外一件则是象牙带流虎鋬杯，高四十二厘米，造型精美不说，光是弄来如此巨大的成年象牙在当时就不容易。

由于妇好日夜操劳国家政事、封地事务，还要领兵打仗，所以武丁担忧她的身体。武丁因为心中挂念妇好，经常跑到妇好的封地，见到她一切无恙才回王宫。武丁对妇好的宠爱和关心超过了其他王妃。

妇好因多年征战，身体每况愈下。当时有一支不同于华夏民族的人种——印欧人，他们正疾速往东扩张，逼近商。

恰恰妇好再度怀孕，武丁不敢让她带兵出征。武丁把决定告诉妇好，宽慰她，自己久经沙场这么多年，不用为他担忧。不过，妇好依然四处奔走，去了自己的封地，各王室的封地，为武丁征集更多氏族的士兵。武丁临行前，妇好表达了对战局的担忧。她说："王，这次与以往的敌国不同，这是一支特殊的军队。他们手上有轻而易举便斩断青铜兵器的铁剑，还有用马拉的战车，很容易冲垮咱们的步兵方阵……"

武丁沉默不语。妇好心事重重。

武丁召集了所有武将，以举国之兵，采用分兵合围，抵御这支来势汹汹的侵略军。这支军队的士兵，身材魁梧，肤色与须发皆特别怪异。他们凭借手中长长的铁剑，横冲直撞，像一群疯牛，狂野、彪悍。

武丁亲征以来从无败绩。这次与印欧人作战确实艰难。印欧人军队冲破商军防线，眼看兵临城下，武丁只好亲自上阵迎击侵略军。

妇好待在王宫里心急如焚。忽一日，前线战况告急，报回宫中，据突围求援的军士说：王被困，陷入危机，速救援。

妇好不顾身怀六甲的身体，整肃军队，毫不犹豫地跨上战马，带领自己的三千亲军，奔赴前线加入这场鏖战。

武丁被围困在一处山坳中，山坳

外的商军见自己的王被困，萌发了对敌人的畏惧，而不敢硬攻。妇好亲自率领三千亲兵，在敌人的包围线来回冲杀，无比凶猛。武丁见状，率领余下数百人拼死突围。

武丁在乱军阵地中见到了妇好。妇好骑在高头大马上，染满鲜血的铠甲被阳光照耀得猩红夺目。她挥舞长矛的样子如同天神降临，英勇非凡。商军被妇好的气魄鼓舞了，加上见到援军，士气大振，本来就人数较多的商军迅速逆转了战局，反败为胜，驱逐了来犯的怪毛军队。

妇好回到宫中，百般不适。武丁不断为她占卜，其中有一次，卜辞说：妇好之所以有了灾祸，有可能是武丁的众位妻子之一，妇彝的亡灵在祸害妇好。武丁急忙跑去祭祀妇彝，希望消除妇好的灾殃。

妇好临产时，因胎死腹中，随胎儿一起死亡。武丁失声痛哭，几乎昏厥。妇好的早亡，对武丁是莫大的悲痛。他不顾祖制规矩，将妇好的陵墓修建在宫苑的池子边，日夜悼念亡妻，以此表示永不分离。

在之后的日子里，武丁因思念妇好，频频卜问：在另一个世界的妇好，生活状况究竟怎样？他为了能让妇好在另一个世界里过上富贵生活，在妇好的墓里，随葬了许多葬品。

武丁还不断向妇好献祭，一如既往，对她的宠爱没有减少。一日夜里，武丁梦见妇好向他走来，却不见往日笑脸。他醒来后惊慌失措，立刻占卜，询问妇好是否遇到什么灾祸。

武丁实在放心不下，决定为妇好在另一个世界寻找强有力靠山。他亲自操持，将妇好许配给商代最伟大的三位先王，分别是大甲、成汤、祖乙。他把妇好托付给三位英勇的先王后，不用担心妇好会受到欺凌。

武丁与妇好的爱情之深，可谓旷古绝今。

妇好不是她的名字，而是在"好"这个姓的前面，加上"妇"为尊称。她是武丁三个法定配偶之一，是武丁的六十多位妻子中的一位。她的睿智与勇猛，才能与品质，古今难得一见。她是杰出的女政治家和军事家。

从妇好墓发掘以来，这个传奇的王后已经被考古证实。她在甲骨卜辞、青铜器铭文中的丰富活动，记载了她战无不胜的功绩，举足轻重的政治生活地位。从武丁的言行中，品味到一段绝世惊艳的爱情。

虽然武丁对她的爱只是一部分，但是反映了当时商代，女性具有与男性相同的社会地位。比如商代的妇人们，可以拥有自己的封邑，可以不经常住在王宫，可以统帅军队，可以参与多种祭祀活动，这在后来的历史上绝无二例。

从某种意义上看，商代的妇人们更像是王的护卫队，是所有商王最忠诚的支持者，也是后盾。而这些现象与商代的生产方式密不可分，当时畜牧业与农业比重相同，男女分工并不明显，这就需要男女之间互相协作，依存关系更加紧密。

而在接下来的周代，社会开始推崇男耕女织，女性的地位渐渐式微，转而成为在内辅助的角色。

古往今来，女性的社会地位似乎在走一条曲折道路。妇好的成功，究其所以，肯定有她自己的原因，也是社会的一部分。

母亲的低语（外四篇）

陈素锦

亲爱的儿子：

你好！我酝酿好久，想给你写很多很多信，但又怕你朝我撇嘴。可作为一个热爱写作的母亲，我还是决定写出来，希望你这个不爱读书的家伙，能在百忙之中挤出时间阅读。

你去年高考失利仿佛还在眼前。你的痛苦、懊悔、无奈，还历历在目。今年的高考从眼前飘过，一切尘埃落定。你以专业全省第一、文化课超省艺考线三十二分的成绩，收到了沈阳音乐学院的录取通知书。你完胜高考，完胜自己，取得了阶段性胜利。老妈发自内心地赞赏你：你是一个有志气的孩子！

关于复读这件事，周围的人众说纷纭，大部分人是不认可的。可从你的经历来看，这是最好的安排，可以说是上天对你的眷顾。如果去年你凭借那点小运气混进了大学，后果不堪设想。你从小到大运气还算不错，要点小聪明就能得到自己想要的结果，这助长了你自以为是的性格，以为成功唾手可得。高考的惨败如当头棒喝，将你从钢丝绳上打落下来，结结实实地摔痛了你，也摔醒了你。痛定思痛，纠结无奈后，你最终选择了复读。

其实，你高考失败后，我也深刻反省了自己在你成长过程中的教育方法：小学阶段过于严厉，初中时期放手过早，高中阶段任你自由发展。你犯错误的时候，我缺乏耐心，采取了粗暴的惩罚方式。作为一个教师，我的做法是错误的。作为一个母亲，我太缺乏慈爱。你倒在高考的门槛外，我也有很大责任，理应和你共同承担。再者，我以一个老教师的眼光，认定你会成长为一个才华横溢的好青年，所以，必须再来一次。

一年的复读说快也快，说慢也慢，难得我们一家全力以赴，共同努力。记得小学有一篇课文《小马过河》，松鼠说河水深，牛伯伯说河水浅，到底是深是浅呢？小马试探着过了河才知道，河水既没有牛伯伯说的那么浅，也没有松鼠说的那么深，也就是说，只有亲自体验过，才有属于自己的感受。通过复读，你做到了知耻后勇，知道了必须耕耘才有收获，只有努力才有结果，这不是空话。

多经历不是坏事，但希望你把重点

放在什么是"稳稳的幸福"上——稳稳地专业第一,稳稳地超出省线,稳稳地被大学录取,这种感觉多爽啊!做事情就是要追求这样的结果,稳扎稳打,受住煎熬,加倍付出,以绝对优势取胜。"绝对优势"就是超出别人一大截,这不容易,除了刻苦努力,没有任何捷径。勤奋、刻苦、努力、拼搏,这些词有着极其不平凡的含义。

"一粒沙会被踩在脚下,一座山却必须仰望。"我很喜欢把这句话分享给你。

好,今天先说这些,改日再聊。

陈素锦
2016年10月8日

亲爱的儿子:

你好!今天想和你谈谈关于大学的一些事。

这个话题,其实我没有太多发言权,我只是八十年代末的中专生,没上过大学,没办法给你一些具体的建议。但大学生活也是人生长河中的一部分,我想,以我对人生的阅历,我可以把某些事情谈得透些。当然,你也会有不同的观点,我们可以探讨。

你和你的同学经过这轮高考淘汰赛,进入大学的差不多都是专业不错的学生,你们势均力敌,水平相当,甚至有的同学专业水平远远高于你。所以,不要对以前取得的那点成绩沾沾自喜,那些太微不足道了。你要时刻保持清醒的头脑,知道自己的差距,唯有付出更多的努力,才能逐渐缩小差距。

当然,你也不必妄自菲薄,惧怕对手的强大,你各方面都不弱,只是以前没有竭尽全力而已。这不是当妈的夸你,你在十八岁以前过得太潇洒了。

今天,老妈想要特别提醒你的是,在大学里一定不要随波逐流,稀里糊涂地跟着别人瞎学。你说你的同学经常不在寝室,还挂科,不知道整天忙活啥。可你知道,他家因为拆迁足足换得了整个单元的楼房,仅从金钱的角度谈,终其一生,我们都挣不了那么多钱。他的一生或许不必像我们一样辛苦赚钱,貌似他有理由挂科挥霍。高中时,你的同学公然顶撞老师,得罪了主要领导后,他父亲将他转到了别的城市更好的学校。还有的同学或许练琴没有你勤奋,但水平一点不低,人家有上天赐予的超高禀赋,一个小时的练习,足以抵得上你的两个小时。

说了这么多,就是想告诉你,看事情一定不能仅仅看表面,每种表象的背后都有其深层次的原因。许多我们眼睛看不到的东西,在支撑着你眼睛看到的"所谓事实"。如果我们跟着别人瞎学,到最后人家会去该去的地方,而我们只剩下失败。

我们管不了别人,只需要管好自己,找准自己的努力方向,一条道走到黑!四年的本科加三年的研究生,七年的大好时光,你要好好规划。这是多好的七年啊!身体健康、衣食无忧,可以心无旁骛一门心思读书学习。此生你再难有这样的七年！所以你必须勤奋，必须拼搏。

专业必须精深。往浅了说，不管干什么，人总得有安身立命的资本，也就是得有养活自己的本事。往深了说，你拉了十多年二胡，如果不能研究透彻，形成自己的风格，那只能沦于平庸。以你的潜质，你甘心吗？所以，需日日精深练习，练习精深，不能有丝毫松懈。你所喜欢的球星科比，365天无休地训练。魏忠超哥哥，我眼睁睁看着他日日努力，年年勤奋，今日就凭优秀才华遨游世界。再者，从经济的角度讲，我们投入了那么多财力物力来做这件事，当然需要高回报。如果你学业平平，对我们家来说就是灾难。不是我给你压力，压力原本就存在，你不能视而不见，要好好学习，这是你义不容辞的责任。

好了，儿子，让我们母子携手共同努力吧！我觉得我的人生也刚刚开始呢，成熟的思想、健康的身体、笃定的内心、懂事的儿子，哈哈……我的人生还有无限可能呢！你说呢，宝宝？

最后，老妈跟你说个事，为了给儿子寄这封信，我反复修改，誊抄了三遍才算满意。我对你好吧？

陈素锦
2016年11月7日

吾儿：

万望惜物！

前几天，你二姥爷生病住院了，带了点吃的，我急匆匆赶往医院。临近晚饭的时间，我要给你二姥爷热热饭。我记得住院部里有微波炉，可去了两个住院部，还有医院对外营业的餐厅，都没有微波炉，可能是我记错了。一抬头，我看到医院墙外的小餐厅，我想给老板点钱，请他们帮忙把饭热一下。在这里，我想告诉你：做一件事，要积极动脑筋，想方设法去做。犹太民族的经典著作《塔木德》有言："上帝每制造一个困难，也会同时制造三个解决问题的办法。办法总比困难多，凡事都有解决的窍门。"

上天垂怜我一片孝心。我下了一个狭窄的室外楼梯，左手是医院内部的职工餐厅，毫不犹豫地走了进去，看到餐厅角上的微波炉！我欣喜若狂，忙上前询问服务员，可不可以热饭。服务员先说不对外借用，又问是哪个病房的。我如实相告，暂时在急诊室，还没有床位，但身体原因，不敢吃油腻食物，也不敢吃凉饭，从家里带来的饭凉了，得热热。年轻的服务员善良心软，说："好，拿来热热吧。"

我说着感谢的话。

儿子，此时，妈妈想告诉你的是，说实话、不撒谎，这会让人内心坦然、言辞诚恳，会让别人真诚待你。当然，也可能不全是这样。易中天一篇小文里提到关于真话的观点，摘给你细读一下："你觉得这个真话说出来要倒霉的话，你可以不说。康德说过，一个人所说的必须真实，但是他没有义务把所有的真话都说出来。因此，真实的办法很简单，你觉得这个真话是不可以说的，你就不说，然后假话你也不说，剩下的全都是真话，这就是真实。"这话是不是挺靠谱？

微波炉的不远处是餐厅回收剩饭菜和餐具的地方。在我热饭不到十分钟的时间里，不时传来餐具的刺耳碰撞声，有的声音实在太大，震得我心疼。每听到一声碰撞，我都会转过头去看，有男的，有女的，都是二十多岁的年轻人。服务员无动于衷，一副习以为常的样子。我忍不住问那个年轻的服务员："他们是外面的人，还是医院内部的人？"服务员说："都是医院内部的，有护士，也有实习医生。"我说："学医的都是上过好多年学、受过高等教育的人，怎么会这么扔餐具呢？你们怎么不提醒一下？"服务员一撇嘴说："很多人都这样，还有的老远就扔，你提醒他，他还投诉你，说你服务态度不好。"

我们学校设有一千多人的餐厅。以前有小学生吃完饭，着急将餐具一扔，转身跑开去玩了。几次提醒后，孩子们都会端着餐盒来到回收处，轻轻将餐具放下。

作为一个教育工作者，源于职业习惯，我经常不自觉地反省，我们的教育到底缺失了什么？哪里做得不够，竟会让为数不少、受过高等教育的人犯低级错误。比如，眼前的年轻人不懂惜物。都说万物皆有灵，为他们盛放美餐的盘子到底做错了什么，竟会招致这样残忍的对待！难道他们听不出那哐哐的声音是愤怒的控诉吗？他们和盘子有深仇大恨吗？都说医者仁心，这样粗暴对待盘子，能仁慈对待生命吗？

在我的认知里，医生不仅是一份谋生的职业，更是一场自我的修行。小学语文课本里，就有李时珍著《本草纲目》以身试药的故事，还有善良的老中医，为穷人抓了昂贵的中药，只收取了很少的钱。我国历史上有记载的还有许许多多医者悬壶济世的美谈。可我眼前这些年轻的医务工作者，这般修行，能行吗？这是做大事者不拘小节吗？

我认同"大礼不辞小让，细节决定成败"。

儿子，"以人为镜，可以明得失"，妈妈批评别人家的孩子，是为了提醒自己家的孩子。就你目前的发展来看，以后或许会成为一名文艺工作者。我想说，无论怎样，一定保持细腻柔软、善良敏感的心，有了这样的心，会疼惜世间万物，会有悲悯情怀。积淀了这样的人性底蕴，你指尖流淌出的曲子情感才会丰富，才会感天动地。

回想你求学路上的老师们，他们不仅在专业上细致指导你，更以闪光的人格魅力影响你。青岛的钱老师、北京的姜老师、沈阳的王老师和谷老师。原本给你上好课就对得起你的学费了，但他们为你忧虑，为你操心，只因他们本性如此——善良细腻，多情悲悯。正因为如此，老师们才会有不凡的艺术成就。你何其幸运，今生和这样的老师相遇！他们是你人生路上的楷模，妈妈希望你成为像他们一样的人，做有能力帮助别

人的人。

儿子,一个文艺工作者需要观众,有观众才有市场,才有你存在的价值,观众是你成长路上的贵人。所以,请一定尊重你的观众!也许,他们的欣赏水平参差不齐,无法识得你的价值;也许,他们只是为了度过一个夜晚的时光,不是多么懂二胡,从来是知音难寻,你不必苛责他人。

你不能因为观众欣赏水平低而降低演奏水平,必须尽心尽力做好自己的事,无愧于心,无愧才华,对得住他人。再者,观众也是靠优秀的演奏家培养和引领的,对吗?真心对待每一位观众,哪怕他们听不懂你拉的是什么;用心对待每一个音符,让它在你的指尖演绎完美。音符开心了,观众愉悦了,这就是一种价值体现。这个观点,你赞同否?

末了,多谢你上次对我的夸奖,讲真,我的文采越来越棒。你说要给我开公众号,我将继续努力,笔耕不辍。谢谢!

陈素锦
2016年11月24日

亲爱的儿子:

你好!

今天这封信,我们从"蝴蝶效应"谈起。一只南美洲亚马孙河流域,热带雨林中的蝴蝶,偶尔扇动几下翅膀,可以在两周以后引起美国德克萨斯州的一场龙卷风。意思是说,初始条件下微小的变化,能带动整个系统长期的巨大连锁反应。对于我们,你就是那只热带雨林的蝴蝶,惨的是,我们不是兴风作浪的龙卷风,而是被龙卷风肆意摧残的德克萨斯州的山核桃树。

举这个例子是想说,作为父母,孩子任何细微的举动,都会引起我们巨大的震动,尤其是让人伤心失望的事,更会让我们的情感备受打击。我们茶不思饭不想地拷问自己:这孩子,怎么会这样?我们到底应该怎么做?

儿子,这些你能体会吗?你不会,因为你还没有为人父母的经历,不懂得父母的揪心。

虽然我和你爸性格方面有很大的不同,但都是实在人,不会虚情假意,这样的人很容易受伤。对你,我们操心就是操心、生气就是生气,付出的都是真心,从没有想放弃你,纵然你多次伤害我们。付出都想有所回报的,不图荣华富贵,只求孩子能体谅父母的苦心。当然,如果能以子为贵,那是更大荣耀,最高的幸福。

不得不再次重复以前的观点:请不要再犯低级错误,"不用心,粗心……"你幼儿园大班还没毕业吗?再次听到对你这样的评价,真是让人崩溃。你知道王老师为人温和,用词谨慎,这样的说法已是无奈,现实会不会还糟糕?真不愿深想。很伤感,不知你能否体谅。

你真的还敢这样吗?

学习艺术、参加高考,几乎花光了

我们的积蓄,你的后半生如果没有一份高收入工作,该如何度日?人生的方向已赫然摆在前方,路就在脚下,你已经别无选择,必须扎扎实实地走下去。你还敢瞎晃啊!我都替你后怕。

稳住自己吧,一个星期如一日,一个月如一日,一年如一日,几十年如一日,稳扎稳打,兢兢业业,学习和生活肯定会一天比一天好。因为无论什么事情,只要累积到一定的数量,就会发生难以想象的飞跃,产生质变。这样的人生肯定不同凡响。可惜,懂得这点的人实在太少,这世上有很多凡夫俗子,只因他们要么耐不住寂寞,要么自作聪明玩小伎俩。日子过不好,学业不精深的时候,会自我安慰说:"知足常乐,知足常乐,差不多就行。"或是:"我尽力了,没办法。"配上你那个两手一摊的表情。

这些都是懦夫的理由、厚颜者的推脱。为什么别人行?记得复读的时候,你说过一句话:"都是两个肩膀扛一个脑袋,为什么别人能学好,咱学不好?"这话听得我热泪盈眶:我儿终于懂事了啊!难不成你当初只是随便说说逗我开心,现在都抛到脑后了?

这些技术含量低的问题,还需要我们再展开讨论吗?苍天,你还有时间"粗心"吗?再不吃苦,你想吃啥?

对于吃苦,你一定要做好充分的思想准备,没有办法挺不住的时候,也要咬紧牙关挺过去。不经一番寒彻骨,哪得梅花扑鼻香。那些做成事的人,并非都是有超人的毅力,只是他们太清楚一点:挺不过去就完蛋!人生是一张单程票,没有退路。于是,一次次咬牙,经历磨难,脱胎换骨,成就自己。

人生的风景的确美妙,而上帝是挑剔的老板,不提拔担不住大任的人。上帝更是个精明的商人,不胡乱施舍,想得到某些东西,就要拿同等的东西换。

注意!宝贵的不是廉价的小聪明、短暂的小热情。谁傻?幼儿园的小朋友都不好糊弄。

儿子,请我们活得开心快乐。今生母子,木已成舟,无法更改,只有相互成就,对吗?

你若安好,我们便是晴天。

陈素锦
2016年12月19日

对话录

周末去邮局给儿子寄东西,打了滴滴快车,不一会儿,车到了指定地点。司机小伙儿见我拿了一大包东西,用开关打开了后备厢,下车帮我把东西放进去。我心里一阵温暖,好感顿生。

上车后,司机说:"阿姨,给谁寄这么多东西?"

看来我真是老了,二十多岁的小伙都叫我阿姨了。我说:"往沈阳寄。儿子在沈阳上大学,寄冬天的衣服。"

"你儿子肯定感到温暖了。"司机说。

我觉得司机有文采,他的话把我

的关心带到了千里之外。我说："小伙子，星期天出来挣点外快吗？"

"平时上班，星期天出来干干，挣点是点。"司机说。

我说："年轻人就得勤劳，为你点赞。"

"得有挣钱意识。"司机说。

我说："现在挣钱养家不容易，这么高的房价，几千块钱的工资，一辈子能挣套房子就不错了。"

"房子是太贵了，没有家人帮助，一辈子也买不起房子。"司机说。

我说："你有房子吧？"

"前几年买的，当时房子没这么贵，爸妈给买的，如果现在买，就买不起了。"司机小伙说。

我说："当前高房价，超出了普通人的收入，已经让不少年轻人不敢谈爱情，不敢挑人品。因为爱情不能当饭吃，人品再好也抵不了没有房子的悲哀。"

"房价严重影响了生活质量，睁开眼睛就想着还房贷。"司机小伙说。

我问："你买房贷款了吗？"

"贷款了，不贷款根本买不起。"司机小伙说。

我问："贷了多少？"

"那时房子没这么贵，贷款二十万，如果现在买，同样的房子也得贷款五六十万。"司机小伙说。

我说："那时贷款好贷，利息也少，现在不好贷款，利息还高。"

"阿姨，你说房子还能涨价吗？"司机小伙说。

我说："应该不会了。"

"可别再涨了，再涨普通人真就买不起了。"司机小伙语速较快，说话爽快。

我从后视镜里看到了他的脸，时尚的短发，黑黑的肤色，高挑的眉毛，两只小眼睛成了缝，弯弯的，一副讨喜的样子。

司机小伙说："阿姨，你儿子学什么专业？"

"学二胡。"我说。

司机小伙说："二胡属于古典乐器吗？"

"我不知道。"我说。

司机小伙说："我羡慕城里人的生活，家里能拿出这么多钱让孩子学特长。我上高中的时候，每月家里只给三百块钱生活费。"

"普通家庭条件差不多都这样。"我说。

司机小伙说："我也很喜欢音乐，可家里没钱，每月我只好省出饭钱学两节吉他。"

我没说话，滴滴司机小伙停了车，我到地方了。

不负自己

今日多云，天气阴郁，是个适合思考的日子。恰逢周末，身体小恙，又得了少有的安闲。清扫妥当，吃饱喝足，遂提笔整理心中思绪。此时我脑中纷繁杂乱，但我确信，只要坐定桌前，定会理顺成文。

近日一直在看《中国通史》，已开始看第二遍。面对如此厚重的题材，我无法准确描述读后的感觉，只觉得波澜壮阔的历史尽在眼前。

这一百集的历史，让我看淡了王朝的更替，看轻了生命的流逝，愈发强烈地感受到自身的渺小和卑微，渺小到生无可恋。我这样的普通人能给历史留下点什么？卑微到只想找个墙角安放自己，任其自生自灭。

难道我来到世上只为了吃光自己粮仓的粮食，继而丢下一副皮囊，再浪费一把火吗？

也许，我还不至于如此糟糕。

我热爱阅读，善于思考，眼界开阔，意志坚定，这是我难得的禀赋；我身体还算健康，思维还算敏捷，情感细腻且耳聪目明，这是上天垂怜的恩赐；我为人正直忠厚，虽经历世态炎凉，却依然心地善良，存有人性的本真；我爱憎分明，疾恶如仇，仍有火爆的脾气和强硬的手腕。这些都是我的宝贵财富。

几十年的人生历程，我不想将自己磨成一块人人都可以欣赏的鹅卵石，只想活得像个人样，像个有独立思维的人样。

"名利"二字于我而言，不是追求的目标。这话也许说得有点矫情，在别人眼里，我好像从来没有得到过，又谈何看淡？人的一生需要的东西不多，只是欲望，欲望从来都是填不满的沟壑，越追逐口越大，越疯狂越空虚。我从未踏上这条没有尽头的路，是较高的悟性让我早早了然。

这么多年，我对自己最满意的就是从来没有丢了自己。无论别人如何耀眼，我依然可以安静读书、写字，不羡慕，不嫉妒，这份心定，让我着实意外。我没有浪费宝贵时间去推杯换盏、应酬假笑，而是选择自我隔离，简单生活。无论别人如何灵便，我还是崇尚出力、费劲才能把事做好。纵使世事变幻，我相信世界的本质不会变。这是看历史给我的另一种启示。

我想了这么多，决定做一株墙旮旯的小花，碧绿着自己，芬芳着自己，枯萎着自己。做好经手的每件事，活好在世的每一分钟，写好属于自己的人生。做好自己，就是对这个世界最大的贡献。

亚圣孟子说过："人有恒言，皆曰'天下国家'。天下之本在国，国之本在家，家之本在身。"这个"身"就是指个人。如果每个单细胞都是健康的，那么，无论如何庞大的肌体都将是无疾的。修身，齐家，治国，平天下，每一个平凡的生命都将不负此生。

这就是我的理想，我认为，伟大且崇高！

写罢小文，得意了好长时间。

栖 居

我喜欢德国诗人荷尔德林的这句"人充满劳绩，但诗意地栖居于大地之上"。这话似乎是我的一种心境。

过年前，我强迫症一样地打扫卫生，疲惫至极。儿子问我为什么不请钟点工。我说自己打扫最仔细，都是陪咱过日子的物件，它们也要干干净净地过年啊！

儿子不满六岁开始拉二胡，至今已经拉了十四年，现在是大学二胡专业的艺术生。他寒假在家，每天要练两三个小时的二胡。

吃过早饭，我打扫卫生，儿子开始拉二胡。窗外冬阳明媚，屋内暖意融融，琴声悠扬悦耳，一片岁月静好。我的心异常安宁，手上不疾不徐地忙碌着。顺手的工具，给力的清洁剂，很快，卫生间干净了，很快，大衣柜干净了。

下午，儿子主动干大活，洗窗帘、清理排油烟机、擦玻璃，同样不疾不徐，一点一点地干，听着自己喜欢的音乐。待晚上歇下来，腰酸手痛，很快入眠。无疑，肉体是劳累的，但灵魂是喜悦的。

我是想通过种简单的劳作让儿子明白："合抱之木，生于毫末；九层之台，起于垒土；千里之行，始于足下。"说白了，活一点点地干，饭一口口地吃，日子一天天地过。而且，生活不光有春和景明，还有其他。

"人充满劳绩，但诗意地栖居于大地之上。"感谢自己过去一年的认真学习和工作，新的一年一如既往，辛苦劳作，诗意生活。

农民老陈

老陈是个聪明的农民，但首先是个幸运的农民。这幸运似乎从出生的年份就注定了，他总是踏在幸运的鼓点上。

老陈出生于新中国成立的第二年，两岁半的时候患急性肠梗阻，性命垂危。多亏了合作医疗制，他才到大院做了手术，捡回了小命。

说老陈聪明是因为他只有小毕业，却有着超强学习能力。无论什么新鲜事物，只要老陈静下心来研究，就能弄懂弄通。

生产队的时候，手脚麻利的老陈是村里打井队的队长，这是技术活。因为他有组织领导能力，被推举当上了生产队长。

那时老陈村是本市的蔬菜基地，种的蔬菜供应给城里的菜店。老陈生产队种出的菜特别水灵，城里来拉菜的司机把老陈队里种出的水萝卜叫"大姑娘"，把西红柿叫"小媳妇"。每次拉满"大姑娘"和"小媳妇"，他的嘴总是咧得特别大。他不知道老陈种菜是看着农技书种的，采用了科技种植。

1984年，老陈村响应国家号召，实行了土地联产承包责任制，老陈家分得了两亩蔬菜地。老陈根据多年的种菜经验断定，只要温度适合，本地的优良西红柿"杠六九"可以提前一个月上市。虽然是提前一个月上市销售，但经济效益大。正值壮年的老陈豪气万丈，将两亩地建成了塑料油纸大棚。

他建造的大棚颇有中国农民的独创性。大棚用自制的水泥柱子作为支撑，纵向四大排，中间两排高，边上的两排低，成半圆状。每根柱子相隔六米，用钢筋烧制成花梁状纵向固定。横向也有四根，柱子间有三米远，头顶都有一个钢筋圆环，用一根长长的粗钢筋将圆环依次绑紧，钢筋两端深深地埋入地里。大棚的骨架做好了，上面盖上厚厚的塑料油纸，油纸的外面，每两排横向柱子的正中间，再压上一根粗钢筋，将油纸牢牢地压住，塑料纸边缘也埋入地中，起到抗风作用。天太冷的时候，外面再盖上草帘保暖。塑料油纸是长长的四大匹拼叠在一起，形成三道通风口。每天早上打开，下午合上，让大棚里的菜呼吸新鲜空气。

老陈照顾西红柿比照顾老婆孩子还细心，大棚柿子也争气，长势喜人。打开大棚的门，快熟了的柿子泛着白脸，肥得像从地里冒出的人参娃娃。待到红了的时候，老陈的大棚简直成了5A级景区，红红的柿子让人心花怒放，来参观的人不断。人们把老陈被夸到了天上去。

卖柿子的日子，两个大棚每天可以摘下几百斤西红柿。邻居和亲友都来帮忙，大家边忙活边请教种植经验，场面热闹得像过年。

稀罕人的西红柿运到市场上，变成更稀罕人的大团结。老陈在1986年买上了全村第一辆摩托车。这辆车当时是2960元。那时城里普通工人的工资每月不到一百块钱。

两亩蔬菜地被老陈精工细作，一年四季都进钱。柿子蔓儿疲了，就种"叶三"黄瓜，黑绿皮，黄瓜瓤泛黄，清香里带着甘甜，味儿很独特。快过年了种油菜，因为做买卖的人多了起来，大家图个来年发财，无论多贵都买两把新鲜油菜，在大年夜炒肉。老陈种的菜格外好吃，都能卖高价钱。老陈给老婆买了梅花牌手表，给上初中的女儿买了大金鹿牌女式自行车。这在当时都是贵重物品。

到了1989年，村里几乎家家都有了摩托车。这时地里大棚连成了片，菜价也没以前高了。

老陈在镇上给一个维修摩托车的老师傅当了半年学徒后，在村头开起了方圆几十里唯一一家摩托车修理铺，生意兴隆。

随着生活水平的提高，摩托车渐渐淡出了人们的视线，老陈也过了不惑之年，没有了年轻时的拼劲。

2000年以后，村里的大街成了景观路，春天樱花粉，冬天冬青绿……老陈这个种过蔬菜大棚，修过摩托车的农民不知是从哪里嗅到了商机，一脚踏进了绿化的大圈子，倒腾起了树苗。他凭着农民的吃苦耐劳，借助互联网提供的便利，又一次赚了个盆满钵满。

他在近六十岁的时候，考上汽车驾驶证，买了轿车，也把生意做到了省外。

而今，老陈已经七十虚岁，孙辈也已成年。他这个奔波了大半辈子的农民加入了老年旅游的行列，和身体还算健康的老伴到各地旅游，颐养天年。

老陈给自己的人生做总结说："我这辈子，不屈！净沾光了！"

故园的变化（外一篇）

叶志如

雨后，我在华灯初上的时候，前往那条通往我岁月河流的带给我遥远美感的路——杨塘坳。一座座高楼大厦拔地而起，不再是低矮的平房。房后是一排排色彩炫目的时尚商铺，不再是蛙鸣的田园。路上的车川流不息，如金色的河流。眼前所看到的一切，携着二十五年光阴的故事，带着多彩街灯的梦幻色调渗入我的回忆。

二十五年前，我正是一朵花的年龄。

那一年，我家搬到南安梅山杨塘坳工业区居住。二十世纪九十年代的杨塘坳，因为地处公路旁，交通运输方便，吸引了不少投资者前来办工厂经商。我清楚地记得，那时的公路是柏油马路，路面较窄，只有今天的路面的一半。公路旁的店铺绝大部分是石头房，一层平房，装修也很简单。我家当时做点小生意，店铺铺的水泥地板，刷白色石灰墙壁，白灰常常脱落。不像今天的店铺大多是高楼，装修精美，地板是美观耐用的瓷砖，墙壁刷水泥漆，不容易脱落。

记忆中，道路坑坑洼洼。每天约莫深夜两点时，就会有大卡车经过我家门前的路面，哐当哐当把我给震醒。醒来的我睡不着，就看书，看着看着睡着了还好，睡不着时我会觉得家里闷，便打开门，借着微弱的昏黄灯光，踱到房子后面的一条小水沟旁，那是我偶尔用来洗衣服的地方，听水沟里的流水弹奏幽咽的小曲，听田里的昆虫们轻唱欢乐的歌谣。默默地听一阵子，心情渐渐宁静下来，便回房休息，一觉睡到天大亮，结果睡过了头，早读迟到。那时我想，什么时候路况改观就好了。

那时的杨塘坳尚无建设银行、民生银行、农商银行，也没有新华都、新一佳这样的大型超市入驻，更没有酒店。走街穿道，从头走到尾，一会儿也就走完了。而今天，我用了好几倍的时间，依然没有走完。

此时，走进杨塘坳，只见街道平坦开阔，除了望不到边的店铺外，还开发了好几个适宜人居的小区。住的人多了，商机也就多了，消费带动社会经济发展。这种环境优美的小区，在二十五年前，是完全想象不出来的！杨塘坳目前最有名的生活小区是宝龙花园。现在小区的房价比刚建时多了不少。2007年，我家想买这里的房，兴冲冲地看了好多套房，下手慢，没买成，后来很是懊悔。

漫步杨塘垅街道，店铺里琳琅满目的商品让我的目光停留，被灯光映衬出的各行各业的繁荣，让我内心生出无比的惊喜，不由自主地驻足拍摄美景。

惊喜之间，我把拍的图发朋友圈，镜头下的通讯店铺就有好几家。猛然记起，那时的杨塘垅哪有这么多的通讯店铺？日杂店、普通餐饮店居多。如今，日杂店早已升级，有的成为综合型超市，有的分化成专门的水果店铺、海鲜超市，规模不小。

我还记得之前有很多修理电器的铺子，现在锐减。我想是因为现在电器商场里的产品更新换代快，旧的还没用坏，新的已经上市了，人们干脆就买新的。修理自行车的铺子几乎集体失踪，连修摩托车的都很少，取而代之的是汽车修理厂，并且增加了汽车美容业务。

汽车要美容，人当然更要美容了。现在的杨塘垅，美容美发瘦身养生餐饮随处可见，牛肉馆小吃店触目可见，大型的餐馆几步一家。

经过两家店，印象深刻。麦茶妹装修精美雅致，黑桃漫生活不甘示弱，富丽堂皇的风格让我惊叹不已！

美容店也多。我记得在之前整个梅山美容店极少。当时很多人断言美容店不久就会倒闭，不曾想，店不但没倒闭，生意还红红火火着呢，还派生出了什么足浴馆、纳米汗蒸会所、养生会所。

装饰行业亦是不甘落后，发展势头甚猛。这与政府对这个地方的大力开发建设联系紧密。南安刚建市时，杨塘垅开发工业区、商业区、生活区，所建楼房大多是三层，外观是马赛克瓷砖。而现在大多是六层七层，外观改为红砖。室内装修店铺也是数不胜数，满街的店家一一数下来，装修店铺就有好多间，门业、地板、楼梯、整体家居、建材都有。网购配套服务的店家，也入驻这里。快递行业有好几家，顺丰、韵达、中通、圆通等。广告行业，也挤到这里来了。变化之大可以用伟人毛泽东的一句诗来形容：敢教日月换新天！我由衷地感激这种变化！因为变化既繁华了我的故园，又装饰了我的梦想。

不经意间，发现连无人超市这种新生事物也在杨塘垅登场了，配套齐全，应有尽有。商品精细化，无疑是经济高度发展的一种表现。

人们的经济生活越来越富足，文化生活也丰富起来了，KTV的歌声嘹亮，人们歌唱自由快乐的生活。咖啡店、茶店里的人轻啜慢品，品味生活。

边想边往前走，不知不觉间竟然走到罗东地界的新雨亭了。夜色加灯光十分美，让我联想到了郭沫若《天上的街市》中的诗句：远远的街灯明了，好像闪着无数的明星。

就要离开故园了，夜色浓浓，华灯却更加璀璨。走得久了，肚子饿了，步入古松园牛肉小吃店，重温往日美食的香甜感觉。正吃着，电话响了，原来是我的学生打来的。住在新雨亭的他看到我发在朋友圈的照片，立即邀请我去他的韵达快递公司喝茶聊天。

记忆中的十六岁少年已经成为正当青春的汉子了，气宇轩昂，再也不是那

个初出茅庐的少年。

忽然领悟过来：地方的发展不就跟人的成长一样吗？

杨塘垅，经历二十五年的成长，如今正青春！故园的变化，装饰我的梦想。这时想到，杨塘垅在巨变，梅山在巨变，南安在巨变。我所亲历的杨塘垅，只是南安撤县建市二十五周年日新月异变化的缩影！

迎着朝阳出发

自从美篇横空问世后，很多人就乐于在美篇分享自己的生活故事。这不，近日就有痴迷摄影的文友在美篇里晒了他的爬山故事。天未亮时，他上南安梅山明心山顶拍摄美景，为的就是用镜头捕捉瞬间。

配文的照片使我心摇意醉，且不说什么峰峦叠翠，也不提什么湖光山色，单说那朝阳映照山门牌楼的美景，带给我的审美愉悦感吧！层层斗拱错落有致，向上托举的飞檐，有一种中国古典建筑的韵味。鲜红的圆形柱子，金黄的琉璃瓦，配上古典的青色花纹与图案，亮丽与清雅结合，喜庆与庄严并存。山门下向上伸展的弯弯的山路，在明媚阳光的辉映下，令人遐想万千。我想象自己就在那条金灿灿的道路上阔步前行，心无杂念，享受宁静。

虽然我不是一个诗意的人，然而看了照片，诗情竟然萌生出来。不错，那是让如今的我欣然迎着朝阳出发的一条路。山路顺着山体蜿蜒盘旋，绵延数里，是梅山侨乡人求福与健身的好去处。

这条路我走过无数次，年复一年，归去又来，所有经年的记忆不曾淡去。明心寺的山路，似乎还在最初的地方等我。

二十多年前的一个下雨天，听说明心寺有求必应，男友便与我一同前往。那时，并没有这么造型优美、设计巧妙的山门。路本身是窄窄的，路两旁的绿植也不多，再加上雨天，在路上行走甚是艰难，一个不小心，脚下一滑摔倒了。幸亏男友人高马大，用了很大的劲才把我拽起来。

来年春天，我与男友喜结姻缘，便去寺里还愿。这一回，我们特地挑了一个阳光普照的日子，怕重蹈覆辙。我依稀记得，路两旁的树木葱郁，路面宽阔平整，空气很好。

后来，为了让不爱运动的女儿增加一些锻炼的机会，我们一家三口常常在这条路上运动，享受生活的美好。虽然已是平坦的水泥地面，但是在山路较陡的地方，两个大人还是不约而同停下来，一左一右，保护着瘦小的女儿。我绷紧了神经，不敢有丝毫松懈，唯恐有个什么闪失。因为路两旁安全防护设施并不是那么齐全。

三年前，女儿高考在即，为了让她放松心情，我们又带她走这条路。这一回，只见路上人流如织，有的缓慢前行，有的健步如飞。女儿笑着告诉我们，之前，班里已经自发组织好几次登山活动，丰富学校业余生活。她顺便也来寺里许愿，希望能考上理想大学。此时的明心寺还是旧建筑，但已经可以见到多处的建设痕迹。听说，寺院打算重建明心寺，为了方便群众进香游玩。

女儿高考后，我们再次到这儿一游，真巧，碰上了故交，来自罗东的王幼华女士。她也是一家三口出游。她喜笑颜开地说："你们从梅山锦绣山庄那里过来，我们从罗东维新村过来，咱们两家可以在寺里汇合一起喝茶聊天。现在你们这边的路已经是水泥路面，我们那边还剩一小段路没建好。不过，很快就会好了！据可靠消息透露，已经有乡贤捐大笔资金，政府也十分重视这项工程。"

话说了没多久，她便邀请我与她一起尝试走另一条到达明心寺的路。果然，如她所说，明心山正发生着喜人的变化：越来越好的交通，方便了百姓的日常生活。我们一路享受着山风，一路欢声笑语，谈论着世事的美好。她说："这几年，不像从前那样把钱袋勒得紧紧的了，家家户户都过上了幸福的生活，不敢说大富大贵，小康肯定是有了。大家休闲娱乐也多了。你不知道我现在的生活有多么舒坦，白天照顾一家人，有时约上一帮人到山顶吹吹风，顺带看看美景，一举两得。我最乐意的是傍晚跳跳广场舞，我们组建了一支队伍，代表罗东镇参加比赛，并且获奖了呢！以前怎么也想不到，咱们农村的女人，也可以过上如此惬意的生活啊！"她兴致勃勃地说着，差点忘记回家了。

实际上，她是不可能忘记按时回家煮饭的。她被评为"罗东好媳妇"，并非浪得虚名。

在那条通向明心寺的路上，她的事迹我了解了个遍。这得益于我在罗东生活十五年与她建立的深厚友谊。她是一个勤劳的家庭妇女，吃得了苦，家务事料理得妥妥当当，持家勤俭。她又是一个有责任心的社会人。她有担当，勤恳经营家族企业。她用自己的实际行动尊老爱幼。她既下得了厨房，又出得了厅堂，阐释了新一代好媳妇的内涵。她身边的人不仅一致称赞她，南安市政府也为她颁发了"好媳妇"奖状。

不过，最近我与她联系的很少了。自从我响应南安教育局，支持山区教育的号召，到蓬华中心小学支教后，我与她的距离无形中被拉开了，幸运的是我们的心依然紧紧连着。我的微信朋友圈里，她给我的众多点赞，就是证明。此时的我，正在迎着朝阳向另外一条路出发。

蓬华是南安四大山头之一，不过我的行路并不迟！从梅山到蓬华的这条路，这一阵子微冷，山头斜照却相迎。这让我更加热情地投入新的支教生活。

我常常想约上孩子以及孩子他爸一起上山，再走走那条已经走了无数次的路。因为在我眼里，这条迎着朝阳出发的路，除了带给我们一家人温暖，还有希望。同时我也期待与"罗东好媳妇"再相逢！

遇见（外二篇）

南晓红

又到周末了，我和女儿去逛街。熟悉的街道，熟悉的风景。女儿时不时地拽拽路边的柳枝，然后回头看我一眼。我们不知不觉就来到了夜市一条街。

女儿在这条只有行人，没有车辆的街上骑着小滑板车。我缓慢地走着。没过一会儿女儿用手指着前面，让我看。我顺着她手指的方向望去，一位老人坐在地上。我们走近时，看见老人露着半截腿，面前放着一个小铁盆儿，身旁还放着一根一人高的木棍。女儿对我说："妈，我想给爷爷点儿钱。"

我点头示意。

女儿把钱轻轻地放在老人面前的小铁盆里，随后向我投来自豪的眼神。在回家的路上，女儿说："妈，老爷爷什么时候回家啊？"

我说："一会儿就回去了。"

在那以后，很长一段时间女儿没提起这个老人。

寒假的一天，我俩又来到了夜市街。周围白雪皑皑，行人也少，并且步伐仓促，很少有人关注身边的事。我们走着走着，女儿惊声地说："妈，那个老爷爷还在！"

我沿着女儿手指的方向看到了那个老人。他黑黑的脸，身上的棉衣黑得发亮，像涂了一层油。那条半截腿还露在外面，仿佛对冷热没感觉。

我们刚要向前走，耳边却响起一阵清脆的铃声，闻声看去，一只小金巴狗在奔跑。它身穿小红夹袄，四个小爪儿穿着小鞋儿，调皮地在人群中跳着舞蹈。最惹人喜欢的是它能听懂主人的话，女主人让它站立，它就站立，让它趴下，它就趴下……它做完动作，会有喝彩声音。这只小金巴狗竟然还会算数，比如一加一等于二等。在人们期待小狗有更精彩的表演时，它忽然改变了表演方式，直奔老爷爷的破盆，以迅雷不及掩耳的速度叼起铁盆跑。

老人急忙大声喊："小狗儿，快放下，放下，那是我的饭钱！"

小狗儿再聪明毕竟是小狗儿，又听不懂话，直奔女主人。

女主人说："儿子，放下，咱们回家了。"

小狗竟然将小盆送给了老人。

围观的人群散开了。

我耳边传来一个老年人的低语："这不是邻村的老李吗，他有两个儿子，去年老伴儿过世了，他又折断了一条腿……"我流下了眼泪。

豆腐倌儿的选择

我去年放假回家，吃到了很久没有吃到的家乡豆腐。吃完饭后，母亲对我说以后再想吃到这样的豆腐不容易了。我看着母亲有些失望的面容问："怎么吃不到了？"

"老韩家不做豆腐了，儿子让他养牛。"母亲说。

我说："养牛比做豆腐累。"

"养牛比做豆腐挣钱多，他儿子需要钱。"母亲说。

说起老韩家，还得从四十年前说起。我们村是中国北部的一个小村子，人称韩家村。老韩的父亲是地主，解放前很富裕，自从把土地分给了村民，生活大不如前。

老韩是地主的大儿子。他结婚时一口锅，两双碗筷，独立门户过日子。虽然那时缺吃少穿的，但有奔头。他结婚一年后女儿出生了。两年后他的儿子出生了。老韩一儿一女很开心，豆腐生意做得也越来越好。

他每天早晨五六点钟就赶着小毛驴，走村串乡卖豆腐。偏晌午时，他吆喝着小毛驴儿回家。他看着渐渐长大的孩子乐得合不拢嘴，逢人便夸奖儿子长得壮，快能帮自己干活了。

做豆腐是不容易的事，老韩得起早贪黑。岁月远去，他脸上出现了褶皱，两鬓的头发也变白了。虽然老韩看上去老了些，可依然笑容满面。

他儿子长大了，到了娶媳妇的年龄，没过门的准儿媳妇要十万彩礼钱。这在十五年前，可是不小的数目。老韩二话没说就答应了。儿子结婚的酒席办得很大，村里人非常羡慕。

可不知怎么，自从儿子娶了媳妇，儿子就帮老韩干活了，而且家里吃的豆腐多了，卖的少了，日子越过越紧巴。老韩还能扛得住，他心里正盼着孙子出生。

一年后，老韩抱上了孙子。这时他变成了老韩头。

老韩头除了起早贪黑做豆腐，卖豆腐，还要带孙子玩儿。而且孙子每天都要吃豆腐脑。天还未亮，老韩头就把豆腐脑准备好。

时间过得快，转眼孙子到了上学年龄。村里很多人家为了小孩能到城里上学，在县城买了楼。老韩头的儿子也想在县城买楼，让孩子在县城上学。

老韩头犯难了，语重心长地对儿子说："你结婚时我掏了不少，我只能给你少添点儿，你们自己想办法吧。"

儿子没吱声。

晚上老韩头听见儿子屋里的吵架声。儿媳妇哭着说："嫁给你这么穷的家，不过了，我回娘家！"接着是碗碎的声音，孙子的哭喊声……老韩头拿起烟袋抽个不停，不知咋办好。

第二天，老韩头对儿子说："实在不行就照你说的办，爸不做豆腐了，养牛。你们去县城住楼房，我在村里养牛。"

今年夏天我看到老韩家养了十几头黄牛。

每当我吃豆腐时，便想起老韩大爷家的豆腐味道。那里面有许多不舍和辛酸。

回家过年

时间过得真快，转眼又快过年了，我坐在回家的车上，感觉沿途的风景是那么美，那么亲切。尽管冬天的树处处披上银色外衣，可我没有丝毫冷意，觉得心里暖暖的。眼前浮现了母亲在家忙碌的身影，父亲在村口张望的眼神。

每年腊月二十三刚过，年味儿越来越浓。父亲把下屋的冻肉挪出来，等肉解冻了，儿女们回来了，便将肉放入大锅里炖上。我们姐弟几个围在大锅旁，看着妈妈手里剔下来的肉，从妈妈手中争先恐后地接过，再来点蒜酱，迫不及待地放入嘴里，美美地嚼起来。那感觉，想起来让人无限回味。

如今，作为儿女的我们也人到中年，各自组建家庭，为人父母。虽然离开了农村，由原来的平房住进了楼房，但很少有那种守在大锅旁、盼着、闻着、等着、吃着的情形了。

我偶尔抬头看一看外面的雪景，熟悉的风景进入视线。每次回家的路上，看到二克山，就快到家了。

下了车，心里踏实了些，还要走一百米的小路，远远地看到父亲在村口晃动，背有些弯曲了。当看到这熟悉的身影，我心里既高兴又酸涩。

我回到家里，陪伴父母。除了陪伴，做女儿的我不能给他们太多。也许陪伴是最好的礼物。

小年儿刚过，母亲便忙着发面，蒸馒头。面发好了，蒸出来的馒头才会笑脸盈盈，有吉祥如意的好兆头。腊月二十五的一大早，在母亲的带领下，把柜子上的小零碎一个个拿下来，拿到院子里，扫上面的灰尘，再一个个放在柜子上。虽然物件还是那些物件，但经过这么一折腾，有几分新意。不管自己多大，在母亲身边，还是小孩儿。我回过头看一看围着头巾，站在凳子上的母亲，担心她掉下来。可母亲执拗地站在上面说："你们都没习惯，也干不好。"

我站在旁边，心存歉意。我感觉母亲是想用行动证明还未老，还年轻。尽管忙活得有些累，屋子却因为被打扫了，而年味儿十足。

我深有感触的是随着年岁的到来，岁月的痕迹也印在了父母的脸上。毕竟我们的孩子都长大了。说起往事，还有小时候过年穿上妈妈亲手做的衣服、新鞋，和村里的小伙伴们走东家、串西家，嗑瓜子、吃糖块儿的记忆。

今年我们姐弟都领着孩子回家过年了。为了让孩子体会浓浓的年味儿，弟弟和我亲自动手糊制纸灯笼。用了一天的时间，做好了一个个漂亮的小灯笼。孩子们乐颠颠地拎着五颜六色的小灯笼在院子里玩耍。这几个游动的小灯笼给寂静的院子添加了热闹。屋里的母亲看着孩子们脸上洋溢着的笑意，年的味道浓缩在这笑意里。

时间不能按着意愿停留，转眼，我们又要返程了，内心有一种说不出的酸涩。坐在车上，孩子们不再像回农村老家那样不停地边说边唱，而是把一句话挂在嘴边："车到哪啦？怎么还不到！"

弟弟说了一句："唉，同样的距离，不一样的心情。"

是啊，不管我们走多远，过年的味道在家最浓！

往事如烟

崔瑞芬

1994年，毕业分配到高中教书，月工资197元，当时的自行车、电视机、冰箱等家电，不比现在的价钱低。1996年结婚时，买了一辆低梁的红色半轮飞鸽牌自行车，那是珍贵的嫁妆。所谓的低梁半轮相比青岛金鹿牌自行车的直梁大轮而言，比较小巧，适合女士骑行。这一骑便是十几年。有了孩子，后面安一个简易小座，走到哪里带着孩子骑到哪里，坏了修，修了坏，红漆斑斑驳驳的。有一天下班，到市场买了菜，天色已晚，急着回家做饭，把自行车往楼下一立，拿了菜飞奔上楼。待我回过神来，想自行车还没上锁呢，从六楼窗户望我的自行车，早已空了，哪还有自行车的影子！当时普通人家的生活还不是很好，破旧的自行车也很稀罕。为此，我难过了许久。

第二辆自行车，是夏普牌，较第一辆大。儿子七八岁，个子长高了，需要一辆大一点的。这辆轮胎细一些，看起来弱弱的，实际上橡胶更有弹性，更有耐力，骑行顺畅。我的新自行车买回不到一个月，便在商场门口被偷了。虽然我上了锁，可还是被偷。锁防不了小人。

没有自行车，公交车不方便，只能步行。孩子上学，早晨得送。我离学校八里路，得骑自行车，总不能步行吧，还是得买一辆自行车。上次那辆因为崭新被偷，这次，我计划买一辆旧车，能骑就行，只要不丢，于是从修自行车大爷那儿买了一辆。大爷是修车的，也是二道贩子。不过这辆自行车很好。大爷说，他拾掇得很好骑，该换的零件换了，链子抹了机油，一切都跟新的一样。后来，大爷跟我说，其实他这辆自行车也是偷货，只不过不是他偷的。

这辆二手车伴随着孩子上完小学。孩子用它学会了骑行，后来实在是太破旧了，在孩子上初中时，它光荣退休，被我送给了修自行车的大爷，物归原主。我和孩子各自买了一辆新的，都是夏普牌，一大一小，儿子骑大的，我骑小的。儿子上初中，我到学校上班。这三年，自行车相安无事。儿子上高中坐大鼻子校车，我则买上了小轿车。

现在儿子的自行车放在楼下，根本

没人偷。我偶尔骑骑，出去买菜或兜兜风。我的自行车给了父亲。父亲将自行车擦得锃亮，像刚买回来的一样。

最近几年，兴起租自行车骑行，一时间，大街小巷到处停放着自行车。用支付宝或微信，扫扫码，便可以骑行，方便实惠。自行车不再是家庭里的大支出，即便买一辆，也还是二十世纪九十年代的价钱。可是我们现在的收入是以前的三十多倍，甚至更多。

虽然有些记忆是模糊的，但忘不了。有两件跟自行车有关的事，如果不写下，以后可能记不起来了。

第一件，是我学骑自行车的事。

父亲买回来一辆青岛金鹿牌自行车，全家人爱护备至，只有父亲一个人会骑。他出海不在家，自行车就静静待在角落里。母亲不会骑。我是家里老大，才四年级，没学过。弟弟妹妹更不会。我上六年级，个子长高了些，母亲就逼着我学骑自行车。我不敢，害怕。自行车很高，我的个子矮，根本没法在自行车飞奔的时候骑上去。母亲在自行车后座上给我绑了一块宽的长板，一旦自行车倒了，长板着地，支撑起自行车，我就不会直接摔在地上。这个做法很奏效，我敢练习了，倒了几次，我和自行车都没受伤。练着练着我上了瘾，一鼓作气，竟然学会了。然后，去上学，带着同学，歪歪扭扭地到了学校；到姥姥家送东西，骑行自如，不畏惧；到大沽河堤坝上，骑车飞奔，风在耳边呼呼地刮，抬眼远望，有着前所未有的辽阔感。从十几岁到不惑之年，自行车换了好几个，骑行的路程加起来已不少了。

第二件，是同学丢自行车的事。

我发小，家境不错，因为其父是天津远洋公司的工人，常年出海到美国等世界各国各地运输货物，能带回很多我们没见过的好东西，不仅有奶糖、衣服、油画等小东西，还有电视、收音机、摩托车等大件，当然包括自行车。我们一起上高中，高中在二十几里远的镇子里。周一到周五在学校住宿，周五回家，周日返校，距离不算远，我们一起骑自行车。我发小骑了一辆银白色变速自行车，小巧玲珑，是她父亲从日本带回来的。我曾劝她，这么贵的自行车，很扎眼，容易被偷，最好不要骑到学校去。她没听从我的建议，果然，不出一个月，自行车就丢了。她还没过足瘾，自行车就被偷走了，大哭起来，我也流下了眼泪。二十世纪八十年代的中国，物质如此匮乏！

现在我开车有五年了，养成懒惰的习惯，不愿走路。路上的车辆越来越多，从家到学校五里多路，有时堵车半个小时，这时往往产生骑自行车的念头。

人生，总归是要回到原路的。

关于鞋的记忆

苏丽雅

今年国庆节，亲家母邀请我们老两口去上海团聚。

我一想到又可以亲亲孙子了，满心欢喜，不停地发视频与大弟弟、小弟弟分享喜悦。大弟弟随口就来了一句"穿起那松紧鞋子去把亲家访"的湖南花鼓戏。我们身处三地的姐弟不禁同时开怀大笑。我虽然多年未穿老式松紧鞋了，可提起来，又唤起我对三双鞋的记忆。

第一双鞋的故事发生在我身上。

二十世纪七十年代初期，除了看样板戏电影，就是苏联电影。苏联电影《列宁在1918》的台词，我能背出一大半。我除了对伟大领袖列宁的崇拜，还喜欢苏联女兵。苏联女兵在电影中穿的长筒皮靴实在是太美了。她们走着方阵，响声似马蹄踏踏，好威风。我和要好的女同学一起崇拜着、羡慕着。我们一边看着电影里的苏联女兵，一边叽叽喳喳地议论女兵的英姿。

我妈妈了解我的心思，跟爸爸说："要是能给女儿买上一双这样的靴子就好了。"

爸爸马上表态说："钱不够，我去借钱。"

我心想，爸爸是校长，面子大，借钱不成问题。可我们这个小县城，在那个年代，哪有人能穿上这样的长筒皮靴。我觉得是天方夜谭。

说来也巧，一天，妈妈同事的爱人蒋叔叔来我家里做客，妈妈让我招呼客人，我却愣在那里，呆呆地盯着蒋叔叔的脚看。他穿的是长筒雨靴，看起来像电影里苏联女兵的长筒皮靴。我问蒋叔叔长筒雨靴在哪买的。他说在广州买的，长沙都没这个式样，更别说咱们县城了。我满脸艳羡的表情。妈妈笑着说："请你蒋叔叔帮买一双，明年蒋叔叔回来，你就有长筒雨靴穿了。"

蒋叔叔是军人，在部队，不是说回家就可以回家的。此后，我每天撕日历，掰着指头算日期。

那天早上，花喜鹊叫喳喳，莫非有啥喜事？果真有喜事。善解人意的蒋叔叔提前把雨靴从广州寄来了。我非常高兴，迫不及待地穿上，在镜子前摆出苏联女兵的英姿。我双手合十地祈祷：明天下雨吧，下雨我就可以穿着雨靴在同学面前神气了。

第二天清晨下雨了，雨点打在青瓦屋顶上，如同妙不可言的音乐。我躺在床上美滋滋地想着上学穿雨靴，绕远路到同学家走一圈时，突然有人敲门。这是一位男同学。他有急事，要去乡下亲戚家一趟。他听说我买了长筒雨靴，想借穿。我心想你平时去乡下，下雨时都赤脚，我刚买了雨靴，怎么就来借。我不想借给他，沉默了一会儿说："你找我妈借吧。"

妈妈说："分享是美德，借给你同学吧。"

我原本想让妈妈拒绝男同学，可没想到妈妈爽快同意了。既然妈妈同意借了，我也无话可说。我无奈地把还没穿过的雨靴借给了男同学。

男同学穿着我的雨靴高兴地走了。

我度日如年地过了三天，心想男同学怎么还没回家？春雨连绵，我实在按捺不住想雨靴的心情，冒雨赤脚去男同学家了解情况。男学竟然在家，我有点气愤地质问说："你回来了，怎么不还给我鞋呢？"

男同学说："你看一看鞋吧，里面都是水。这橡胶鞋，我踩石头子玩儿，没踩几脚，就漏水了，你丢了吧。"

我呆若木鸡，泣不成声，朝思暮想的长筒雨靴啊，你真苦命，还没穿就得进修理鞋店了。

妈妈把雨靴拿到修鞋店，打了几个补丁拿了回来。这双长筒雨靴陪伴了我两年。风里来雨里去，它是我的伙伴。

第二双鞋是我大弟弟的金黄色塑料凉鞋。平时他对穿没有概念，妈妈安排他穿啥就穿啥。不过，我们那次走亲戚，他开心地穿上了妈妈给他买的新凉鞋。坐在轮船上，他笑眯眯地欣赏着凉鞋。大弟弟笑得很好看。他说："姐姐，你的红凉鞋没有我的金黄色鞋好看。"

"是的。"我说。

大弟弟把脚伸到船外，想玩水。可他刚伸出脚，凉鞋就被风吹掉入水中。他哭着大喊："我的新凉鞋！我的新凉鞋！"

我哈哈大笑。

妈妈批评我没有同情心，然后问我笑什么。

我说："弟弟把新凉鞋的'新'字说成了第二声，'行'凉鞋了，实在太有趣了。"

平时大弟弟哭的话，给他点吃的就没事了，可这次反常，妈妈说："别哭了，吃糖吃糖。"他不肯吃，他坚持要他的凉鞋。他望着轮船推开的波浪，泪眼婆娑，哽咽啜泣。

妈妈说："下个月发了工资，再给你买一双。不哭了，才买。这是公共场所，小孩子哭不体面。"

我开导大弟弟说："可能这双鞋跟你没缘分。"

第三双鞋是小弟弟的松紧鞋，也就是花鼓戏里的松紧鞋。这双鞋是妈妈一针一线给小弟弟做的。

那时妈妈得备课、批阅作业、家访等，抽空她还给小弟弟做鞋。小弟弟目不转睛地望着妈妈上松紧带，这是做鞋的最后一道工序。妈妈宣布说："大功告成。"已经是零点了。小弟弟还在等着。他抱着鞋，左看看，右摸摸，对我说："姐，你起来看。"

我睡着了。

小弟弟说："鞋口的格子有弹性，像你扎头发的橡皮筋。"

我醒了，应付地点下头。

小弟弟把鞋底跟脚板比着说："不合适。"

妈妈说："你比画什么，穿上就知道好不好了。"

小弟弟把左脚伸进鞋里，右脚没试，还重复了妈妈经常说的一句话："在家爱好，出外无新。"

六一儿童节时，小弟弟要上台表演节目。他临出门时竟然哼唱了"穿起那松紧鞋子去把亲家访"的花鼓戏。

当时湖南的花鼓戏《送货路上》非常流行。小弟弟唱时，把全家人逗乐了。此后，我们家只要买了新鞋，都会唱这句戏文，家中笑声一片。

在那物资匮乏的年代，一双简单的新鞋就可以让孩子朝思暮想，能带给孩子满心欢喜，也能给家人带来欢乐。

光阴荏苒，我已花甲，两个弟弟也已年过半百，我们的妈妈是耄耋之年。虽然我们三姐弟天各一方，但一句"穿起那松紧鞋子去把亲家访"的戏言，依然把我们连在一起。

我们不只是血脉里流淌着父母的血液，还有着割不断的童年生活记忆。

爷爷闯进我的梦里

朱钟昕

深夜，狂风卷着鹅毛般的雪花，肆无忌惮地向我身上袭来，我伏在爷爷肩膀上，两个小脸蛋被寒风割得通红滚烫，冻得全身发抖牙齿打战。

我病了几天，高烧不退，奄奄一息，爷爷背着我赶往五里外的医院去打针，路面很滑，下面是悬崖陡壁，我几次想翻下身来，可我连抬手说话的力气也没有。

爷爷走着走着突然栽倒了，在掉下悬崖的一瞬间，爷爷使出全身力气把我抛了上来……我望着在悬崖下翻滚快速下沉的爷爷，绝望了。我撕心裂肺地叫着："爷爷……爷爷……"

在床上，身边的妻子轻轻地把我从睡梦中唤醒。我的泪水早已湿透了厚厚的枕头，我摸着妻子茫然的脸，半天才回过神来，又是爷爷闯进了我的梦里。

我醒来后再也无法入眠。我与爷爷在一起生活的点点滴滴，不停地在脑海里翻滚出来。

我小的时候，奶奶对我说，在爷爷十三岁那年，曾祖父患病去世。爷爷年少丧父，是何等悲恸欲绝。

此后，曾祖母带着爷爷和两个年幼的妹妹相依为命。曾祖母从小裹足长大，干不了重活，只能为别人家干些缝缝补补的活，挣些零钱补贴家用。全家的生活重担如泰山般向爷爷稚嫩的肩膀上压来。

家里经济条件原本就不厚实，在曾祖父患病时欠下了不少外债。曾祖父去世后更是雪上加霜，家里已是一贫如洗。

在曾祖父去世那年，爷爷无奈辍学。爷爷起早贪黑地在冰冷的风雨中学习扶犁，打耙……出卖幼小体力，用微薄收入支撑起这个摇摇欲坠的家。

为了养家糊口，爷爷置办田地。爷爷说他在十五六岁时，就开始跟着村里的大人，到三四十里外的大山深处放牛。他时常在方圆几十里渺无人烟的深山老林里守上三个多月。

夏天炎热，大山中的黄牛怕热。村庄里的牛聚拢起来，少则几十头，多时有上百头牛，村里统一安排送至湖北与江西隔界的太平山顶上放养。清晨放出，傍晚清点数目赶回牛圈中。牛圈是用木桩围着的。

那时放牛是两个人一起，轮班看管。大部分时间一个人守在孤山野岭中。那年头大山里时常有虎豹豺狼出没，村里胆小的人不敢独自进山。爷爷胆大心细，夜晚牛群中稍有响动，爷爷就会点起火把，敲起竹筒。敲竹筒的声音犹如炸雷般震耳欲聋，响彻山谷，再加上爷爷狮子般的吼声，定能击退狼群。爷爷这般放牛的方法整整坚持了二十多年，直到走不动了，才收住爬山的脚步。

爷爷渐渐大了些，手头宽裕了，添置了上百亩竹林、田地。解放后爷爷被划为中农。奶奶嫁给爷爷后，我的大伯父与父亲姐妹六人相继出生，家里有了生机。

在缺衣少药的年代，爷爷练就了一双慧眼，在田间地头、荒山野岭中能找出几十种草药。邻里们长疮、生痔、头疼脑热的，只要与爷爷说上一声，无论是刮风下雨，爷爷都会寻来草药求急，不收报酬。

解放后，吃工分的年代，全家十来张嘴，每天在等着爷爷……繁重的体力劳动击垮了爷爷健壮的身躯，爷爷病倒了，狂吐鲜血，吓坏了曾祖母，哭晕了奶奶，一家大小陷入恐慌之中。

爷爷倒床后，望着年迈的母亲和几个年幼的孩子，坚强地活了下来。此次爷爷大病后，身躯变形了。爷爷挺直的身板被生活压弯，背上的骨头弓了起来。爷爷驼背了。爷爷的同龄人都喊爷爷"美加驼子"。

我小的时候听到感觉很刺耳，心里蛮不舒服的，后来感到很亲切，后来，再也无法听到这种乡音了。

虽然爷爷没念过多少书，但深知只有知识才能改变命运。在那艰苦的年代，念书的孩子很少，但爷爷宁愿苦着自己，硬是把六个孩子送进了高中校门。大伯父在爷爷的鼓励下，毅然从军入了党，转业后在教育局工作。我父亲最终圆了爷爷的夙愿，考上埔圻师范，毕业后教书育人长达三十八年之久。我父亲的几个弟弟妹妹都在乡、村里担任领导职务。爷爷在当年艰苦的岁月里，为乡亲们做出了不可磨灭的贡献。

后来爷爷老了，望着满堂的儿孙，于二零零三年十月二十二日安详地离开了人世，享年八十四岁。虽然爷爷离开了我们，但爷爷艰苦朴素的精神、高尚的品德、坚强的意志和爱国情怀，深深地激励着我奋进。

十几年来，爷爷时常无声地闯进我的梦里，每次都让我泪水涟涟。

力溪连环画乡村艺术馆

方 刚

在一片锦绣如画的天地里，坐落着被人誉为"浙南桃花源"的松阳县。巍峨绵延的群山映现着悠久深远的历史脉络，蜿蜒清冽的河流荡漾着清新怡人的自然气息，平坦延展的田园飘荡着稻菽茶桑的扑鼻清香。山水田林湖，构成了一个生命共同体，千万年友好地相处着，合力演绎着人类文明生生不息的击壤歌。在二十一世纪新时代的今天，"中国天然氧吧"里又演奏起艺术振兴乡村的进行曲。

松阴溪，瓯江上游主要支流，松阳人民心目中的母亲河。一溪碧水温婉曲折，循着岁月的河床，奔腾流淌了千万年，奉献给两岸人生命的乳汁，成长的甘泉。也许是得天独厚吧，河流至今披挂着原生态的盛装，绿道汀渚，草木葳蕤，碧波涟漪，珍鸟飞鸣。潺潺东流的二类水质，承载着国家4A级景区、国家级水利风景区、省级湿地公园、长江经济带最美河流等等众多的美誉，一路迤逦而来。

力溪湖，犹如宝石般镶嵌原野之中，伫立松阴溪畔，溪湖比肩，隔坝相望，活水通达，叮咚似乐。微风吹拂下，碧波粼粼，远山含黛，近水微澜。鹭鸟灵动地飞掠过清澈的湖面，发出欢快的鸣叫，秋水倒映着蔚蓝色的万里长天，不知名的鱼儿在如茵的水草中任性地畅游着，湖岸上垂挂的柳丝撩拨着宁静的湖面。修长的翠篁掩映着清水平台，湖内曲径通幽，小亭别致，一个垂钓、摄影、写生、露营的好去处。

濒临力溪湖的便是力溪村，一个始建于唐朝年间的千年古村。纵目村内建筑高低排列，清朝古屋与现代农宅错落杂陈，偶尔的鸡鸣狗吠声愈增村庄的静谧。建于北宋年间的芳溪古堰引来清水绕村汨汨而流，今人不见古时水，古堰长流古今水。村落四周是金黄稻浪，翠绿茶园，翁郁松林，葱茏修篁。冬春清晨，力溪湖面上，烟云弥漫，雾霭氤氲，溢入村庄，缥缈卷舒……不由令人想到了"云水风度，松柏气节"这一潇洒飘逸的意象。

力溪村一百四十六号，村中一座早先是危房的破旧农宅，偶一机遇，使之枯木逢春，华丽转身，演变为艺术馆址。现今农宅焕然一新，整体外观呈土黄色，寓意回归自然，蓬勃向上，点燃希望，追梦中国。正门门额上挂着"力溪连环画乡村艺术馆"的黄字木匾，在阳光下熠熠生辉。巨幅连环画墙绘长廊，环绕农宅四周，红色题材与古代题材相互辉映。农宅内，口字天井，阳光缕缕，绿植含笑，书香飘逸。

艺术馆长邵先生，出生在中央红军二万五千里长征胜利后的落脚点，自小饱受着红色基因的熏陶，黄土高坡大风的吹拂，长得高大结实，古铜肤色。大学毕业后，他在上海这个连环画重地，从事连环画收藏与出版。他也酷爱诗歌，是一个有情怀和担当的人，一直在寻觅诗和远方。乘着百名艺术家入驻松阳乡村的春风，他把诗和远方定格在了千里之外的松阳，在当地政府的支持下，创办了全国首家连环画乡村艺术馆。

早在1935年，中央主力红军铁流二万五千里之时，松阳来了一支由粟裕、刘英率领的工农红军挺进师，他们与当地农军并肩挽手，创建了浙西南革命根据地，抒写了一曲曲波澜壮阔、荡气回肠的英雄史诗。邵先生闻悉后，激情难抑，深入老区实地采风，悉心查阅考证史料，精心撰写文字脚本，组织上海画家绘画，三番五次奔波松阳采风。数月之后，中国第一本专题描绘浙西南革命精神的连环画《红色浙西南·松州风雷》面世了，这是献给共和国七十华诞的礼物。

时维八月，序属仲秋，风和日丽，丹桂飘香。国庆前夕，开业之际，艺术馆里热闹非凡。一时间，全国各地知名连环画艺术家、知名收藏家、作家诗人蜂拥而至，云集一堂，争相观览连环画挺进中国乡村的盛况，小小的乡村沸腾了。连环画研讨会、连环画藏品拍卖、书画笔会、诗歌交流等，各种活动高潮迭起。五位画家工作室，海派艺流中心，国匠艺院创作基地相继挂牌……

此后，艺术馆迅速成了当地旅游热点。馆里上千个品种，数万册连环画，陈列摆放在新添置的书架上。墙上悬挂着大量的连环画原稿，无声地欢迎着每一位光临的大小读者。趁着国庆长假和双休日，四面八方的少年儿童在家长陪同下，驱车来到力溪村，坐在小板凳上，沙沙地翻阅着一本本连环画，如春蚕啃食桑叶。那书中丝丝缕缕的油墨香气，淡淡地飘散在这古色古香的艺术馆空间，这是一道多么亮丽的风景啊……看着那一张张欣喜的笑脸，成年人在这儿寻觅着儿时甜蜜的回忆，小朋友在这儿体验着童年成长的快乐。

连环画，最具中国元素的图书。这些通俗易懂、深入浅出的少儿读物，久而久之，必定会如春风化雨，为广大少儿系好人生第一粒扣子，立下潜移默化之功。少年智则国智，少年富则国富，少年强则国强。我读懂了邵先生坚毅自信的目光，此时他正站在宽阔的浙江最美绿道之一的松阴绿道上，若有所思地眺望着绿色的远方，心中描画着这永不闭馆的艺术馆那美好的明天。

回不去的时光

安 然

时间会让人慢慢长大，也会让人慢慢变老。有时候过去的事像梦一样清晰，出现了，却永远留不住。

今年金秋十月的国庆节，我们单位放假三天。我计划用这三天时间，在省城哈尔滨郊区走一走，看一看，感受秋天城郊的景色。

我最想去的地方是城郊最大的早市。

十年前我们一家三口在那里经营小吃摊。那时我感觉生活过得充实，幸福。直到有一天，我丈夫把一个女人领回家，家中的生活被打乱了。我的婚姻也维持不下去了。虽然我痛苦不堪，但他还是和我办了离婚手续。后来我离开了那里。

时间如梭，不觉中，我离开那里已经十年了。

那是让我伤心的地方。我已经十年没来过那个早市了。

岁月风干了我的心伤，我鼓足勇气回来看一看魂牵梦绕的地方。

那天一大早，我坐上通往那个早市的公交车，带着怀旧的心情，注视着车窗外。路边的景物往车身后奔跑，缩短了与早市的距离，窗外熟悉的景物渐渐多了起来……我下了车，停在那儿，望着远处那个熟悉的二楼阳台，回想着往事。

记得十年前，这个窗口是我的家。现在这条街道已经看不到早市了。我打听后才知道早市搬迁到另一条街了。

因为是国庆节，早市人特别多。我仔细辨认街两边叫卖的商贩，在陌生人中有几个熟悉的旧面孔。当然，他们已经不记得我了。我在摊位中寻找着前夫的身影。我想看见他。卖小吃的摊位都在同一条街上。

我远远地看到他的小吃摊了，摊前围着很多人。那些人是等待买饼和豆腐脑的。他忙碌着，不时用搭在肩膀上的手巾擦着汗。我走近了些，视线穿过人群的缝隙，感觉他比十年前老了许多。我的心突然一震，想跑过去帮他。但我看到他身旁有一个女人，那女人背对着我，忙着盛豆腐脑。就是因为这个女人，他和我离了婚。这个女人让我心痛，让我失去开心的生活。

我站在对面的人群中看着他们，往事涌上心头，感觉发冷。转念一想，是啊，他们这样的生活真的挺好。

我想念的爱人，一别十年，今天我来看你，你却不知道我的到来！岁月是回不去的，永远回不去的！

我默默地走出早市，喧闹远去，阳光灿烂，秋高气爽，一阵阵秋风吹来，街道两旁树上的黄叶偶尔飘下。我的心好像在滴血，泪水浸湿了双眼。

我的爱人，咫尺天涯，你是否还记得我，愿你珍重！

没有月亮的十五

吴香园

中秋节的黄昏，淅淅沥沥的小雨时断时续地下着，雨丝飘洒在衣衫单薄的身上，让人倍感秋日的凉。秋风轻轻抚弄着路边法国梧桐的树叶，雨水从一根树枝滴到另一根树枝上，又落到地上，变得湿漉漉的，远处弥漫着朦朦胧胧的暮霭。

连日不断的绵绵细雨，使得今年的中秋有种别样感觉。

我又看见了那个如期而至的年轻人。他大约二十多岁，个头不高，黑黑的脸庞，高高的鼻梁上架着一副近视眼镜，穿着打扮像个学生。他胳膊上套着套袖，双手戴着薄薄的橡皮手套，在垃圾桶跟前细心地挑拣垃圾，并将垃圾分类装在不同的袋子里。靠墙放着一辆破旧的小型自行车，从车头到车尾，挂着八九个大塑料袋，个个装得满满的。他低头躬身忙碌着，那么专注，仿佛身边喧嚣的声音不存在。

我这些天想上前搭话，几次话到嘴边又咽了回去。今天是中秋节，我终于忍不住了，上前说："小伙子，还上学吗？"

"阿姨，正读大三。"小伙子回答。

我说："家中不给你读书钱吗？"

"我家在外地，挺远，母亲刚去世，妹妹又生病住院……"小伙子用不太纯正的普通话说着。

我轻轻叹息一声，不知应该说什么。

小伙子弯下身，继续挑拣垃圾。他看我站在那没走，意识到了什么，便说："阿姨，我靠劳动挣钱，不丢人。"

"是的，不丢人……"我没想出来安慰他的话，缓慢离开了。我走了很远，忍不住回头看他。一滴冷雨这时滴到额头上，我不由打了个寒噤。

我的印象中，中秋的月亮总是那么圆，并且孤傲地挂在中天，而今年让我感到一洼冷冷秋水。

华灯初上，灰蒙蒙的马路突然变得亮堂起来，鳞次栉比的楼房渐渐融为一体，星罗棋布的窗口陆续透出或嫩黄或银白的灯光，五彩霓虹不停地眨着诱人的眼睛，渐疏渐密的雨丝闪烁跳跃。车流如涌，伞花如潮。我仿佛看到路人的脸上写着"团圆"二字。他们拎着大包小包，朝着不同的目标，急匆匆地走去。

在这没有月亮的中秋之夜，我的思绪飞扬而无处安放。

走过这条小径

张 萍

我总是偏爱这条小径。

每次从这条小径走过，我总会不由自主地想起常建的"曲径通幽处，禅房花木深"。不过，这里没有禅房，也没有花木，只有一条幽深而阴凉的小径，掩映在一蓬蓬的灌木丛中。大概是"因其境过清"吧，平日里，很少有人愿意从这儿走过。可我却一直钟情着这条小径，尤其是在铺满落叶的冬天。

拐进路口，天光立即黯淡了下来，不时有一根一根的红色松针倏地从树上悄然滑落。枫树的叶子全红了，瘦瘦的红叶像一只只飞舞的彩蝶，迎着朔风飞旋了一圈，才恋恋不舍地扑向大地怀抱。小径上已经铺满厚厚的松针和各种红色的、黄色的落叶，大自然的地毯总是别具风格，踩上去绵绵的、滑滑的，不时伴着一阵细碎的簌簌声。如果这时传来一声山鸟的轻唤，还真有种"鸟鸣山更幽"的寂寥。很多人受不了这种凄清，会心生恐惧，我却独爱这份清幽。

小时候，这是我上学的必经之路。

那时的小径是喧腾热闹的，似乎也要宽敞许多。春天里，我们一起去旁边的小山上采杜鹃花（我们俗称燕子花），然后偷偷把花儿别在自己的发夹上，一个人悄悄地臭美着；夏天我们一般都不敢上山，因为怕蛇；秋天到了，毛栗子成熟了，这种浑身是刺的家伙，常常把我们的双手弄得伤痕累累，还有野山楂涩涩的汁水，把舌头染得通红；初冬时节，天气乍寒还暖，这时毒虫们都藏匿了行迹，正是采寒菌的好时候，邀上三五伙伴一起，热闹得何止是小径，整个山林都是我们的尖叫和嬉闹。

每天我们迎着熹微的晨光去，又披着金灿灿的夕阳回，一次次走过这条小径，一天天长大，然后，又一个个地飞走了。

只有我，又回到了这儿，又一次在这儿捡拾童年的快乐，少年的青葱。

又一枚红叶飘然而下，我不觉伸手一接，它却调皮地从我的指尖掠过，如我天真烂漫的少年时光。

我又一次走过这条小径，初冬的阳光从密密麻麻的树影中穿过，斑斑驳驳的照射在铺满松针和黄叶的小径上。

一个人的小径，那么静，那么静……

愿灵魂如风（组诗）

倪崇路

月光之舟

又是一个月圆夜
静静的
又想你了
曾经的日光，烟雨，杨柳丛
蝴蝶，花香和竹影
梦儿一样轻盈
思想的羽翼振翅在烟火人间
自寻涅槃
多少次人海相拥，终究
走成了背影，遗落在红尘中
丢失了姓和名
世间有爱，百媚千宠
独爱你这一种
远隔千山万水，漫过风雨几重重
禁不住心有灵犀
又是一年枫叶红，拱桥依旧盈盈
流水潺潺，飒飒秋风里
你手执一柄桂浆，踏浪而来
又见秀发飘飞，双腮笑春风
白云满载浓浓乡情
月光铺满回家的路程

我心跳何方

我不知道，心向哪个地方跳动

朝霞里，红光闪着浪花
可否，是你昨夜深思的结晶

我不知道，心向哪个地方跳动
三两点白帆和海鸥
谱写大海之歌的欢腾

我不知道，心向哪个地方跳动
夕阳，椰树落入沙滩的怀抱
深深浅浅的脚窝，催着大海入梦

我不知道，心向哪个地方跳动
白衣少女的手风琴里，正流过
暖暖的海风，醉了疲倦的塔灯
归航的渔船，在一湾银波里移动

我不知道，心向哪个地方跳动
…………

吻 你

吻你，在无眠的夜
乘月光之舟，绕过一朵云彩的暗礁
在眉间，荡漾起无边无涯的甜蜜

吻你，迎向人间的冽风
穿越前朝的烟雨
在你的手掌心，留下
最深的温馨

吻你，装束好厚重的盔甲
迈着坚实步履
俯下高大身躯
在耳畔萦绕喃喃细语

献出最温软的一吻
吸纳成我生命的芳菲

吻你，交给你一套古老的铁犁
在心的荒漠，翻犁一片热土
你曾经抚琴描红的纤纤玉手
可曾扶得起

吻你，能否将我的秋之硕果
在你的枝头高高挂起
任秋霜百般的冷艳美丽
熠熠生辉的果子上
写满：我爱你

想　你

想你，会点燃一支烟
明灭无眠的夜
缭绕如秀发，将思绪缠绵
吻香依旧，软语呢喃

想你，会斟满一杯久违的烈酒
盈盈你靓丽的身影
任相思的痛一饮而就
穿肠成毒瘾，也心甘

想你，用嚼不烂的经文和虔诚的心
喂养古老的木鱼
乞讨片刻的安宁
让孤独的灵魂游弋在烟火人间

想你，跪拜苍茫的大地
千年心中盛开的阳光，何惧风霜
任其雕琢成一棵树
摇曳在你期盼的视线

想你，会忍受切肤割腕之痛
将所有的枝丫修剪
独留一点心灵的空白
等你的春风掠过
开一朵美丽的花
相约在落雪的冬天

愿灵魂如风

愿灵魂如风
去探访幽深的山洞
掏出大山的肺腑之言
以最原始的冲动
撞击出荒石的真诚
温暖你苦涩的夜空

愿灵魂如风
润开冰冻的河流
晃动的纤绳勒进骨子里
哭泣的红丝巾飘飞起最后一滴泪
脚窝里一条条冻鱼
都将在一湾春眸里复活

愿灵魂如风
弹奏起白杨树林墨绿的情怀
稻田，麦地，大片的红高粱
统统请进寺庙不息的香火
木鱼以慈悲为怀，游弋其中

愿灵魂如风

绽放命运搬运工酱紫的笑容
烈日下铸造的头颅，风雨不蚀
一声声口哨，引发大地歌者
蛐蛐儿的欢鸣
洁白的冰雪世界
一树梅花正红
将梦儿的焰火升腾

庆麦收

当五月温热的风
翻滚过季节的严冬
在一湾春眸的祈望中
如火的痴情吹熟了
青涩麦芒的思维
放射出明亮的杏黄
装满游子空空的行囊
不远千里
相约北国的黄土地
车水马龙，川流不息
宛若古战场的腾起
麦香和尘土正漫天飞扬
大地母亲的分娩已脱离痛苦
看，那古铜色的麦粒正从
收割机的欢鸣中飞泻而下
喜庆地流淌在家的方向
麦地的守望者绽开酱紫的笑容
牙齿咀嚼着太阳古朴的光芒
灿烂如花般芬芳
月光醇香如烈酒，弥漫在
生生不息的祭坛
昔日沉寂的村庄
今夜灯火辉煌
在梦里展开了飞翔的翅膀

夜行者

夜，莽莽无垠，一群人
穿行在东方的地平线
河流，山川千百年的灵秀之气
早已将黑眼睛、黄皮肤的灵魂浸染
这是一群早起的夜行人啊
脚步永不停息
四周是黑乎乎的麦地
也是不愿走出的麦地

他们日夜奔忙
连梦里都紧握收割的镰刀
镰刀释放心灵之光

夜行人啊
忘记了所有的风尘和痛楚
他们即将看到金色的麦浪
会漫过仰视者的头颅
任王的宫殿几度虚无
江山几易沉浮
唯有麦地生生不息

青青如故

夜行人啊，走到哪里
都是清香的麦子气
都会把红绣球高高抛起
都能用最虔诚和最原始的冲动
翻犁出一片炽热土地
都能在风雨飘摇中
孕育出饱满籽粒

夜行人啊，你的先人

早已长眠在这隆冬的麦地
漫天星辉是雪花般的寄语
麦子粥喂养的古铜气质
必将幻化成民族的图腾
终将上升，飞跃华夏万里
老祠堂的灯光，幽蓝，幽蓝
跳动着渐渐发亮的天
炊烟一样悠长的是
大槐树上经久不息的经幡

信 仰

温室里，花草们
浓妆艳抹地争鸣
聒噪着，像雾又像风
旷野里，只留下冬麦的青葱
在无言的雪夜
放射着金黄色的梦
麦子飘香时节
大地必将欢腾
经幡挂满老槐树的枝丫
一种虔诚，跪拜在

麦地中
所有的河流都风平浪静
滋润着每一根生命的憧憬
清风明月咬断乌云的根
好日头晒出万里晴空

冬 雀

挺立在季节的枯枝
凝固的时间荒野
被鸟鸣划开

顷刻间，灰色的身影
叶子般翻飞
抖落一地
思念的雪花
润开
我三月的桃林

红莲赞

春寒料峭里，风筝飞满天
吵醒你沉睡的冬眠
淤泥中的尖角冲出一涧春水
游鱼太圆滑，蜻蜓太轻浮
谁也挑逗不起你自爱自重的情
只把贞操亭立在清水中
绿叶盛满酷暑
只为孕育一池鲜红火焰
装满藕花深处的小船
不学草地上的野花儿
任马蹄踏落多少芬芳
都随风消散
当秋风劲扫，寒霜压境
饱满的莲蓬捧出虔诚
尽现秋之硕果
引长天飞鸿，八方来贺
心中的梵语漫舞成雪花飘飘
即使梗枯叶残，惠存的灵气
依然划动整个冰封季节
将爱的寂寞涌动

有颗果子落下来

黑沉沉的隆冬
你遥远的问候

如同天边那抹彩虹
照亮我寂寞星空

从此，夜不再漫长
心不再冷
犹如蝴蝶振翅的花香
萦绕耳畔，入了梦境

啊，美丽的姑娘，别来无恙
我是否也入住了，你的心房
你纯洁的心灵，催开万种风情
沉甸甸的思念，在我心中生根

长成一棵开花的树
绿意浓浓
每天都在树下等待
等待被你的果子砸中

我是一颗陨落的星

我是一颗星
来自漫漫长天里
多少次日夜相拥
追逐彩虹似的梦

顶上唐诗的红盖头
舞动宋词的婉丽裙衫
雨后红莲一般
醉倒在梦里的江南水乡
再也不愿解开系舟的缆绳

我是一颗星
遗落在北国的土地
干裂着，珍藏着
纯洁的梦

爱的镰刀正收割一束月光
来填补竹篮打水的虚空
愿以十万雪花白银换取
桃花十里笑春风
一颗心，翻滚在青青麦地里
正摇曳满天繁星

我是一颗遗落的星
已然羽化成风
只在无人的夜
去摇响你那久违的风铃
进入你的梦境
寻找三生三世的初衷

挥手青春

灯红酒绿记取鲜活的面容
茫茫人海缠绵着未了情
苦咖啡的滋味萦绕在心头
挥手青春，梦了谁
伫立秋风
有一份情啊，珍藏在花蕊中
啊，珍藏在花蕊中

湖静，山空散落几颗星
朝花夕拾的杯酒中谁最浓
莫道人间沧桑多凄冷
挥手青春，梦桃花
依旧笑春风
古道斜阳啊，消散了谁的笑容
啊，消散了谁的笑容

诗林视野

诉说美好 ◆ 倾听心声

月季花

月季花儿开
如你久违的到来
清香入心怀
滋润了千年的等待
群裳多姿，谁来裁
摇摆过江南烟雨
几多往事入云海
遥望九天外
独留你
吻上三月的春风
点燃唇边
炽烈的爱

古道榴红

黄河古道，杨柳如烟
新社区的石榴花儿
摇曳成火红的诗行
将谁的情思点燃
如娇艳欲滴的唇
悄悄吻上我发烫的额头
我情愿低下头颅
打理起你的裙袢
任心中的荒芜
野草连天
我只愿，醉在这流光溢彩的五月
随火红的涛声
流向远方
当金色的秋风蔓延
熟透的榴红，早已
将酸酸甜甜的爱情
深藏心间
嘟起羞涩的小嘴巴
吻得月儿圆

纱厂日记

姐姐，今夜我在纱厂做工，外面天寒地冻
姐姐，我今夜只有来回折腾

装纱，卸纱，装线管，卸线管，还要去蒸纱
两手攥紧发烫的车把

中间穿过窄长的过道
机器废水暖过脚丫的水泥路面
映着女工美白的长腿，游鱼一样晃动

我在机器的轰鸣声里昏沉
似钱塘江观潮，又像山涧听松涛
夹背而流的汗珠，腌不出一滴眼泪

这是一座高温炮制的火城
偶尔闪过你清凉的身影
端起摘满纺穗的纱筐
像收获了沉甸甸的爱情
心的莽野里，只能低头拉车前行

姐姐，今夜我把自己埋葬在机器的轰鸣里
姐姐，为着爱的初衷，我
拉直了生命的纤绳

　　倪崇路，笔名冬果，山东省郓城县人，当代农民诗人，擅长田园诗歌创作。中国诗歌学会会员。已发诗歌五百余首。

秋天的记忆（组诗）

贾玉红

温暖的河流

每个小村的村头
都匍匐着一条欢唱的河流
都站着一座驼背又慈祥的小石桥
都有一位洗衣的白发老母亲
拿着木杵，一下一下捶打着老旧时光
都有一位流泪的游子
坐在开满芦苇花的小河边

咀嚼着乡村，这个亲切又熟悉的字眼
咀嚼着陪伴她长大的炊烟与夕阳
鸡鸣与狗吠

咀嚼着敞开的木篱笆
墙角的老槐，老屋上开满的丝瓜花
咀嚼着家的味道
温暖，一点一点浸入骨髓

站在湖边

清晨，站在湖边
像浪花和涟漪一样
露出微笑

我的微笑
是蔚蓝色的

还想象
我是一只展开翅膀
在湖面上飞翔的白鹭

种花的老人

花园里，那位种花的老人
指着每一朵花
说美

每一朵花
都是他的孩子，都是他生养的
明媚小女儿

一朵小花

清晨，雨后
小径上的一朵小花
在一个不起眼的角落

细细的茎秆
神态安详皎洁

心无旁骛
轻轻地摇曳着

残 荷

有污泥，也有腐烂
有颓败，也有新生

一场猝不及防的狂风骤雨
灭顶的洪水过后
残荷尽处，满目疮痍

几天后，一片新叶初绽
又无声铺满湖面，你的奋起
真令人振奋

一枚柚子

果实，颜色金黄
硕大而饱满
圆球形、扁圆形或梨形

果肉松软
汁液乳白色、粉红、黄色
或鲜红

我说的是
新发地的一枚柚子
一旦打开

江南水乡母亲的乳汁
一样滋味清甜
而芬芳

滋养充沛
甜蜜源源不断

白 露

清晨的植物园
映入眼帘的是苦楝花
耀眼的金黄，映衬着碧蓝的天空

丑妮子花，汹涌如潮
飞越篱笆和地面

喇叭花在辫梢上
挽一个好看的蝴蝶结

五角星花是绿色的裙裳上
一朵闪闪的红星

在一片野地里，忍冬花
还是那么生性烂漫

而白露晶莹剔透
已在小草的睫毛上
悄然暗结

八月十五云遮月

浮沉，挣扎
一枚月亮穿行在云海里

追月、遮月
那么多乌云，面目狰狞
围追堵截，淤泥一样
层层围困

在旷野，我还看见
挣脱出乌云的明月

眸子圣洁而澄澈，亮汪汪地
把自己挂在苍穹

让人从眼睛里
掬起一捧清泉

秋

田野无垠
秋风也无垠

我是一棵绿植
行走在林荫道上，绿草丛中
干净纯粹的阳光里

秋风在弹拨一架
色彩斑斓的竖琴，一曲
生命的乐章，奔涌
排山倒海

秋天还是一枚熟透了的
果肉鲜艳，甘甜的果实
来源于泥土，最终

秋 分

有过春的青涩，夏的烂漫
身后的一枚枯叶
又渐行渐远
漫步在小径上
银杏的鹅黄，草木的黛绿
叶和花的深红

抬头，到处都是
黄澄澄的果实，挂满枝头
骄傲地炫耀着

秋 夜

夜睡了
植物园里好静呵
静若处子

只有月亮的心跳
和干净的虫鸣

立 秋

一座院子
细雨中告别火热繁盛的夏日
石榴、枣子、苹果、丝瓜
累累硕果
把树枝压弯了腰

秋实是丰腴的词
色泽鲜艳，饱满的脸蛋
白里透红

亮晶晶的雨水里
一位少妇，看着怀中婴儿
眼睛里透着骄傲和喜悦

星 夜

那么多黑暗

星星，一颗一颗
站了出来

苍穹
星光璀璨
又回归泥土

星 光

夜晚
在植物园的小径上
散步，寂静的小径
轻柔地飘荡着古琴曲
《半山听雨》

抬头
一座植物园的星星
被一颗一颗呼唤出来
植物园里撒满了
晶莹的星光

今夜，站在小桥上
那么多星星
在湖面、夜空、小桥、树梢
闪烁
那么多星光
只为一个人蜂拥而来

上 山

沿着山道
空气清冽
渗入我的每一个毛孔

在一群簇拥的绿植之间
我扎上了一双绿色翅膀

那么多纷纷扬扬的芦花
飞扬在我的眼眸
和心扉里

在异乡

一个从故乡走失的孩子
走着走着，就走到了异乡
走着走着，就剩下了一个人

一个人，走过午夜
走过星空、月下、风中
走过异乡的街道、树木、霓虹
陌生的街头
盛满巨大的孤独和空旷

执着、坚守、得到、失去
谁披星戴月
回眸，望着来时方向
谁在午夜肝肠寸断
秋雨飘落

贾玉红，山东省昌乐县作家协会副秘书长，中国诗歌学会会员。在《诗选刊》《延河》《芒种》《扬子江诗刊》《山东文学》《时代文学》等杂志发表作品。《心比天高》荣获《诗选刊》"凤凰山杯"全国山水诗大奖赛二等奖。出版诗歌、散文三部，即将出版诗集《写在湖面上的诗》。

明月千里寄相思（外九首）

李 勇

月亮，手机上
慢慢升起，定格
遥远的北方亲人
看看，这是南方的月亮

黛青的山，托举着
孤独，洁白，清瘦
一颗敞开的心
年复一年，漂泊
找不到温馨的港湾

清辉，斑驳着桂花，香樟
满山遍野的刺梨果
心事重重，拒绝抚摸
北方，摇曳的芦苇，可曾白头
苹果，冬枣，挂满枝丫
围塘边，站成人形的槐树
盼他的游子，可有归期

月，还是故乡最圆
装一颗放于枕边
这个中秋，不再孤单

乘坐大鹏
翱翔世界之巅
茅台酒，醉牛排
多少男儿动容、汗颜
一个玩笑赌局
赌资一千万
喋喋创业史
牛得马气冲天
可怜这群哑巴诗人
血管里除了流淌的才华
穷得只剩一身灵感
还有那些愤青的小草
为了一点阳光，雨露
诅咒神灵
辱骂苍天

只有那团火，最理智
什么思想、理论、主义
什么美女、豪杰、金钱

只要它高兴
人间就是一缕缕青烟

燃

那团熊熊燃烧的火
离我们有多远

冬

大自然是位勤劳的母亲
春天掬起花苞
夏天献出葱郁

秋天捧出收成
而现在，你累了、累了
穿上洁白的睡衣
轻轻合上多情的眼睛

活泼的小鸟
怕惊走你彩色的梦
不再戏吟
雷
一位粗暴的老公公
叱咤风
吼训雨
现在也默默无声
就连哗哗作响的绿叶
也把心爱的小扇子
悄悄收尽

只有春风残忍
总是很早、很早
吹走你白色的衣襟

追 求

爷爷！小乖孙甜甜一喊
我的人生
像断线的风筝
随风飘荡
随孙而舞

诗人说没有追求
活着像条虫
我不是诗人
我是孙子的小虫虫

太阳东升西降
流水跌宕起伏
四季春夏秋冬
大海潮落潮涌

万物单纯可爱
人呀！少些，再少些追求

每一段时光

桃花艳羡
杏花出墙
梨花轻浮
李花忧伤
每一朵花
只有成为果实
人们才弯腰品尝

春天多情
夏天热烈
秋天丰满
冬天深沉
每一个季节
只有心中不荒凉
才能看出真模样

昨天已过
今天繁忙
明天追赶
将来向往
每一段时光
只有奋斗的汗水
才能浮起璀璨的希望

爱在当下

那时爱你
不仅要装在心里
还要装在信封里
行走在车站与车站
国道与国道之间
每个周末
两个爱都要聚会
风雨无阻
让人着迷

现在爱你
简单多了
只需装在兜里
轻轻一点
你依我手中
我躺你怀里
爱在当下真好
千山万水
没有距离

红枫湖

夏天的红枫湖
宛如一位美丽少女
美丽得使你惊讶，使你心旷神怡
当她用金色的请帖把你邀请
当她用白色的纱巾把你呼唤
驾着浅黄的小舟深红的游艇
把你欢迎
你醉了
和她疯狂拥抱在一起

所有所有的悄悄话你都会向她说
所有所有的烦恼全抛向蓝天
你不是诗人
却在手舞足蹈高喊
这蓝色的自由体足已诗人羞愧

其实，红枫湖就是高原的一位少女
犹如满山遍野黄色的刺梨
只要你走近她
喀斯特的风情让你铭记一生

临别，红枫湖还挽着你合影
走进你的相册你的心灵
于是，你像是着了魔中了邪
三天两头把她思念

七 月

不是四月，不是五月，不是六月
我要抒写、我要歌唱、我要赞美的是七月
七月的太阳不是橙红，不是橘红，而是鲜红鲜红的
鲜红鲜红的太阳光不是柔柔吻你轻轻抱你
而是黄果树大瀑布般
砸向你
砸碎你的柔弱，砸碎你的胆怯，砸碎你的徘徊

七月的风也是热辣辣的，热辣辣向你刮来
刮皱你的文质彬彬
把你刮成铜色的塑像，金色的思想者

七月不懂羞羞答答，不会忸忸怩怩

七月是位真正成熟了的少女
丰满的胸脯，黑黑的长发，穿件绿色衣衫
风风火火向你走来，毫不顾及把你浏览
直到你心中有一只小鹿奔腾
脸颊燃烧起白烟
七月才肯走开
走得并不远

在远的地平线那端
一群年青的布尔什维克拽着火把
点燃黎明

月儿升月儿圆

当月儿升，当月儿圆
在北方
土地下，土地上的亲人
一杯茅台酒，千里相思情

当月儿升，当月儿圆
在南方
山上山下，山里山外的乡亲
几盒月饼，香甜你我心

当月儿升，当月儿圆
我和孙子找寻
嫦娥奶奶哪去了
那棵桂花树是否还常青

当月儿升，当月儿圆
我和老伴染白双鬓
人生的路越走越短
天堂里的月亮温不温馨

当月儿升，当月儿圆
品尝月饼
谈笑风生
这才是最美的人生

你是谁

匆匆赶路的风
不小心把老人绊倒
倒在城市的心脏
倒在川流的人群

你是谁
西装革履
刚做完关爱老人的报告
掌声还在空中盘旋

你是谁
才拍卖一幅山水古迹
款项捐给老年协会

只有那位清洁工
拿出手机
呼唤老人的儿子，孙子
快来把老人扶起

空白的遗憾（组诗）

木 君

空白的遗憾

雨下了一天
绵绵不绝
地面如刷屏的镜片
纯洁的灰尘飞走了影子
这样心止
看着雨中五彩缤纷的花伞
远处车辆激起的水帘
雨刷来来回回激情切换
擦亮那心灵望向远方的视线
雨真好
贵如油的春雨
是否它的洗礼
还有空白
我听到雨滴
敲打着游戏和世俗
雨还在下
我也让雨淋湿
勇敢地穿过街道
跑到屋檐下躲雨
把溅在裤角的泥土抖掉
干净地出发

打扰了我的世界
约会了满目的秋
厚厚秋黄落叶
洒脱点缀绿色草丛
是金色
它不闪亮
是黄色
它没涂料
真的正好
贴身大地
舒心
被风捧起它就飞
被车轮碾压它无语
死了活了
秋的黄金惹怒了心扉
美的咏叹
叼着烟花易冷的细土
故事友谊繁盛的情节
陪着你我走在满目的秋
我心激荡
串串香的温馨
浸入心房
扇动着女孩的翅膀
翩翩起舞飞向远方

满池的枝叶

满地满池的枝叶

梦魇

梦魇的故事

一直围绕
追着希望
也仰望星空
天堂把故事梗概
父亲母亲的世界
若即若离捆绑远离
梦中有歌的思念
能否敲打回荡年轮的流放
回忆却不声不响
而我的梦
一直在忙着奔波
拥抱希望

灵　魂

有人问
你经过了什么
灵，哲人，死亡之神
徜徉过的灵魂
握过手……
精神映照有了疼痛
才成了异类
做了
世俗中痛苦和孤独者
被沐浴过的亲情
被爱温暖的拥抱
也愉悦地吟唱
…………
那是歌者的声音
深沉成了痛苦的伏笔
低头垂泪
无言地沉默
呐喊
你快回来

灵魂飘向云层

成　熟

不要依赖
生命的无常
告诉人必须成熟

属于谁
没有人替代
成长是人生的必然

心智
在火里淬
时光里埋

等待
春的播种
夏的灌溉
秋的收获
冬的沉淀

成熟是否要
四季来回熬
才低垂

交　织

你是人生的跋涉者
你能想到会遇见什么
做梦也许想不到
那心中的五味杂陈
那一路的酸甜苦辣
那失误

那瞬间
那面对
生老病死
离死别
老老少少
为了生存
为了亲情
为了友谊
为了感恩
为了忠诚
…………

践行
当风云突变
心难齐
交织
在心胸
痛
难
无言
伴着生命
携着风雨
硬闯

孤独者自白

天空始终如一
高山永远不语
大海浪涛滚滚
孤独者问自己
我在游走寻问
树呀小草绿色
为什么独立活着
我的根深入泥土
我的脸向着天空

我吸吮太阳乳汁
我沐浴天空滋润
日月包容和彩虹
我敞亮胸膛
我无牵挂
活着
任风随雨
雷电
我有什么
一个人挺立
树和小草
依然活着自己

无尽的微风

有一缕阳光
或许被山峰残壁
或无数回忆隔断

有一个灵魂
分布在无数本性
或者个体限制之中

它被划分
在浩瀚无垠
与宇宙旷野
它没有感觉
它没有情谊

阳光理性
却结合了它们
赐予了它灵魂
吸引了它

让理智趋向它的同类
与之结合若隐若现
送来昂贵无尽的微风
吹拂绵延相通的情感
在人间行走善和理性
抚慰唤醒的心灵

福 字

双手捧福
走进春天

万水千山
春意盎然

春的笑容
托举心愿

送别流逝的岁月
吐绿芬芳的田园

融化稀释了雾霾
留下无愧的人间

福字红红的脸
千年书写流传

爱的神奇

喊一声爱
轻柔难以呼吸
吻似溪流
言却已不富有

心却滚烫
文与酒已微笑
甘甜相嵌
笑谈蓝天白云
只留诗篇
感恩不尽谢天
赐予所有
怀抱霞的温暖
启程向前

爱是很痛的故事

平凡的人
你笑我
我笑你
你说我
我说你
可在轮回中
是否看见
自己的影子
与天相会
舍与得握手
能再见吗
所以只有闭嘴
截屏那软肋
与世俗吻别
终成传奇
每个人都逃不了课
闭眼不说不问
精辟还是顿悟
这一生一世
经过了火淬

怀念一双草鞋（外十首）

杨定祥

草，像一个个散兵游勇
母亲把他们团结起来
拧成了一股绳
经线，是我们四个兄妹
纬线，是母亲脸上的年轮

我记得，母亲编的草鞋
像母亲的头发，一丝不苟

草鞋，是母亲的另一盏油灯
微弱的光，点亮一日三餐

怀念一把镰刀

父亲说，镰刀是他最小的孩子
父亲爱它，像爱一面旗帜上的图案
镰刀和铁锤结成的兄弟
父亲把它们举起来
高过自己的头颅
阳光下镰刀的光芒
闪亮收割岁月黄锈斑斑

带着镰刀的向往和铁锤的使命
父亲穿着草鞋走完一生历程
弯下去的腰也成了一把镰刀

我是镰刀的扶手
我替父亲收割万道霞光

母亲的牙刷

刷毛像霜打的草
刷把是枯老的枝
一把旧牙刷
是母亲恋恋不舍的村庄
千百次使用
母亲想刷掉半生贫苦与艰辛

有一次不小心
牙刷骨折了，母亲像骨科医生
用火缝接
牙刷佝偻成母亲的背

我也是母亲的一把牙刷
母亲小心翼翼地握着
刷半生心愿和一世牵挂

粑粑头

最初将圆圆的粑粑
贴在中国妇女头上的是谁
圆润的风景
似一张小小的网
网住了多少女子一生的命运

如今，粑粑头若鲜花

在六月枝头灿烂盛开
阳光下歌唱的女人
用丝丝缕缕芬芳
牵出古悠悠风情

这颗东方人的美人痣
在民谣如水的季节
正悄悄流淌着新风韵

红山楂

风中一群红蝴蝶扇动翅膀
山雾缭绕，像炊烟
弥漫如水，我潜回童年
爬到山楂树上，一种酸甜的诱惑
布满我的欲望

红山楂，红得像团火
可以放进母亲的灶膛
如今，母亲走了
深秋，我和山楂只能抱团取暖

麦秸垛

麦子分娩后
麦秸就亲热地抱成一团
抱成一团的麦秸垛
成了孩子们的乐园

藏在麦秸垛里的童年
就像初夏的阳光
温暖而又快乐
我们围在麦秸垛前
听母亲的童谣
母亲一遍遍地把童谣洒在打麦场
哄睡了一粒粒饱满的麦子
只是再也没有哄睡我们的童年

麦秸垛是童年的一枚印章
盖在村庄的记忆里

石 滚

石滚是石头里走出的精灵
在农具的队伍里
它与牛结成了兄弟
打谷场是它们的舞台
尽情地跳着乡村圆舞曲

石滚一生在阴历里居住
丰收喜悦布满它的欲望
它的牙齿是滚动的年轮
咀嚼千年故事
它像一根玉米棒
滋养着古老的村庄

石滚是村庄的一把夯锤
村庄的成长，离不开它夯实的基础
如今石滚老去
村庄一天天年轻

怀念连枷的歌声

连枷，朴素的农民歌手
独唱，重唱或合唱
不用嘴，旋律在心里流淌

噼啪噼啪的声音
是丰收的号角
让清风跌下枝头
让阳光滴出鸟鸣
谷物芳香飘满炊烟的欲望
藏在麦秸垛里的梦
探出了头颅
村庄也舞蹈了
田野也沸腾了
连月亮也彻夜失眠了

打谷场，是歌咏的舞台
把铿锵的节拍串起来
垒成了我的童年

连枷用歌声哺育谷子
母亲用歌声喂养我成长
连枷的歌声，是一粒粒种子

风　车

风车是乡村的女儿
一出生，便嫁给了风
风车的腿，长在肚子里
脚，行走在风口上
一辈子走多少路
只有风知道

风车是识别器，是试金石
是农具里的铁面包公
在这里，藏不住滥竽充数和浑水摸鱼
风车把阳光和谷粒搂进怀里的时候
也把真假一起咀嚼

然后，去粗取精，去伪存真

风车是农业的一盏马灯
照亮过乡村很远的路

红月亮

夕阳的眸子，滴出的一颗泪珠
落在今夜的天空中
落在人间的神话里

寒夜如水
一粒美丽的红豆
在时间的土壤里，孕育成长
终于，在此刻分娩
完成了一生爱的相思

我只想借你一缕温馨的光芒
在爱人的额上
纹一枚永恒的朱砂痣

古渡船夫

摇晃的岁月
徘徊于水天之间
一篙撑出亘古的号子
一船装着千百代歌谣

古铜色风景，生长紫悠悠风度
渴望的目光，沐红了两岸的日子
你仍默默，咀嚼冷暖的故事

两岸是一对情人
你是牵线的月老

火在燃烧（组诗）

田 草

无法救赎一枚苦杏

门前长着一棵杏树
叶子，不多，果子也少
简约与奢侈，含而不露

像被风吹冷的鼻尖
那个多边，小巧，内敛的核

触摸一下，它的丰腴和深邃
落地，不一定是终结
凋零，残破，只是过程

我的肉身
化作你的指甲
瞬间，风化成清瘦的红泥
离你而去

试图把你搂进梦里
一次次地
捂着被虫子咬破的伤口

不肯埋葬一枚落地的杏
有一面泛着早孕的红
暗流涌动
等待破壳而出

稀薄，且非常短暂
我的热爱，一地破碎

此刻，风已经收起躁动的翅膀

云盘桓在无障的高处
远山的雪，像南非最美的钻石

即便是赴死
也要死在热烈的梦里
私生的卵子，已变成幼虫

鼓动杏核炸裂
启动开花的声音
响亮，剔透
卡在喉管里的刺
我隐约感到毛毛虫
即将长出翅膀

火在燃烧

一块煤
坚硬，如石头或尸骨
躲在我生存的角落里
很冷

许多年前
下雪了，我没有棉猴，没有手套

我提着一个柳条筐
沿着铁道线
追着火车奔跑，追着生活游荡，寻觅

父亲把铁丝围成耙子
形状如我的五个手指

我挠啊，挠，挠着
生活的结痂

在废弃的炉灰中
寻找一块没有燃尽的煤
有没有变成灰烬的岁月

母亲熬粥的一把碎米
瘫痪在灶台上
母亲说能不能借她一段时光
夏天里变成一片麦地

多年后的夜里
母亲做了一个关于火的梦
那块煤
却隐褪了美，藏匿了热

母亲已化作一堆黄纸
我提一篮子的悲伤
又一次在记忆里
追赶着远去的火车

我多想看一眼煤的残骸
石子堆砌的铁道冰凉
滴水成冰

我多想戴上一条火红的围巾
装扮成母亲年轻时的模样

拿着炉钩子，捅着呛烟炉火
蒸一锅金黄的，黏黏的黏豆包
来填补，我童年稀瘪的欲念

我多想，多想
把一块煤的热量
分给每一个受尽寒冷的人

那块煤或许早已破碎

幻化成灰尘

但是，我知道
它储存的热量
足够燃烧我，千年的等待

黑，遁入一个会跑的橘子里

冬天的大仓库里，冻伤了岩石
一位电力架线工学着老鹰的样子
把翅膀放飞给蓝天以及冬天的午后

大地上的树，小草，早已冻僵
他弯腰，攀爬，脚踩云朵
在空中，探寻一个站立的最高点

他开足马力，用胳膊和腿
装载成一部输送机
然后，倾注所有的青春和热血

通过臂长，输出一道道亮光
促使走在黑夜里的人
不再恐惧

黑，遁入一个会跑的橘子里
灯，逃出骨骸
发出迷人的光亮

一块冰，走出身体里的冬天
黑夜前来认领星星
大地缺血之时
你千万别减少心脏的鼓声

献礼（组诗）

张小军

颂 歌

每次面对你
我的心脏都加速了跳跃
那抹耀眼的红色
激荡起我灵魂深处
汹涌的浪波
让我反复吟唱那一首
我爱你中国

你迎风飘扬的曲线里
隐藏了先辈们的拼争
多少个蹉跎岁月诉说
回放着多少次狼烟烽火
唱响了多少次生死相搏
五千年的民族
硬是用倔强的红色
挺过了列强的肆虐
钻出了死一般的沉默
爬过了雪山草地
赶走了丧失人性的日本帝国
血泪为笔
筋骨着墨
镰刀割去腐朽
斧头砸开光明
一辈辈铁血男儿
一个个炎黄子孙
用倒下的尸骨
撑起不屈的骨骼

那声湖南口音

穿透乌云
气壮山河
终于让你挣脱重重压迫
终于迎来扬眉吐气的新中国
清新的雄鸡版图
开始了伟大复兴的长征新歌
九天之上
你伴舞着玉兔嫦娥
深海大洋
你的舰艇击浪斩波
高峡出平湖
你用智慧写下
大国重器的坚实
奥运赛场上
你用拼搏写下惊世突破

绚丽朝阳里
看你冉冉升起
激情如火
我们耳边响起的
是万里山河的嘱托
是历史和民族的嘱托
是一个永远追梦的
青春中国

红色十月

时光的大手柔情一抹
十月成为最亮丽的红色
中国的十月

又将这深情的颜色
涂满群山洒满江河
连炎黄子孙的眼眸
也被精心雕琢

红色催开了鲜花
红色飘香了瓜果
红色青春了身姿
红色耀眼了烟火
红色点亮了灯笼
红色欢腾了祖国
红色旗帜穿透迷雾
引领方向
红色队伍步伐整齐
气壮山河
红色信念铿锵有力
激情似火
红色梦想雄伟壮丽
笔走龙蛇
红色照亮了父亲的皱纹
照亮了母亲的丝丝白发
他们用双手捧着
七十华诞的笑意

十月的红色
在纪念碑上闪烁
让英雄的名字
刻入华夏儿女的心窝
十月的红色
在十里春风中写下改革
让英勇的探索
写入世界史册
十月的红色
披星戴月
记载着大国崛起的每一个时刻
站起来
富起来
强起来

古老的东方故国
在这浓情的红色里
一路风雨一路欢歌

神鹰翱翔长空过
初心照耀家与国
红色十月
阳光下涌动最美颜色

吟 诵

日出东方
照亮长城，照亮黄河
红旗
染红了笑脸，染红了诗歌
七十年的历程
在此时此刻定格
七十年的风雨
在天地之间豪情诉说
诉说着装满故事的文明中国

广袖轻舞
昨夜寒露点点摇落
史册翻飞
难忘曾经的血泪坎坷
是谁的呐喊
唤醒了铁笼中死一样的沉默
是谁的信念
用二万五千里的足迹上下求索
是谁的声音
在天安门城楼上喊出历史的转折
是谁的手笔
在世界的东方精雕细琢
塑造出追梦的中国

高峡出平湖
玉兔追嫦娥

诉说美好 ◆ 倾听心声

东方红的音符在太空中飘荡
国歌在奥运赛场上激越
碧水青山堆起乡愁的思绪
丝路风尘
甩臂膀
驾长车
穿透雾霾的目光执着
纵横四海的脚步
与世界同行

五千年根深厚土
五千年不灭星火
都在七十年里浓缩
都在七十年里喷薄
勇立时代潮头
奏响新的战歌
今朝月圆
明日梦圆
世界的东方
永远呼喊着伟大的中国

这双手

是这双手
摇起南湖上的那艘红色圣船
激荡起沉沉旧中国的层层波澜
让先进的理念
在华夏大地上疯传
让中华民族挺直了腰杆

是这双手
用镰刀和斧头砸碎了条条锁链
用力量
用英勇
用血汗
用不屈的意志
用前赴后继的信念
向落后开战
向霸权开战
在血雨腥里
杀出一条路
在百般艰难里
让星火燎原
历经种种挑战
终于
让五星红旗飘扬在世界的高峰上

是这双手
在一片苍白上
挥洒出春色满园
在满目疮痍里
弹奏出豪迈的乐章
是这双手
拉起兄弟受难的手
共同建防线
是这双手
在浩劫里苦苦挣扎
把遗憾的泪水默默擦干
摸索出前进路线
是这双手
抗震救灾众志成城
写下灾难中
感人的篇章
是这双手
留下多少传世经典

而今,还是这双手
谱写新篇
妙笔生花绘明天
迈着五千年厚重的步伐
挥洒着五十六个民族的智慧和血汗
让龙的子孙抬头挺胸
让中华民族伟大复兴

乡韵（组诗）

王国才

布谷声声

河谷传来布谷鸟清亮的啼声
晨风轻拂，河面金光闪闪
清凌凌的河水在静静流淌
万泉河蜿蜒向东
总有三五妇女在河边洗濯衣服
不知谁家新妇被问昨夜情景
于是响起嘻嘻笑声

山谷传来布谷鸟清脆的啼声
早起的鸟儿有虫吃
阿生夫妇从三叶树林里穿雾归来
回家吃了早饭，去犁田，去插秧
不知情的人问：孩子怎不来帮忙
他俩扬眉回答：男儿在京城，女儿在羊城

乡 韵

尽管你已走出村庄多年
尽管你的双鬓已生白丝
尽管你在追寻远方之远
你呀，还像那乡间少年
在万泉河中游南岸的水源坡村
连绵山坡的沟壑间有祖先开发的山田
祈盼风调雨顺兆丰年

春旱时节，埇顶水塘之水放低了
生产队的龙骨水车架好了
两个大人前倚横杠，齐踩转轴上的踏板
龙脊板便缓缓转动
清水顺槽进入水渠，潺潺流到田间

那个少年被此景迷住心神
蹭到踩水车的妈妈身边
"阿生，你踩不动"
"妈妈，我踩得动，您放心"

每次回到家乡，那个曾经的少年总在找寻
水车，水车，你在哪里
没人回答。妈妈已不在多年
而今，踩水车的情景常在梦乡浮现

插 秧

那时，我是生产队长
敲响上工的钟声后
我扛着单步犁，赶着牛去插秧

我把命运交给时光
两犁一耙，整好田地
一行行，青翠的秧苗哟
在我心田生长

诗林视野
诉说美好 ◆ 倾听心声

毛毛雨

小寒时节
在四季如春的琼岛
位于北纬 18 度，东经 110 度的地方
毛毛雨飘飘洒洒，一片微茫
微雨打横
飘洒在我的脸上
略带微寒
时令已过冬至
没有响雷，没有豪雨
路旁的三角梅在尽情绽放
毛毛雨飘落万泉河
河水汤汤，流经博鳌，流入大海
我隐约听到圣公石外的南中国海
一艘巨轮汽笛声响
这艘巨轮，正驶向远方

雨在下

雨，淅淅沥沥
脱掉童年的木屐
光脚在雨中奔跑
弟弟妹妹跟在我身后
陋屋错落，炊烟袅袅

我们一边跑，一边喊
妈做番薯粿啰
清脆的童声在山村回荡

雨在下，少年在奔跑

水源坡与三里河

孙子刚过两岁
儿子就考虑为他上学择校
他们原住京城北五环外立水桥边
那是城乡接合部，择校较难
西城区名校多
儿子卖掉立水桥那套大二居
在西二环买了套小二居学区房
我问：新房位置在哪里
儿子回答：在北京交通图上能找到
街名叫——三里河

几年过后
儿子在父亲节那天告诉我：果果要上学了
请爸妈过来看看他的学校
在给你们买的养老房住些日子
到了冬天再回海南
我喜出望外飞到北京
儿子给我买的养老房在石景山
那是北京一个示范小区哦
小区美得令人赞叹
我休闲散步

到了周末
儿子开车来接我去三里河
他家附近有钓鱼台国宾馆
那是国家领导人接待外宾的地方
他家东有月坛公园
西临玉渊潭公园
他们经常带果果去那里游玩
我问孙子：你家在哪里
孙子说：我家在北京三里河
我问孙子：你老家呢
孙子说：老家在海南岛，村名叫——水源坡

假如我能穿越时空（组诗）

张嘉宸

荷 叶

这满池的荷叶
远远望去
如同一块绿色的布
它们用尽全力
张开自己的手掌
只为衬托出
那荷花的美丽

童 年

童年是什么
是树上的鸟，是水里的蛙
是弹奏的吉他，是奔跑的步伐

童年是无忧无虑的
是充满了欢声笑语的
每当回想起童年
脸上总会浮现淡淡的微笑

童年的事儿
如同潺潺流水把我心田环绕
好似雨后春笋在我心头发芽

只是童年
已如同幻影

那无忧无虑的笑声
也早已远去

捉迷藏

太阳和月亮捉迷藏
只要一个升起来
另一个就落下去

风和落叶捉迷藏
只要风找到了落叶
落叶就换一个地方

宝宝和妈妈捉迷藏
只要妈妈叫一声：吃饭啦
宝宝就立刻躲起来
还在一旁暗自嬉笑

假如我能穿越时空

假如我能穿越时空
我要来到远古时代
提早告诉人们
汉字和武器的力量
让中国更进步

假如我能穿越时空
我要进入三国的世界
一览诸葛亮草船借箭风采

假如我能穿越时空
我要进入宋朝时期
告诉岳飞秦桧的诡计
让他继续纵横驰骋

假如我能穿越时空
我要挽救无能的清政府
阻止后来悲剧的发生

假如我能穿越时空
我要到美不胜收的圆明园
游历那昔日名胜古迹

问 雪

还在空中踌躇不前的雪花呀
你们的目的地是何方

是要飞到喜马拉雅山上
看那些无畏的登山者
一步一步走向顶峰
还是要飞进波涛汹涌的黄河
融化成波浪流淌

是要飞进青海的五色湖里
静静待在那里
被慕名而来的游人观赏

还是要落在山东的渤海
静静等待

姗姗来迟的游客

漫天飞舞的雪花呀
你们的目的地究竟是何方

大街小巷里
那层层的积雪
究竟去哪儿

地上的水坑
是不是你们的化身

天上滴滴雨水
有没有你们的手足

那层层的积雪呀，
怎么忽然无影无踪了

爱的力量

爱的力量有时很大
它能改变
命运
它能改写
国家历史

爱的力量有时很小
能改变的
仅仅是一个学生的成绩
能改变的
仅仅是一个人的目标

足迹（组诗）

姜敬发

天山·天池

王母娘娘
去了哪里
我从老远的地方赶来
想一睹您的芳容

那些伴随您的仙子们呢
等了很久
也没见到踪影

老子过函谷关
如今留有修炼的印迹

王母娘娘与她的仙子们呢
是不是去了其他仙界

天上一日，地上一年
我来时是否错过了时间

还能闻到瑶池边体肤的芳香
镇妖的玉簪仍留在瑶台上
博格达山口吹来的凉风
仿佛王母娘娘的深呼吸
或许，您就站在天山上的高处呢
看着我们，让我们感受
纤纤玉手抛洒下来的甘露

安吉·竹海

称得上竹海
只有这里
青翠的三月广袤无边
海风吹动起伏高耸的山坡
白色的房子
像一条条帆船
行驶在翠绿的波涛里

烟雨
漂浮在竹海之上
涧溪流过板桥
你撑一把油纸伞伫立桥头
竹海做了背景
画中的你
永远存进我的镜头

岳西·天峡

沿峡谷行走
泉流清洗每一块石头
磨去棱角
展示它们优美的曲线

峡谷穿过大山的胸膛
像一条血脉奔流不息
深山，心藏一匹快马

时刻奔驰在游人的兴奋点上

倒挂的悬崖
用不知名的树木和植物装点
青苔抚摸石壁
水滴，顺着岩石的缝隙嵌入
九龙飞天，瀑布翩跹
把景象推向高潮

峡谷的源头
杜鹃花漫过山顶
俊男靓女立于峰顶之上
看着看着就成了另一道风景

潜山·九井岗水库

盘旋着上山
到山顶，放眼望去
九井岗水库隐藏在深山里面
托举天柱山的高大背影

隐者默默付出
在大地上行走而不知名
经过无数弯曲而不知名
长途跋涉到达江海而不知名
它不断用生命激情
写意山川河流
洒脱地奉献
在伟大的背后
成为另一道景观

铜陵·凤凰山

滴水崖上抛下的流泉
在阳光下飞舞
沉山涧拍打树的脚踝
一部分潜入土地滋润红花绿叶
一部分带走流失的岁月

别离三十八年
抚摸相思树
在池水的荡漾里寻找往事
寻找你曾经许下的一瓣诺言

相思树是凤与凰的缠绵
相思千年成为绝唱
我再一次将镜头锁定
将心中的故事重新配图

今夜，来到德令哈

今夜，来到德令哈
这座储存在我想象中的城
是雨水中一座荒凉的城
海子曾在这里放牧
思念姐姐
在这里开垦荒地
当种下诗的种子
就离去了

如今，这里开满了诗的花朵
长成诗的王国
无数人把它当成远方
每当大漠风吹起城市的情柔
那些南北往来的人
便驻足回望，思亲念乡

乡愁（组诗）

梁化波

开 垦

杂草枯黄
散落些许泛白泛黄的石块
冬露似乎未散尽
土地生硬　冰冷
延长　绵延
那是生命之火最初的孕育
那是耕种之前原始的沉寂
牛羊在啃食仅剩的口粮
庄稼人踏着沉甸甸的脚步
行走于上

终于
等到划破天际的一声鞭响
黄牛奋蹄
铁犁嵌入土地
铲破一季冰冷
泥土翻滚
热浪翻涌
那热浪　只有庄稼人
能看到

那是庄稼人最爱的土
泛着芳香的泥土
那是农民最亲的孩子和
生命之基
每一段沟壑被翻开
每一段新鲜的泥土裸露
黄牛的欢叫
庄稼人扶犁在后的笑声

已将希望植入这土地

那里　是最结实和深沉的爱

春 雨

云从空中飘过
你从远处而来
从一个小点
到充满瞳孔
满眼的目光里
含着你

杨柳摇曳
爱　无边无际
所有的春风里都书写
你的名字
从河流到树梢
从赤日到残月

问过远山
远山只有一个回音
问过冬雪
冬雪只有一个表情
待问青草吧
青草悄悄探头
追上虫鸣
却又了无踪迹

是夜　无眠

突然　雷声阵阵
雨下　相思

乡　愁

那些日子
关于故乡的思念时时滋生
故乡的概念啊
一层透着祥和而悸动的薄雾

晨起的梆子敲出一天的叫卖
豆腐喽……豆腐……
颤巍巍的小脚端出一簸箕地瓜干
边走边挑出许久的杂草

冬日的故乡啊
火红炉花在炉膛中跳动
爹娘和我围在炉的周围
黄狗也在

清理了一年的黄色土地
那已长出生命的绿油麦田
放羊的人儿捡拾了一天柴火
很多人骑着新或旧的自行车
从城里归来
炊烟是世上最美的风景
城里没有

故乡啊　你像一根绳子
拴住了我的心
一刻不曾放松

元宵节·父亲

十五月圆
我下班开车
在路上

此时家里
定然张灯
小蜡烛在桌子中间点燃
照照耳朵　照照眼睛
放置于门口
灶台　井盘
被风吹灭
点着灯笼的孩子
必然会掏出火柴
再次点燃

今年
不
是好多年
已不在家里过十五了
但　今年想回去

我父亲
躺在矿北面的梁林里
我想为他燃一盏灯
告诉父亲
我对他的思念

谁能明白一个人
忙碌之后
安静下来的落寞
想着父亲
泪流满面

灵隐寺回响(外二首)

黎珮琳

晚秋
是最美的季节
但与我
无关
躺在陌生的一处
一人作歌
即如此季节
如此地点
都以翩跹的姿态
簌簌翻页
轻轻的
是一种信号
在经过的某一刻
便听懂每一串雨里的回响
细雨
即是细语
适合用柔和的线条
绘灵隐寺迷离的梦
为何总是在秋季
多出这样一串回响
即使是在世界不同的角落
也会凄切作声
每至这里的五更
便到了白日
顷刻间
过往人生梦

车的主人

选择这一座城
是因为一个人
而来到这座城
也同时改变了
一辆车的命运
就在几个月前
这辆车还在山东
而它现在的坐标
却已到达了杭州

它的车轮上
还沾有着济南的泥土
然而它现在
驰骋于杭城的立交桥头
它的车上方
原本悬挂济宁的星月
如今的窗前
贴着来自西湖的银杏叶
它的车厢里
本飘着煎饼果子的香味
只见它如今
已沾着钱塘落下的冰霜

啊
我想变成你车上的换挡杆
这样你就能一直轻抚着我

我想变成你车上的方向盘
这样你就能一直怀绕着我
我也想变成你车上的座位
这样你就能一直紧靠着我
我想变成你车上的前玻璃
这样你就能一直注视着我
我想变成你车上的播放器
这样你便能一直倾听我语
亲爱的
我想变成这辆车
这样我就能陪着你
去任何将抵达的远方

穿过情人岛

倘若从你指缝间流过的细沙
用来堆作火车
它便驶往城堡
亦是真实的童话
每一粒沙砾
皆隐藏着宇宙
每条鱼的纹路
若叶脉在滋长
小小的
海瓜子
来自于发光的金银海岸
酥软鬈曲的头发
若海上的波浪
随着海风
发丝轻扬
红霞染透了云彩
橘光与海相辉映
接连天边的地方
斑斑光点在彷徨

倘若骑着浮动的海轮车
向着那片暖暖的柔光
则时隐时现
则影影绰绰
见下凡的天使
捂着双眼
怀念谁自哭泣
你好像忘了我
却忘不了这片大海
这座岛屿
我呼出的只言片语
在风里化成一朵白雾
散入咸味的空气
耳边哗哗的浪涛
拍打着潮湿的礁石
岛上神秘古老的隧道
是曾经遗用的军事战地
那灌得满满的海洋味道
是冗长的黑暗旋涡
粗糙的墙面
赤色的痕迹
颜色黯淡下来的天空
似一块谢了幕的帷布
烧烤的烟火气
汇成一股白色的长烟
星星点点的路灯尽头
挂着花花绿绿的灯串
渔人们热闹地碰杯
啤酒气泡直往外冒
店家问我
今天就你一人吗

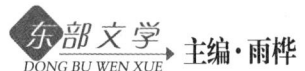

爱惜自己（组诗）

王 荣

望见一座山

把眼前的高度纳入一双眸子
你喊一声大山
峰与顶绝，寻不到入处

父辈们从山脚下开路
一辈子
与落石擦肩

那钢钎，还有斧锤
连同凿子飞溅的火花
烈焰的吼声
像持枪人射出膛的子弹

爱埋着头的人

跨过土坎，迈上了田埂
就能看到埋头和弯腰的人
都是泥腿子插秧的稻田
都是催着农人抢割的麦行

前辈的传授
倾下魂体
以这样的姿势与方式，向高天厚地献礼
今天的匍匐是为了明天捧得秀穗

不管夜晚有没有亮，不问有没有星光
日子揪住了双手
指望汗雨的回报
今日病下了，才讲最后的退路

爱惜自己

背行囊上路的那刻起
蹉跎就被未知束缚
多少来来往往
行踪于晦涩阴晴里
细缝间撬开封层
打捞一尾鱼
腥臊味巴满一身
幸运者掳走羔羊
命运多舛人，默默吞咽
如沙砾烟尘落下又卷起

更多匆匆因匍匐而伤痛
只为活得模样鲜亮
当棱角磨出犀利
还像一头牛
拼命拉犁
哞哞两声后
继续耕田

无法把握的是你没有选择
一个坠倒，一阵痉挛
一番疼痛，一次次血汗散洒
勇敢者何止一次踉跄
而懦夫出口的措词
灵丹跋山涉水间寻觅
捷径也藏于茫茫原海

这世界哪一个人不爱惜自己
今生今世
就是永远开犁、拓基、凿石、筑就
掬一捧水，轻轻抹开眼睑
被八方憧憬诱惑
纵然天涯路
匆匆照样转身
今晨阳光里
我仍是我　你依旧是你

儿子眼里的妈妈

能有几回清醒，母亲喂着奶长大
是因她的心肝，是她身上掉下的一块肉
万般淘气
妈妈怀里撒娇，摘不下星星
不依不饶

长这么大，除了喊一声妈妈
平常日子
我从来没有注意和重视
她有什么心愿
我年少出远门，她备上我的衣服
我成了家，她一直放心不下我的孩子

年迈守着老宅
总说我找不到离家时的老路

一个儿子眼里的母亲
就是抽丝剥茧
直捣我麻木的心底

流水舞起的浪花

风掠过的轻薄也有雨拍打的彷徨
一枚叶多轻
荡在水面，沉底又浮起
你的失重往往不能这般自如
旋涡里打转，昏眩里打转
身如偏舟

吻过浪的尖头
把一串喟叹倾尽
想挑过眉梢千斤重
颠覆像死里逃生
进退无依

纵然，也有一次回头张望
为停不下来的脚步
我跋涉的流水奔涌，我掬起的浪花冰凉
泅渡唯有从容
清洗灵肉的创伤

爱留给谁（外一首）

馨 岚

广场已被五月精心打扮
银杏树撑开绿绒大伞
将五月的情愫
一串串挂在嫩绿枝头
旁边石榴抬头仰望
一忍再忍，急红脸的花蕊
跳落在我肩上

亭子静静地默读五月
像心中永远的等待
一颗种子逃出天宫
腾空跃下，跳进我心房

聆听记忆走过的痕迹
沉重的心，悬挂着伤感的水滴
平仄的字符化为低吟浅唱
在心海渐渐远行

爱留给了文字
诗行里
全是种子的模样

伸出温暖的手
抚摸车窗玻璃

疾驰而过
栖息在枝头的嫩芽
瞬间事物，划过心间
在记忆的年轮里忧伤
久别，让思念疯长

一条飘带正抛向远方
牵挂，随着车轮在飞转
心长出了一双翅膀
随着春风
超速超速

母亲正拾掇一把白发
将往事缝补
蹒跚笨拙的脚步
独自在倚门守望
仿佛听见了春天喊
常回家看看

回娘家

大年初二
年里面全部是妈妈的味道
绿色展开笑脸

午后（外二首）

陈祥琴

寂寥翻遍
春暖花开
以为花真的开了

捧起你的诗集
咸鱼的天空
一下无限伸展

如仰不见峰的山脉
测不见底的古井

断肠的部分
带我跑进一场雪
阳光的部分
又会带我跑进春天

同学群

当秋悄悄降临
黯然失色的枝头
有些彷徨
只有那片江湖
才能闻到久违的芳香

一列雁鸣声
捻雨成弦

一边拨走秋的落寞
一边奔进春天
说一堆
曾经鲜艳的故事

清明辞

一条山路
走白了光阴的额角
我沿着你走的地方
走了一遍

春雨缩骨的凉
我望向你的断崖
一朵苦菜花的眼神
刺进三月的胸口

风扑上去
斟满三杯决堤的思念
一下把整座山
揽进怀里

回家路上（外一首）

周云辉

好多次回家的路上
月亮总跟云彩纠缠在一起
风也是有些羡慕
摇动着路旁的小树
问他为什么
树儿总是不说话
轻轻摇着头
天上的事太远
谁知道是真是假
田野中的蛙声
正在叙说着什么
告诉风
告诉树
惊羞了云中的月亮
偷看着闪闪星光的大地
路上的灯
闪闪的
不知是风摇斜了树影
还是树影映斜了灯
挤飞了夜宿的鸟
声声呼唤着失散的离群
也让心儿飞出去
欺骗了眼睛

好多次回家的路上
月亮总是纠缠着浮云。
远方的归宿，
让薄雾迷蒙了前程

流星般的车灯
总是打不开眼睛
夜很黑
蜿蜒的路点着灯
如天上的星星
一排排走下了南天门
顺着吆喝、听着虫鸣
云儿为什么要纠缠着月亮
它们也说不出原因
夏夜总有些不明
风儿吹不散闲云
月亮还是那么白
一切都那么纯洁那么晶莹

西江月·渡口

碧水青波歇渡
乌篷紫燕飞鸥
牛羊背雀望汀洲
又见新杨插柳

娘唤儿行渐远
归期盼在深秋
相思几度怨闲楼
今日明朝依旧

青莲之心（外一首）

韩英梅

常常想起县教育局草绿色的大铁门
想起对面那家的香油果子和麦香火烧
想起西关小学门口抄着手的黑衣老人
玻璃匣里五分钱一块的芝麻棍、花生板
想起敲着梆子拖长腔叫卖的卤水豆腐
槐树旁一冒白汽就吱吱尖叫的大茶炉
想起偶尔跟着父亲买馅饼的西关饭店
和它额眉上那颗渐渐变色的红五角星

想起那幢沙砾色楼前的两峰雪松
探向父亲窗前的一阕荷花玉兰
想起楼后的红砖食堂和笔直的油杉
青涩的苹果树和翩翩蝴蝶黄、蜻蜓蓝
以及那排平房前惊呆我的火红美人蕉

也常想起六一节攥着父亲给的五毛钱
走过曙光照相馆、东风桥、东风商店
去东关的新华书店买惦念已久的那本童话
周末在热闹的电影院前翻书摊上的连环画
想起走过的人民大街、立新街和西关路

即使这样。
即使我的孩子在这里生下，长大
即使我在风中一天天老去
即使这里埋葬着祖辈的灰骨
以后的我也必将消融于这片尘土

我也不能够把这座小城认作故乡。
我没有刘墉的逢戈庄，没有莫言的平安庄
也没有载不动的乡愁要安放
我的心是旷野的鸟，遍飞小城的四角
找不到属于自己的那片蓝

直到那天，在凌空而至的梵音里
我看到了一朵缓缓绽放的青莲
刹那间泪流满面

流沙岁月

若不是独自行走于黑夜
若不是感到一些孤单害怕
就不会抬头仰望夜空
不会蓦然发觉满天繁星脉脉如昔
像母亲不灭的眼眸
宽广天河亦默默似昨
像父亲不老的胸怀
就不会想起父亲指手相教的北斗星
母亲夜话里的牛郎织女
就不会潮水般怀想承欢膝下的欢乐
风一样思量童年的无忧无悻与无忌

当年盼望长大的漫漫无期啊
以及总以为不会消逝的永恒
怎么可以这样轻易弃我而去
星辰般不可触及
就像父亲的话语母亲的手臂
不知何时已无处可寻无所可依

在这渐行渐逝的流沙岁月里
我承载了什么遗失了什么
在这深深浅浅的曾经相拥里
我守望了什么辜负了什么
汗颜间我茫然四顾，又一回回遍寻周身
遽然发觉一无所有，如家徒四壁

看风景（外三首）

丁元忠

我在楼上看风景
看风景中的你
你汗涔涔的腮红
很像二十年前那朵初开的花
把整个春天点燃了

秋 风

秋风不识字
也不解风情
落在眼里的，未必落在书上
落在书上的，未必落在心里

夏天那么多风
没有招来一场淋漓的雨
任一匹奔放的利奇马
从海上过来
在你身上甩了几鞭子水印

秋天扬了扬袖子
高远的袖，寂寞的袖
不是水袖
不是你期待已久的
那场邂逅

书 生

书生在书里读书
在梦里做梦
有红袖添香，倩女幽魂
有经世济民，还有万里江山

书生老了，面对一摞摞发黄的日子
竟不知哪一页是开头，哪一页应该结尾
哪一页是真的，哪一页是假的
哪一页是年轻的自己
哪一页有喜欢的你

老了的书生，缓缓站起来
把一页页叫作书生的日子
——撕掉

秋 水

隔着河水，听到你的讯息
脑子里一片空白
茫茫时空的空，芦花白的白
像四十年前的那场初见
我在厂里写板报
你在身后看我，蓦然回首
我就被你的秋水淹没

你走了，像你活着时一样
无声无息。我的世上
只留下一双秋水样的眼睛
照耀我的初恋。有朝一日
我会去见你，听你说说一九七七年
那个写板报的钟情少年
怎样写进了你的怀春

颜色不一样的烟火（外一首）

张勤尚

再回首
冷雨里的梦熟睡中被抽丝剥离
曾经沧桑充斥柠檬气息的岁月
有些美好早已沁入心
触景生情的只是从朋友那听说

结了冰的冬夜里
一壶朋友的暖心酒
打开了话匣子
不离不弃，倾城眷恋
悠然绵长

意料之外
无语的缘分
折弯了腰
或许是自己错得离谱
子虚乌有的选择题
竟然看不到一点点
不带瑕疵的真实

饭后燃一支香烟
太多的五味陈杂
慢慢看淡，慢慢放下
憧憬着幸福的树上
能结出灿烂的阳光

殷切的目光里
不敢放弃的
只有以往许下的承诺
不负韶华的痴情
在快速游览着
每一秒心动
晨光多彩

刻印了一生诺言在脸上
满满幸福
写给颜色不一样的烟火

祈盼的眼

瑟瑟冻雨横扫路沿
枯黄的野草沙沙作响
截截乱风把失去水分的脆叶刮得七零八落
没有谁在意
也没有谁理会风中凌乱的小草

多么希望在你深邃的眼里
我永远是最骄傲，最实在的自己
曾经像彩虹一样的颜色
闪耀存在过

然而
我在昨晚
离开了你的视线
走时从来没有过的平静
孤独毫无理由
也叫不停光阴的脚步
一个人的寂寞
却一直暂留在身旁空荡的枕边

隔着几个季节的思念
我的世界，在你祈盼的眼中
重生

湖（外二首）

夏友军

三十九楼
我没有胆量向下丈量

月亮浮在湖心
紧挨着窗口

很静
浪向我奔来
汹涌青铜的气息

母亲是沿着月光
消失在湖中

很深
捞起的月光如霜

漏 洞

流星划过夜空
瞬间的提示

如果黑暗过于压抑
就凿穿它的墙壁

那时繁星闪烁
月亮如最大的孔洞
洒进更多光亮

很多时候
我们需要用光明
在黑暗中打井

只有千孔百疮
才能网住亮丽光景

秋 柳

开启第三只眼的时候
刚好走近一株
长发及腰的柳树

我极力回忆
有没有许下海誓山盟
或者推诿之词

这瞬间打开的光芒
将柳树的往事
一根绳贯穿其中

有迹可循
坐在阴影的人
有一串串夕阳的瑰红

秋风拂面
一个故事从头再来

拥抱春天（外一首）

我心飞翔

春姑娘给大地披上一件漂亮衣裳
娇艳的桃花想举起多情天空
雪白的樱花在空中纷纷扬扬飘落
婀娜多姿的柳枝在清澈的湖面上
舞着春天旋律

金色的油菜花成群绽放
田野成了金色海洋
勤劳的蜜蜂穿梭在花丛中
成双成对的蝴蝶跳着曼妙舞蹈
小朋友放飞的风筝
在湛蓝天空自由飞翔
我自由自在漫步在这花海里
眼前浮现农民忙碌的身影和幸福微笑
田野小道上
我仿佛看见父亲
带着春天的温暖
一步一步向我走来
我飞奔过去
伸开双臂拥抱父亲
如同拥抱暖的春天

渡口

我站在湘江河畔
凝望曾经热闹繁华的渡口
任凭呼呼的北风
携带冰冷的雨滴
像一条条牛鞭
抽打步入中年的我
思绪的波涛
像浪花一朵连着一朵
向我奔来

儿时的我
看见一艘艘轮船来来往往
暗下决心
好好读书
带上梦想
从这里起航
上天开了一个玩笑
梦想像肥皂泡破灭
背起简单行囊
加入南下打工行列
我坐在轮船上
眼泪止不住流向了湘江

在渡口来来往往折腾几年
还是回到了故乡
又是这个渡口
把我送进婚姻围城
生活的艰辛
压弯了脊梁
增添了皱纹和银丝

时间改变许多
唯有这渡口
像一双沉默的眼睛
凝视我心中的苍凉

所爱（组诗）

徐 峰

所 爱

指认，爱始终是个动词
正如我爱一片江山

天空包容黯淡，隐忍者
心怀天下，不惧电闪雷鸣
爱得够深，心会更痛
大爱有道，八卦阵内藏太极
小爱如一颗唇印，如刚刚咬过的苹果
难以保鲜，当心腐烂变质

辨析，一个爱字内涵丰富
深爱的土地，每个人都有一个
搬不动的地址，看好渡口的夕阳
渔歌，渔火
芦苇丛中放大岁月的清白
精神怀乡

局 部

渡口，放大落日的孤独
月缺如一枚坚果
吐出水面，灵魂背上包袱
生活有意翻身，无意下沉
鸟鸣，空巢落脚

人间潜伏炊烟，罗列伤痕
多事之秋，这一生词不达意

渔 夫

山水中，那一抹绿，比我的嘴唇还薄
记忆中，那一叶轻舟，云有山头，船边渡
我甩了一辈子空手，该有的无，该无的有
凭一支桨打捞梦境，靠一条该死的鱼
养家糊口，空山里，我起得比小鸟还早
磨合的春光交不出手，离我越远
思念比竹竿更长，冰窟窿里找鱼腥
一竿子戳出热情，摸摸头，雪花丛里逍遥

童 年

纸飞机飞出老远
再折，痕迹就多了
躲猫猫的事很少露面
草窝里有腥味
小时候的伙伴哪儿去了
云朵还在山头留恋
我赖着抒情，托梦

小草（外二首）

高 涛

所有的生命都为春天疯狂
只有你一声不吭
躲在角落
我知道你无法忘记天空
就像我的梦
无法忘记我炙热的心
和鲜红血液的给养

你曾俯瞰世间的一切
我也曾以为
天空　永远不会属于赤裸的我
于是　我沉默着
把自己埋进荒凉的大地

当冬雪流进心底
我看到无数种子欢乐的爆裂
调皮地踮着脚奔跑
此刻　我多么荣幸活在土里
有了根　无畏无惧

其实　我们很弱小
也是微不足道的
可我们的梦是自由的
你曾追逐他们走过很远的路
你是我仰慕的英雄
不是梦的谢落

请给我讲讲天空吧
我想成为大地飞翔的翎羽

一束光

一束光被晨风揉碎
散落在林海　江河
烟波流云
熠熠　潺潺

一束光被晚钟撞碎
散落在城市和乡村
大地梦醒
星空消退

一束光被生活撕碎
散落在梦想前行的路上
把苦难点缀

证　明

高贵
在洁白的纸上
写下　青春
然后把纸撕碎
抛向天空
大声地告诉世界
是我亲手毁了自己的青春
生活啊　无罪
温润阳光下
碎纸边沿
飞出了一道道闪电

清晨的鸡鸣（外二首）

匡世红

远处近处一声二声
高亢的打鸣
卷起夜的幕帘
城市乡村睁开惺忪的眼
有人被唤醒又再被梦牵行
闻声起舞者出行

用一生不懈打鸣
叫醒过村妇少年
叫醒过无数似醒非醒
只是我不知道
你每天的鸣唱
何时才能将自己叫醒

院子里的老人圈

一个六十岁的保姆
聚拢几个八十岁的黄昏
林荫下一组废弃的沙发
几双蹒跚的脚步早晚点名
你帮我贴膏药
我帮你剪发型
地上落叶的清扫
成了老太太们研究的学问
聊起年轻时的闺蜜
回味婚前的梦呓
笑声从缺齿中迸发
洪湖水，浪打浪……

李婆真情的歌声
把少女时羞涩的蜜意搅晕

知了又开始朗诵夏天
李婆却趁着春天走了
留下一曲洪湖水
枝叶间摇曳滑行

夏夜的凉粉

今夜没有风，走路
汗出了几阵
口渴的念头一起
方向一打，去酒店门口
吃两块一碗的凉粉

还是那几张小桌
还是那位七十多的老人
舀粉、撒糖、掺冰
清凉的口感里寻获温馨

这确是新打的凉粉
而我是去年的旧客
呵呵，老人家
我不仅为一碗凉粉而来
我就是来坐坐
看看您妈妈般和善的眼神

夜无眠（外二首）

黎振宇

独自徘徊在清冷的街
花絮飞过眼前
载满相思飘向远方

笔笺写上爱你的誓言
宣纸勾墨你容颜
淡墨芳香
爱呈现我眼前

昨晚梦里依稀记得
你还爱我的语言
聆听风中甜蜜
灵魂充满幸福坦然
希冀的声音
使我飘然

渲染下的妖娆
充斥这方世界
该何去何从

在大雨下淋漓
身心疲惫
该是
爱的难，苦别离
若你弃我去
唯有祝福你

此刻
我还在想着
你回首一笑时的柔情
摇曳心湖

走不出的雨季

聚流成河的思念
看不见尽头
而我似浮萍中缥缈
思想寄在蜉蝣边际
烟雾迷蒙了这双眼
落寂此时的孤独

而远在一方的你
裹着温暖内衣
莎士比亚浪漫

人生

人生难如意，独饮向青天
终日奔波累，人何自清闲

心疲脑烦热，枷锁愚桎梏
池塘映孤影，眼被烟波迷

身垢回往事，如梦焚今生
兴亡玉笔秋，血染溅污名

愿身随花洁，丘挽存清魂
今生且珍惜，何羡来生缘

守候一剪灯花（组诗）

姜子涵

人生是一道暖光

早晨的一缕晨光
让我读到了最美的一片悠扬
那个宁静的小山
天宇下悠悠了上千年的过往
儿时竟然是攀爬不上去的一种仰望

而今我把你画出来
放在记忆的渡口
让我时时想起故乡里的爸爸妈妈
还有那好喝的清泉
水和那妈妈煮好的饭香
因为淳朴温暖衷肠
那廊下的阳光
从指缝里穿过
虽然回不到过去
但我不舍那份情长

你是我人生中的一道暖光
寒烟里的不忘
那些美好啊
我带着你走向远方
走向远方

守候一剪灯花

端坐有香气的窗前
守候一纸约定
即使是冬夜
对你的期盼没有改变
思念荒废了容颜
笔篆诉说着寂寞

思念的渡口上
多了湿漉漉的印记

这个冬天无雪
天空那么的湛蓝
一灯一窗帘
一人一缱绻
思念切切
灯如昼抛红豆
玫瑰藏在香罗袖
宋代的词犹如雪花一样
落在哪里，哪里就有了乐章
而你依然守着这一剪灯花
不弃不舍

殇（外一首）

谢胜利

微微的风带着凉意
在漆黑的夜里毫无目的地游离
可到之处摸不到一丝温柔
只有一波接一波难言的孤寂

阿哥说万物复苏
春暖花开
姹紫嫣红
人类爱火点燃

阿妹说上天月老也害相思
手一颤抖
搭错了红线
闹得凡间一处相思
两地惆怅

相思的情啊 太绵长
睡也朦胧醉也朦胧
终究是梦一场
伤了佳人心
碎了黑的夜

终于破泥而出
长出一朵雪白的莲花

一尾鱼
无意发现一粒种子
莫名爱上了它
日夜守护
直到它发芽
不断伸展

莲露出水面
摇曳身躯
跳着曼妙的舞
享受着风和日丽

鱼忍不住相思
奋力一跃
吻上了莲的唇
终就是花瓣一抖
鱼儿跌落水中
揉碎池水的心

结　局

一粒莲落入水中
沉睡千年

关于父亲

刘 勇

那年
你拽不过儿媳们的坚持
怀着怨懑　从小镇搬进城里
斧子　钉锤　手锯　刨子　砍凳　墨线盒
还有简单不能再简单的行囊
夕阳下　你固执成一棵树

那时
你是小镇的木匠
皈依在鲁班祖师爷门下
与木头签下了一生的契约

你经常用一只眼看世界
精准把握走向
你的墨线从来不走失规矩
一双老茧的手握住中庸之道
你用斧砍　锯拉　刨凿
演奏人生悲欢离合
岁月被你雕琢成艺术品
神奇从腐朽里浴火重生

那时
城市被浇注成一片森林
小镇在一夜之间感染风寒
屋顶和房梁是现浇的
家具与门窗是集成的
真实的情感被装上防盗门
能读懂鲁班却读不懂社会

功夫与心智在迷茫里搁浅
日子漫长困惑且无奈
你坐在砍凳上与沉默对话
五十六度的散烧酒撕裂性格
话多的母亲不再言语

那时
城里机关的房子窄小
你与你的斧子们不离不弃
把楼道口开辟成自己的领地
帮人修缮胜过我修改论文
当孩子们分享馈赠的小桌凳
你便有了呼吸的圆润
或许与木头为伍的承诺
注定将执着写在暮秋的尽头

那年
四十二个夜与昼生死搏杀
你未走出七三八四的魔咒
留下那些宝贝和未整理的作品
还有一个平淡干净的人生

那年
小镇上少了一个木匠
多了一段关于父亲的传说

风筝博物馆（外五首）

于建宏

屋脊的龙头蜈蚣伏而又起
身背风筝的鲁班迎门矗立
风筝都纪念广场比邻而居
再远处是四星级的鸢飞大酒店
透过尚未开启的大门
千万只纸鸢呼之欲出
小小的风筝

十笏园

灰墙黛瓦　灵动中平添几分端庄
亭台楼阁　错落里更具风情
曲桥回廊融会贯通
鱼池假山相映成趣
虽然只有十笏大小
却是南北风格兼备
板桥的真迹
明清的印记
砚香楼氤氲着的墨香
佐证了鲁东明珠的神韵

古炮台

一抹朝阳掠过白浪河
飞鸟的影子印在了城墙上
锈迹斑斑的两门古炮
"大清同治"的厚重历史
炮口瞄准的地方
再难觅当年的风烟
树木葳蕤高粱红遍
一部伟大的五音戏正在上演

金山寺

寺在山坡山是一座寺
山在寺中寺即一座山
殿宇亭台呈绵延之势
寺门西开俯瞰人间沧桑

从水漫金山到击鼓战金山
千余年来故事不绝
慈寿塔吞海留云江天一览
芙蓉楼冰心掬月相映成趣

中泠泉旁品香茗茶天下第一
七峰亭上忆古怀今追思忠魂
大雄宝殿将整座山揽入怀中
四大名洞无声地讲述这里的传奇

江天禅寺的题赠风采依旧
千古兴亡之事谁能说清
奔流到海的一江春水
捎走了人间几多烦恼

西 溪

夜宿西溪植物园
步行两公里去游古镇
董永的传说还在耳畔
读书堂里不见范仲淹的身影
月影婆娑眼前只有一座空城

第二天中午离开西溪
特地又去造访古镇
古城墙上战火迷离
凤凰泉水在海春轩塔旁汩汩流淌
睡着的古人守口如瓶
没有谁愿意告诉我
埋藏在这里的秘密

采石矶

几间不算高大的茅草房
林散之的后人
用无私的捐赠
筑起了一座精神大厦

几进连着的院落
讲述了诗仙太白的飘逸
那浪漫和着美酒写就的华章
千余年还是那么新鲜

三元洞不仅仅是传说
更有古代科举的缩影
万里长江奔腾不息
最隐秘的地方足以安放灵魂

在采石矶
那些大小不一棱角分明的石头
是故事
更是耐人寻味的诗篇

跪 乳

曾文鑫

他路过一个村庄
看到一只小羊
跪倒吸吮着母羊的乳房
他突然心湖里掀起波浪
眼泉里闪着泪光

他想起了
春节后母亲送他出外打工的模样
母亲站在山顶挥着枯瘦的手臂
另一只手撩起衣角擦着眼眶
母子俩视线越拉越长
他一步一回首离开了家乡

他读懂了母亲的模样
母亲招手是送他平安
母亲挥手愿他寻找到希望
母亲举手嘱他别惦念娘

再过半月就是春节
他的心早已贴到了娘的身上
他要将感恩和孝顺
一起带到母亲身旁

经典回放

诉说美好 ◆ 倾听心声

浪漫并不浪漫的生活

吴新财

1

荒原上来了一老一少，一男一女两个人。他们不同的年龄，不同的经历，来到这个不同寻常的地方。他们从高高的河堤上走下去，走向荒原深处，走向那个高岗上，走近陈文舞的坟前。

这是北方一片广阔的荒原。荒原一边是汹涌的松花江，一边是人工修建的防洪河堤。在河堤与松花江之间的荒原中，分布着零散大小不同的几个水泡子，还有几条潺潺流淌的小河与几处高地。

这片荒原极为神秘。

陈文舞的坟就建在荒原一个高地上。在荒原上建坟是少有的事，当地有关部门为了保持自然环境，不让在荒原上建坟。人们也不想把离世的亲人安葬在这荒凉的地方，安葬在这里会有对离世亲人不敬的感觉。这样一来陈文舞的坟就成为荒原上仅有的一个，也是极特别的一个。陈文舞的坟建在荒原上，这是金花做的决定。

金花是陈文舞生前的女人。她的生活与经历是与众不同的。她就是这么一个特别的女人。她的每一次出现都会引起人们的关注，也会使寂寞的人们多了聊天的话题。这次她的出现让人们想起了当初她来小村庄时的往事。

那是多年前的事情，但在人们尘封的记忆中，还如刚发生过一样。因为那件事在小村太轰动了，震撼人心。

多年前的一个夏季，陈文舞突然从外地领回来一个姑娘，如同一条爆炸性新闻轰动了整个小村庄，整个村子里的老少，无人不知，无人不晓。有人说陈文舞真有本事，不声不响地就领回来了个姑娘，姑娘还这么漂亮。谁说陈文舞找不到媳妇？那是人家不想找，你看人家想找时，不声不响，就找到了，找得还那么好。陈文舞觉着金花给自己争了面子，那些日子脸上总挂着幸福的笑容，但在那笑容深处还隐约藏着不快，这种不快很少有人能感觉到。

这是地处祖国北部三江平原上的一个小村庄。这村子最初是由抗美援朝回来的转业老兵组建。虽然过去几十年了，老兵调走的调走，离世的离世，外来移民几乎成了村庄的全部，可这里还有着军人般光荣传统与良好的风气。这样一来，陈文舞与金花的事就更引起人们的关注了。

陈文舞是随城市下乡知识青年一起来村子里的。当时为了更好地开发荒原，解决劳动力少的问题，当地政府在外地招了一批单身青年来村里。陈文舞就是其中之一。城市知识青年返城后，他没有走，留了下来。人们对陈文舞的印象是能说，口才好。这里女青年少，找对象是难事。陈文舞已经二十八岁了，还没找媳妇成家，在人们眼里就是困难户。这就有找不到媳妇，打光棍的可能。可陈文舞从来没有张罗着让谁为他介绍对象，而是做出不想找的样子，其实他心里也挺着急的。他不想说出来，说出来怕村人笑话。他是个非常要面子的人。他突然间领回个姑娘，村里人能不注意。

村子里的人看到金花有着许多好奇。金花与村里的其他女人有着许多不同之处，她拿东西时不是背着，也不是扛着，而是用头顶着。她把东西放在头顶上，走起路来十分平稳，村里除了她，谁都没有这个技能。这是种生活习惯，像朝鲜女人。村里人都听说朝鲜女人能干，爱干净，是操持家务的好手，更会体贴丈夫。村里人认为金花不是朝鲜女人，而是朝鲜族女人。因为陈文舞就算是会说，也不可能跑到朝鲜找个女人回来。朝鲜女人能说汉话吗？但村里人认为金花肯定是朝鲜族女人。金花，姓金，在当地属于少有姓。人们从这姓上，断定她是朝鲜族姑娘。这个观点认为不会错。小村庄还没有朝鲜族女人，除了在电影中，也没人见过朝鲜族女人。人们对朝鲜族女人的认知，只是听说来的。可听谁说的呢，也不清楚。这可能是当年从朝鲜战场上回来的老兵说的吧。

人们对朝鲜族女人的印象特别好。

金花这年才二十二岁，比陈文舞小六岁。

村里许多热心妇女都来看金花。金花热情与大方的举止，给人们留下了特别好的印象。人们都说陈文舞找了个好媳妇。

金花来到小村后，就跟陈文舞住在一起了。陈文舞找村长要了个房子，没有举行仪式，也没发喜糖，就这么自然而然地过起了日子。从此村里多了一户人家。农村的生活是平静的，单调的。人们的思想也简单，守旧。可村里的平静没多久，就被金花父母的到来给搅成一锅粥了。

金花的父母是在夏季一个傍晚到的。当时陈文舞正在院子里弄渔网呢。他看到金花父母突然出现在眼前，愣住了，一时手足无措，不知怎么开口说话。金花的父亲金在阳说："金花呢？"

陈文舞回答说在屋里。他说："爸、妈，你们来了？怎么没提前说一声，我好去接你们。"

金花的父亲金在阳阴着脸说："没敢劳驾你。"

陈文舞知道老人还在生气，怕跟老人弄不好，急忙扭过身朝屋里喊："金花，金花，爸、妈来了。"

金花正在屋里做晚饭呢。她听到陈文舞的喊声，拎着铲子就跑出来了。她看见父母站在院落里，又惊又喜，可也有点晕，心情无法平静，尽量让自己平静下来。她说："爸，妈，你们怎么来了？"

金在阳说："怎么着，不让来

呀？"

金花微微一笑，解释说："不是，只是觉着太突然了。"

金花的妈叹息了一声，责怪说："你跑这么远，不来看一看，我们做父母的怎么能放得下心。"

金花满不在乎地说："有什么不放心的，这地方挺好的。"

金在阳说："这地方哪有咱家好，你还是跟我们回去吧。"

陈文舞知道这事情有些棘手，不好办，不想顺着这个话题说下去，便转移了话题说："金花，别挡在门口，快让爸、妈到屋里歇着，路这么远，一定累了。"

金花急忙让两位老人进屋。

金在阳走进屋，借着暗淡的光线，扫视了一遍屋中的摆设，就烦心了。这屋与自己家不一样，怎么看都不顺眼，越看越生气。他不想在屋里待，转身出了屋。他觉着院里要比屋里好。

金花找来两个板凳，递给父母。两位老人坐在院落里。

北方夏季的院子里确实要比屋里凉快。陈文舞不想让村里人知道金花父母来了，老人不进屋，他又没有更好的办法，只能顺着老人。

2

陈文舞的邻居张快嘴从地里回家，看到陈文舞家院落坐着两个陌生人，进屋就问他媳妇秦多事："陈文舞家来的是谁？"

秦多事刚把锅里的面条煮好，还没有盛出来，她说："我没看到呀。"

张快嘴说："他们在院里坐着呢。"

秦多事来了好奇心，饭也不盛了，扔下一句"我去看看"，便从屋里出来，到了院里，朝陈文舞家张望着。

两家的房屋是挨着的，院落之间只隔着木栅栏，木栅有一人多高，有缝隙，透过缝隙可以看到院里的景物。

陈文舞讨厌张快嘴和秦多事这家人，这两个人一个是嘴快，话也多，什么事只要让他知道，就会像风一样在村里传开；另一个是爱操心，爱管闲事，谁家的事都想说上几句。陈文舞看到秦多事朝这边看，心就发慌，心想这回村里人都知道了。

金花是个爽快女人，做事坦荡大方，也热情，见人都主动打招呼。她看到秦多事在对面的院落里，便说："秦姐，做好饭了？"

秦多事说："刚做好。"

金花说："你还挺快的呢，我还没做呢。"

秦多事说："煮点面条，简单。"

金花说："天热，也不愿意吃。"

秦多事说："你家来客人了。这是谁呀？"

金花说："我爸、妈来了。"

秦多事说："还挺年轻的，不显老。"

金花说："我爸、妈年轻着呢。"

秦多事对金在阳说："是来看金花的吧？"

金在阳接过话说："女儿跑这来了，过来看看。"

秦多事说："做父母的就是这样。我才结婚时老人也整天叮嘱这，嘱咐那的。"

金花妈接过话说："你娘家不是这的？"

秦多事说："不是。我娘家在河南开封，开封你知道吧？就是包公当官的地方。"

金花妈说："知道。"

秦多事突然想起了什么说："你们也知道包公呀？"

金花妈说："我们不是鲜族人。我们那地方鲜族人比较多，属于汉族与鲜族杂居的地方。"

秦多事转过脸对着站在一边的陈文舞说："文舞，还站在那干什么？岳父、岳母来了，还不赶紧准备好酒好菜招待。招待不好，人家可就把女儿领走了。"

陈文舞现在的心情是复杂的，金在阳从进这个院落起，就没用正眼看过他，这同从前一样。他看出两位老人对自己这个小家不满意。他担心老人还持反对意见。他站在那地方找不到感觉了，这时秦多事的话提醒了他。他对秦多事说："还是张大嫂考虑得周全。"

秦多事说："我进屋吃饭去了，回头再聊。"

陈文舞对金在阳说："爸，你喝什么酒？"

金在阳说："什么酒也不喝，没有兴趣。"

陈文舞说："妈，你想吃点什么？"

金花妈说："你不用买了，浪费那钱干什么！"

金花对陈文舞这么做事有些不满意，她说："问什么，你去买吧。"

陈文舞说："金花，你陪爸妈聊着，我去买东西去了。"说完，陈文舞出了院落，到村里的小商店买东西。

金花心想父母一路上肯定没吃好，就想找点水果什么的。可这地方除了园子里的黄瓜和西红柿，什么都没有。她就跑到园子里摘了些西红柿，还有几根黄瓜，洗干净，放在盘子里端在老人面前。

金在阳的肚子叫了，路上没吃好，更没睡好。他满脑子都是女儿金花，也不知女儿过得怎么样。他来之前已经有了打算，如果陈文舞这地方好，就让女儿留在这里，如果这地方不如家好，就把女儿领回家。眼前女儿的生活是属于不好那种，他决定把女儿领回家。他这种心情，还能对什么食物有兴致呢。

金花说："爸、妈，这地方挺好的。"

金花妈看了看金在阳说："这里没有咱家好。"

金在阳说："好什么呀！明天赶紧跟我回家去。"

金花说："为什么回去？我就喜欢这里。"

金在阳说："这地方哪好？不也是种地。你跑这么远种地，在家不能种呀！"

金花说："反正我是不回去。"

3

这是村里仅有的一家小商店。商店在村子的中心位置。店主爱说话，也爱开玩笑。他看陈文舞买了那么多食品，就说："家里来客人了？"

陈文舞不想回答，可又不能不回答，随口说："来客人了。"

店主说："看来是贵客。你把金花领进村时，都没买这么多东西。"

陈文舞听出店主话中的意思，明显是在说他小气。放在平时，他会辩解，此时他不想多说，心里乱乱的，拎着东西转身出了小店。

商店的主人觉着陈文舞的神色不对，想不通，轻轻地摇了一下头。

陈文舞走了几步，认为这么回去，金在阳不会给他好脸色。他想找个人来陪金在阳喝几杯酒，或许把金在阳喝好了，事情能好说一些。可找谁来陪酒呢？他在脑子里把村中有头有脸的几个人匆匆地过滤了一遍，考虑来考虑去，认为找村长比较合适。可他手里拎着东西，怎么好去呢。

金花看陈文舞买这么多东西，挺满意，急忙拿过两瓶饮料给父母打开。

陈文舞让金花炒菜，转身又出了院落。金花还没来得及问陈文舞干什么去，陈文舞已经走远了。

村长正在家中吃饭，看陈文舞进来，站起身让陈文舞坐下。陈文舞没有坐，让村长跟他走。村长说："才成家，去喝什么酒呀。要想喝，在我这喝。"陈文舞看不说明来意是不行了，便说岳父岳母来了，让村长去陪一下。村长拿不定主意，看着爱人。

村长的爱人说："你去吧。文舞的岳父这么远来了，让你去陪酒，也是对你的信任。"

村长认为有道理，便换了一身过节时才穿的衣服，跟着陈文舞走了。村长对陈文舞的印象不错，如果不好，也不会去的。

陈文舞给村长与金在阳做了介绍。

金在阳没想到陈文舞会把村长找来，没有准备，很客气。

金花已经把菜炒好了，一边跟村长打招呼，一边往桌上端菜。

村长是个场面人，酒喝得多，见识也多，话说的也在点子上。他一个劲儿地说陈文舞的好话，把陈文舞说成一个完人。

金在阳心想，这么好怎么在当地找不到媳妇，还跑那么远找媳妇，这不矛盾吗？他酒量不错，能应对村长的酒量。

村长也是有酒量的人，这样一来，酒喝得比较多，时间也比较长。夜深了，村长才离开。

金在阳虽然有点醉意，可还没有完全醉。他没有忘了自己此行的目的。他对金花说："明天，你必须跟我走。"

金花说："爸，我不走。"

金在阳说："你必须走。"

金花说："爸，我不能走。"

金花妈看着女儿，从女儿的表情中也觉察到了什么。姑娘大了不由娘呀，她有些无奈。金在阳困了，也累了，心情又不好，坐在炕上，靠着墙，不一会儿就睡着了。金花妈想让他躺下睡，又怕弄醒他，他再没完没了地说这件事，搅得都不能睡。她有点接受这个事实了。

金花心烦，不知道怎么解决眼前这件事。她知道父亲的脾气，谁能劝得了呢？劝不了怎么办，当然主要还是在自己。可自己不走，父亲肯定会生气，如果生完气就能把问题解决了，那倒好办了。她看着母亲。

金花的母亲毕竟是女人，懂得女儿的心。可她不懂女儿为什么要嫁给陈文舞，为什么要到这个村庄来。这个村庄并不比家好，陈文舞只是个普通的大龄青年，看不出有什么特别之处。屋中的灯光暗，但她还能看到女儿的表情。她知道女儿是不会跟她走的。

金花心中涌起一股酸水，恶心，想吐，匆忙下了炕，跑到外面，可她没有吐出来。陈文舞跟了出去。他问："没事吧？"金花摇了摇头，认为没事。金花心想自己是怀孕了。

金花妈是过来人，有这方面的经历，非常平静，坐在那没动地方，也不知该说什么。她没想到女儿会这样，这也太快了吧。她心里算着日期，如果真是这样，女儿在家时就跟陈文舞发生了那种男女之事。可这怎么可能呢？女儿是非常守规矩的人，不可能在认识陈文舞短短的几天中就做出那种事情的。她想不通，也不敢想下去。

陈文舞是一点主意也没有，面对黑

夜，怕白天来临，白天到来时，就会打破夜晚的平静。可万物在转换，黑夜总会过去，白天总会到来，这个规律谁都阻挡不了。

白天来了，金在阳也醒了。这一夜，他睡得比较好，路上的疲劳得到了有效的缓解，神色好多了。他决定离开，回家去。

金花妈也没有打算待下去。陈文舞的房子太小，没地方住。还有就是这种气氛不利于待下去，在一起相处太困难，也累。她听金在阳的。

金在阳让金花跟他一起走，金花不同意。金在阳看着金花妈，希望她能劝劝女儿。可金花妈叹息了一声说："咱们走吧，闺女大了，不由爹、妈了。她的生活就让她自己选择好了，好也好，坏也罢，怨不着别人。"金在阳没想到自己的女人会这么说。他一生气，拎着随身带的小布包，冲出了院子。

金花妈看金在阳走了，也跟着出了院落。两位老人一前一后，朝村子外走去。金花在他们身后喊，想留住他们，但这是不可能的事情。

陈文舞愣愣地站在那里，发呆了。其实他认为这样比较好，走了要比不走好得多。不走怎么办？走了就等于他是胜利者。

金花责怪说："你还愣在那里干什么？还不快拿点钱给我，总不能让我爸、妈空着手回去吧。"陈文舞转身回屋，到箱子里找出两百元钱，拿在手中，跑出院落，递给金花。金花接过钱，生气地瞪了陈文舞一眼，便去追赶两位老人。陈文舞也跟在后面，金花回过头说："你回去吧，你别去了，你去了更麻烦。"

陈文舞停住了，叮嘱说："你慢点，肚子里还有个小生命呢。"

金花也顾不了那些，飞快地追上了父母。两位老人哪肯接她的钱。金在阳一句话也不说，金花娘说："你照顾好自己就行了。"

4

村里人都知道陈文舞的岳父岳母来了，关系不错的几个妇女就来看。她们来陈文舞家没见到客人，便疑惑地说："怎么才来就走了呢？"

陈文舞无话可说。

金花解释说："家里还有事，走不开，就急着回去了。"

有人说："金花、文舞，这就是你们的不对了，两个老人这么远来了，你们怎么也不能让他们走。这事放在哪，都说不过去。"

金花说："我爹、妈脾气倔，留也留不住，没法子。"

村里人的关心与热情，让金花更难为情。在村里人走后，她问陈文舞怎么这么快就把事情说出去了。陈文舞说他除了找村长来陪酒，谁都没跟说。金花说那就是村长说出去的。陈文舞不同意这个观点，他认为村长不会说，作为一村之长，嘴不把门怎么行呢。金花猜测是村长老婆说的。陈文说村长老婆更不会说，如果她什么事都说，那村长还能当这么多年。金花心想，那是谁说的呢？陈文舞说："你别瞎猜了，可能是隔壁张快嘴和秦多事两口子说的。"

金花沉默了。虽然她来村里的时间不长，但已经听说张快嘴与秦多事这两口子的事。起初她还不相信，这回可领教他们的厉害了。

张快嘴和秦多事，这一夜还真就没睡好。因为两家房子离得近，说话能听到，昨晚陈文舞家的声音时断时续，隐约传过来，影响了他们的睡眠。他们听到一些事情，可不是太清楚。早晨他们一出去干活，就有人向他们打听陈文舞的岳父岳母是否来了。他说："你们听谁说的？"

人们说昨晚陈文舞到小商店买了很多东西，还请村长去陪酒了。

这件事还真是村长老婆和小商店主给张扬开的。村长老婆是个热心人，平时说话办事挺严的。这次她认为陈文舞在村里没什么亲人，想张罗一下，让村里人都知道，大家去给陈文舞捧个场，如果村里一个人也不去，让金花父母怎么想，他们还会认为陈文舞在村里为人不好呢。小商店主人只是在人们说起这事时，进行了补充说明，就如同炒菜时放些味精等调料一样，让味道更可口一些。可他们没想到陈文舞与金花的生活与婚事还暗含隐情，有种伤痛，不想张扬。

张快嘴与秦多事是陈文舞家的邻居，人们就想从这儿得到一点准确消息。张快嘴说："可别提了，昨天我都没睡好，他家吵到半夜。"

秦多事说："金花父母没看中咱这地方，也不同意这门婚事。老人来，是让金花回去的。"

有人猜测说："金花不会是被陈文舞骗来的吧？"

秦多事说："那不会。金花又不是小孩子，自己不同意，陈文舞也领不来。只是她父母不同意，金花本人还是同意的。"

金花的父母来小村庄这一趟，着实成为村子里的热点话题，成为这个平静生活中不平静的新鲜事。很多人都关心起金花来。金花本来不想提与陈文舞相识的过程，本想让这过程渐渐淡去，成为生命中的尘封往事。可当人们好奇地问起她时，她又不得不一次次做出回答。她想回避，可回避的心情十分压抑，很难受，不如说出来痛快。再说这也不是什么丢人的事情，她便坦然地向村人们讲述起来。

陈文舞得知后就生气，认为这事丢人，让他抬不起头来。他就跟金花吵起来。他说："你说这有啥用？让村里人笑话我？笑话我对你有啥好处吗？"

金花说："我不说，村里这个人问，那个人猜测的，好像咱们真做了什么见不得人的事似的。这有什么，不就是我爸、妈反对吗？咱们两个人过日子，跟他们也没关系。"

陈文舞说："你最好少说没用的。"

金花说："怎么了，我配不上你呀，还是我给你丢面子了？"

陈文舞说："村里人都跟刺探情报似的，你说这有啥用。"

金花说："我不想说，可人家总问呢。你有本事，让人家别问。"

陈文舞说："人家问，你就说？嘴不是长在你头上吗？你不说，人家还能把你嘴撬开。"

金花说："这有什么，照你这样，那些强奸犯还不用活了呢？人家从监狱里出来，不还活得好好的吗？"

陈文舞生气了，脖子上的筋都起来了，吼着说："人和人能一样吗？他们不要脸，咱也不要脸？人家犯罪，我也犯罪？咱管别人干什么？咱管好自己的嘴就行了。"

金花不示弱地反驳着："我不说，别人就不说了吗？我也没说什么呀！村里人只是好奇，越是捂着，他们就越想知道。"

陈文舞看说服不了金花，不想说下去了，气得摔门离开家。他心情不好，想散散心，消消气，不自觉地就来到村头的树林边。树林边有一条从田间通往村里的路。泥土路下过雨后，因人踩车辗,高低不平。天刚渐黑,还有一丝光亮,还算好走。四周静静的,只有青蛙的叫声,还有不时从村庄里传来的狗叫声。这本来是非常美丽的田园景致,可陈文舞感觉不到,反而厌恶得不得了。他心想怎么会这样呢?他怎么就成为村里人议论的人物了呢?想来想去,认为是邻居张快嘴和秦多事两口子弄的,如果不是这两个人多事、嘴快,就不会有这么多关于他的流言蜚语了,他就不会为这些琐事烦恼了,更不会跟金花吵架。他和金花都没有错,错就错在没贪上个好邻居。他心想,怎么就贪上这么个邻居呢?真是倒霉透了。

秦多事牵着一头山羊从田间往村庄里走,正好经过陈文舞的身边,看陈文舞站在那,便搭讪说:"文舞,站在这儿干什么?咋不回家呢?不会是在等金花吧?"

陈文舞正在气头上,语气生硬,没头没尾地说:"有家难回呀!"

秦多事说:"怎么,吵架了?才结婚,亲还没亲够呢,有什么架可吵的。"

陈文舞心想,要不是你多嘴,不就平安无事了,可遇上你这么个多嘴的人,就风起云涌了。秦多事不想多说,还要回家做饭呢,便继续往村庄走。陈文舞随口骂了句:"真他妈的见鬼了!"

晚上没有杂音,声音传得远。秦多事敏感,听到了这句话,转过身质问:"你骂谁呢?"

陈文舞说:"我骂谁,你管得着吗?"

秦多事说:"你骂我干什么?"

陈文舞说:"这是你自己说的,不是我说的。"

秦多事是不能受气的女人。她说:"你别不要脸。你这人就是有毛病,要么一直打光棍,也就欺骗个金花吧。你骗别人看一看,不要你的小命才怪呢。"

陈文舞听秦多事这么说,这些天的积怨全涌上心头,如同火山喷发一样,势不可挡了。他说:"我骗谁,你管得着吗?我就算是骗你妈,也得她想让我骗才行。"

秦多事知道陈文舞能说,陈文舞的口才是村里出了名的。她认为陈文舞是一派胡言,没有正经话。她说:"你这人怎么这么不要脸?你还是男人吗?"

陈文舞说:"我当然不是你男人了。我要是你男人,就一定把你收拾得老老实实,让你走路时,胯下都有那种感觉。"

秦多事说:"流氓!流氓!"

陈文舞说:"我跟你流氓了。"

秦多事不但嘴不让人,也不怕人,看陈文舞这样羞辱她,迎上来了。她说:"姓陈的,你敢动我一下试试!你不动我,你就不姓陈,你就不是男人。"

陈文舞脾气不好,可也没在村里同谁发生过打架的事情,这回他真就沉不住气了,上前给了秦多事一个耳光。

秦多事没想到陈文舞真敢动手,被这一耳光打晕圈了。她不但嘴快,性格也烈,哪能受得了这个委屈。她松开牵羊的手,直扑上来,同陈文舞扭打在一起。

山羊不懂人间事,在旁边叫个不停。

这时张素丽和刘玉兰两个人扛着锄头经过这里。她们看到这种情形,急忙放下肩上的锄头过来拉架。两个人一个人拉着秦多事,一个人拽着陈文舞,强行把他们分开。

陈文舞不想跟秦多事打架,本来是想吓一吓秦多事,没想到秦多事不吃这套,居然扑上来了。他清楚男人和女人打架，男人有理也说不清。

秦多事被拉开后，嘴里骂着乱七八糟的脏话，往村里跑去。她跑到村委办室，拿起电话，就往公安局打电话，说陈文舞调戏她。

警察接到报警后，不一会儿就开车来到了小村庄。警察先找到秦多事，灯光下的秦多事头发蓬乱，脸上是汗水还是泪水也说不清楚。警察问："陈文舞为什么调戏你？"

秦多事用手一拢披在脸上的头发说："不清楚。"

警察问："陈文舞在什么地方调戏的你？"

秦多事吞吞吐吐地说："在村头的树林边上。"

警察一听是在村头，又是在树林边上，认为事情比较严重，就去找陈文舞了。

5

陈文舞和刘玉兰、张素丽三个人走得缓慢，边走边说这件事情。他说："贪上这么个多事又嘴快的邻居真是要命了。什么事经他们一传，就了不得了。我岳父、岳母来了，让他们传得我都抬不起头来。"

张素丽说："你一个大男人，别跟女人一样。女人事多，有啥事，你去跟张快嘴说，或许能好一点。"

陈文舞说："张快嘴还不如秦多事的嘴把门呢。"

张素丽说："可张快嘴是男人呀！你们男人与男人能说得清，你跟秦多事能说得清吗？"

陈文舞说："我没想跟秦多事说，这不是遇上了吗？在火头上，就发生这件事了。"

刘玉兰说："文舞，你还年轻，遇到事要学会冷静，不冷静怎么行，不冷静会出大事的。就拿今天的事说，天这么晚了，你跟秦多事在那地方，你能说得清吗？"

陈文舞说："怎么着？秦多事还敢讹诈我？"

刘玉兰和张素丽都有这种感觉，但谁也没有说出来，都不想多事。这时他们走进了村里。刘玉兰说："文舞，回家别吵架，有事好好说。"

张素丽说："你们两家是邻居，不要把事情往大了闹，要把大事化小，小事化了才对。如果不行，就找村里解决。"

陈文舞说："我家没事，主要是他家。谢谢你们拉架了。"

张素丽回到家，把刚才陈文舞和秦多事打架的事跟自己家的男人一说，他男人说这下陈文舞麻烦可就大了。他从村里回来时，看到秦多事往村委跑，村委没人，肯定是打电话找警察了。警察来处理这事，还能向着陈文舞呀！再说，今天还赶上张快嘴不在家，张快嘴一早就去县城了。这回陈文舞有嘴恐怕也说不清了。他叮嘱张素丽别随意发表观点，都是同村人，向着谁都不好。

金花看陈文舞进屋，脸上有被用手指抓破的伤，吃惊地问发生了什么事情，刚才还好好的，一转眼怎么就这样了。陈文舞对着镜子照了照说没事。金花不信。两个人正说着，警察就进来了。

警察看陈文舞脸上有伤，认为事情是真实发生过，没有多说什么，就让陈文舞跟他们到公安局接受调查。陈文舞说："我又没有犯法，去公安局干什么？"警察说："秦多事说你调戏她了。"陈文舞没想到秦多事会这么跟警察说，有点蒙了。他辩解："没有的事。"警察说："有与没有不能听你的，也不能只听她的，要经过调查，根据事实来确定。你放心，如果没有，也不能冤枉你。如果有，你也跑不掉。你还是跟我们走吧。"陈文舞认为警察说得在理，就跟着警察上了车，到公安局接受调查了。

金花做梦都没想到会发生这种事情，真是傻眼了。她不相信陈文舞会做这种违法的事情。早知道陈文舞会发生这种事情，她说什么也不会让陈文舞出去。她也埋怨自己，如果她不跟陈文舞吵架，少说几句，陈文舞也不会出去。可现在说什么都没用了，事情发生了，没有后悔药，只能想办法解决。她去找秦多事想问一问，可秦多事关着门，无论她怎么敲，都不开。她只好去找村长，请村长帮忙。

村长才吃过晚饭，喝了几杯白酒，带着几分醉意，躺在炕上想着什么。他看金花风风火火地跑进来，不知发生了什么事，急忙起身。村长认为金花是跟陈文舞吵架了，才来找他。村长的老婆让金花坐下慢慢说。金花把警察说的话向村长重复了一遍，其他的事情她也不清楚。村长不相信陈文舞会调戏秦多事，秦多事没长相，哪能跟金花比。可不相信归不相信，陈文舞被警察带走可是真的。眼下怎么办呢？他本不想出面，可金花才嫁到村里，没有亲人，不帮怎么行。村长的老婆也是热心人，让村长去看一看。村长跟公安局的人熟悉，去了解一下情况，还是可以的。村长说他去找秦多事问一问，可秦多事不开门。村长只好找晚上值班的民兵，两个人骑着摩托车，一起去了公安局。

金花回到家，守着空房子，想起与陈文舞相识的日子。她为什么会喜欢上陈文舞呢？她说不清。这可能是缘分吧，男人和女人结合在一起不一定非要有个理由，而是要有情缘。她认为结婚后，跟结婚前时的感觉完全不同。她等着陈文舞回来，可到天亮也没等到陈文舞回来，村长也没来。她认为事情没有那么简单，便去找村长。

村长昨天晚上到公安局，办案警察把这事如实跟他说了。这不是大案，不需要保密。可村长认为这事难办，因为调戏妇女不像村民之间其他矛盾那么简单。村民之间有矛盾可以调解，调戏妇女这是作风问题，不好多插言。不过他把从公安局了解到的事，都如实跟金花说了。

金花得知张素丽和刘玉兰都在现场，就去找他们。

刘玉兰说："这事我是遇上了。具体什么原因，我也不清楚。不过，文舞不应该动手，更不应该在那个地方。那地方没有旁人在场，你浑身是嘴也说不清楚。"

金花说："那警察来调查时，你要多说好话，我家文舞不是那种人。"

刘玉兰说："这你放心，我也不相信文舞会动那种念头。"

金花又去找张素丽。

张素丽说："当时我就担心会发生这种事，还真就这样了。"

金花脸红着说："我家文舞不会往那种事上想。我们两个中午才发生过……他就等不到晚上了，这不可能。"

张素丽说："文舞没娶你时发生过这种事，这么好的媳妇，怎么会做这种事呢。可这事不由咱说了算。"

金花说："警察来调查时，你多说好话。你要帮这个忙，你说文舞要真是回不来了，我可咋办呢。娘家也回不去，这地方又一个人。"

张素丽安慰地说："你放心吧，我知道怎么说。你最好去找秦多事和张快嘴，争取他们的原谅，只要他们不追究，就不会有事。如果他们死咬着不放，这事还真就挺难办的。他们才是主要的。"

金花一脸无奈地说："我昨晚就去了，秦多事不开门。"

张素丽说："你也别太要面子了。昨晚都在气头上，气消了，就好说话了。你现在要主动找人家。不然，这事真的很难办。如果真定罪了，就没办法了。"

金花说："我去。你也帮着劝一下吧。"

张素丽说："我去找刘玉兰，过会儿，我们一起找秦多事说一说。"

金花感动得不知说什么好了，眼泪流了下来。

张素丽说："金花，你这是干什么，别哭，没事，只要文舞没有那个心思，就不会有事。秦多事也不是那种不讲理的人，把事说开了，就没事了。你先回去，我这就去说。"

金花才从张素丽家出来，就看到警察开车拉着陈文舞从眼前过去。她张嘴喊陈文舞的名字，陈文舞回过头看她。陈文舞要求下车，警察没同意。金花愣在那里。

警察把车开到村头的树林边，让陈文舞把昨晚发生的事情重新讲述一遍。陈文舞从头到尾说了一遍。警察拿着照相机拍了照，就上车离开了。

张素丽来找刘玉兰时，刘玉兰正拎着一桶猪食喂猪呢。张素丽还没把话说完，她便放下手中的活，就跟张素丽一起去找秦多事。

秦多事躺在炕上，没有精神，这件事把她弄得也没了主意。现在她有点后悔，如果警察真把陈文舞抓走，关个三年两年的，自己也不好受，两家是邻居，矛盾没有发展到那个程度。昨晚自己报警时，完全是在气头上，也是为出口气，可警察不管这些。她看张素丽和刘玉兰来了，就起身说："谢谢你们，昨晚要不是你们遇上，陈文舞还不把我打死。"

刘玉兰说："你别说气话了，文舞也不会。可能你们话赶话的。如果放到平时，有外地人欺负你，陈文舞看到了，肯定不让，你信不？"

秦多事说："我不信。"

张素丽说："远亲不如近邻呢，都是一个村的，也没有深仇大恨，能过去就过去吧。当然陈文舞真有那种想法，我们就不多说了，你从心里说有吗？"

秦多事说："我哪比得上金花呀！金花多漂亮。"

刘玉兰说："这不就得了。如果你说陈文舞调戏你，村里人不会有人相信的。再说，对你也没好处。谁都会说你不讲情面，一个村的人，还往死里弄人家，今后谁还愿意跟你交往。"

秦多事说："我就不明白为什么陈文舞就认为他和金花的事是我说的呢？我真就没说这事。他也不好好想一想，村里这么小，这么多好奇的眼睛，能躲得过去吗？再说，那有什么呀！"

张素丽说："可能是误会，说开就没事了。你到公安局说一说，让警察把陈文舞放了吧。"

秦多事拒绝地说："我去公安局不行。我报的案，我去说，那成什么了。如果警察来找我，我会解释的。陈文舞打我一巴掌，也得让他吸取点教训才行。"

刘玉兰说："这也好。你千万别往严重了说，那就错了。"

秦多事看了一眼刘玉兰和张素丽说："那天晚上遇到你们，算是陈文舞的运气好。"

6

村长来通知金花给陈文舞送些生活用品是在一天后。金花急忙借了一辆自行车去了县城。她买了毛巾、香皂、牙刷等一些生活上的东西后，便去了公安局。公安局在县城东西大街的西端，离中心街远，比较静。她来到拘留所时，看管的警察便把陈文舞从里面押了出来。金花看陈文舞消瘦了不少，脸色也发黄，不自主地哭了。

陈文舞叮嘱金花多注意休息，按时吃饭，为了还没有出生的孩子，也要学会照顾自己才行。他叹息着说："别哭了，算是遇上小鬼了，让小鬼缠上了，只能认倒霉。"

金花知道陈文舞没大事，被拘留十五天后，就会放出来。她告诉陈文舞在里面好好表现，不用想家中的事，她能撑起这个家。

探视规定的时间很快就到了，警察把陈文舞押了进去。

金花觉着十五天太漫长了，便找村长看能不能找关系，早点把陈文舞放了，一个人的日子太不好过了。村长同情金花的遭遇，答应试一下，能办成更好，办不成也没办法。金花拿出两百元钱递给村长。村长脸一沉说："这是干什么？如果花钱，你去找别人办吧。"金花说："不是给你的，你不是还要找人家吗？"村长说："不用，我让村里开个证明，做下担保，看行不行。"

村长先召开了村委会，在会上把陈文舞这事公开讨论了一下。小村庄本来就不大，这件事村子里的人都知道。村里人对陈文舞的印象不错，一致同意开证明。村长拿着证明，去公安局找人。因为有村里做担保，公安局做了减轻处理，在被关七天后，他被放出来了。

陈文舞从拘留所里走出来时，正赶上中午，阳光充足，有些不适应。虽然只有短短的七天，他认为是那么漫长，也重重打击了他的自尊心。他怎么也没有想到会被拘留，但这是事实。他来到县城的中心街，想找一辆回村的车。

中午来县城办事的人少，他等了好一会儿才遇到一辆拉农药的车。他走过去，那人看到他停了车。那人说："你这是何必呢，不值。"他说让小鬼给缠上了。他上了车，那人开车回村了。

金花看到陈文舞回来，眼泪一个劲儿往下流，不知是高兴还是委屈。陈文舞为金花擦去泪，说事情过去就没事了。金花说："这事多亏了村长，要不是他，你现在还回不来，咱们得去村长家看一看，谢谢人家。"陈文舞说："晚上吧，我去下网，打点鱼给村长拿过去。"金花认为这样也好。

陈文舞收拾着渔网、水裤什么的。他把这些准备好时，金花已经炒好了鸡蛋，还有米饭。金花想这些天陈文舞在拘留所里没有吃好，身体虚弱，让他吃了增加些体力。陈文舞一口气吃下一碗米饭，还有大半盘子鸡蛋，然后又喝了一杯水，骑上自行车，驮着渔网上路了。

小村庄不远处就是河堤，河堤外就是荒草地，荒草地中的水泡里就有鱼。可来打鱼的都是闲散人员，家中有车的，没人来打鱼。因为打鱼不如开车挣钱多，没有车的人才来打鱼。

陈文舞不是经常来，可也来过不少次。他对荒草地中的水泡子与小河流都比较熟悉。他站在高高的河堤上，看着村庄，还有眼前的芳草地，想着眼前的生活。他判断着哪条河里鱼多，路相对好走一些，然后就从河堤上走下来，进入荒草地中。

7

金花担心陈文舞回来后，秦多事找麻烦，便想跟秦多事说一下。可怎么说呢？这时她又想起张素丽和刘玉兰。刘玉兰家在盖仓房，请了好几个人帮工，要管人家吃饭，到县城买菜去了。她只找到张素丽。张素丽和金花一起找到正在地里干活的秦多事。

秦多事停下手中的活，三个女人一起来到地头的树林中，坐在一处通风的地方，聊了起来。秦多事说事情已经过去了，就不用再想了，想也是过去了。

张素丽夸赞地说："我说你不是那种得理不饶人的人吧，这没错。咱们都在一个村庄里生活这么多年了，谁还不了解谁呀。"

金花说："就是，大家把事说开了，别憋着，就没事了。如果放在肚子里，不说出来，时间久了，就会出事的。"

秦多事解释说："你和文舞别总认为那事是我们家说的，这可冤枉我们了，只是别人问我们时，我们才说了知道的，不知道的也没说。你想想，我这么大的人了，咱们又是邻居，什么事该说，什么事不该说，我还不知道吗？"

金花说："没事的，这有什么，我和文舞又不是非法的，我们有结婚证。别人想怎么说就怎么说好了，也少不了一块肉。只是文舞在意，我没什么。"

秦多事说："文舞小心眼，气量小，要是气量大点，就不会发生这种事情了。文舞不如你的为人好，别看你才来村里，大家对你的评价比文舞好。"

金花有点不好意思地说："看你说的，我有啥优点呢。"

张素丽说："金花，你知道村里人为什么关注你吗？"

金花摇了一下头，她还真就没有想过这个原因。

张素丽说："因为你是朝鲜族人，咱村就你一个朝鲜族人。"

金花一听这话，笑了。她说："我不是朝鲜族人，我也是汉族。咱们没有区别。只是我生活的娘家那地方居住着许多朝鲜族人，生活中与朝鲜族人交往多，受朝鲜族人的生活影响大，学习到他们生活中的一些优点。"

秦多事说："村里人可都把你当成朝鲜族人。"

金花说："我要真是朝鲜族人也就不来这里了。"

秦多事说："你会说朝鲜语吗？"

金花说："当然会。我上学时，学校里一边教汉语，一边教朝鲜语，因为学校中有许多朝鲜族学生。"

张素丽说："你跟文舞是怎么认识的？"

金花说："文舞的姨妈与我家住得近，我去他姨妈家玩，就认识他了。他把这地方说得可好了，要不我也不能来，可来了又不能走。再说文舞对我也挺好的。"

张素丽说："文舞能说，也会说，你让他给说动心了吧。"

金花笑了，不否认这个事实。

秦多事说："快生了吧？"

金花有点羞涩地说："还得些日子。"

张素丽看时间差不多了，该说的话也说完了，相互之间没有顾虑，就说："金花，咱们走吧，别耽误干活。"

金花站起身和张素丽回村了。她通过与秦多事聊天才把心放下。她心想，如果早这样，也不会发生这种事情。

陈文舞回来时，天已经黑了。他到院落里，就开始弄鱼。虽然打得不多，但也有五六斤。鱼的大小还说得过去，他把鱼放到水盆中，鱼在水中欢快地游动着。

金花端上饭菜，两人吃过后，陈文舞换了一套干净衣服，挑了些个头差不多的大鱼，装在塑料袋中，拎着就去村长家了。

村长正在看电视。村长两天前花五百元钱买的电视机。这是日本产的日历牌十二英寸黑白电视机。村长家是村里第一个有电视的人家。电视里正演老故事片《上甘岭》。村长看陈文舞和金花进来，就把电视消音了。村长对金花说："抗美援朝，这跟你有关，你不是朝鲜族吗？"

金花笑着说："我可不是朝鲜族，我也是汉族，我还没去过朝鲜呢。"

村长一转脸对老婆说："你不是说她是朝鲜族吗？"

村长的老婆说："村里人都这么说，也不是我说的。"

村长说："不管是哪个族，都是村里人，都在同一个村庄中生活，就要和睦相处。"

陈文舞感谢地说："这次幸亏村长帮忙了，不然，还不知道会是啥样呢。"

村长不以为然地说："都是村里人，谁什么样都清楚。你要真是那种道德败坏的人，你给我多少钱，我也不会管的。秦多事这人也是，都是一个村的，你们两家又是邻居，有啥大不了的仇恨，还非要弄到公安局那里。"

陈文舞说："村长，我想换个房子，你看行不？"

村长为难地说："村里除了鬼屋，没有空房子了。国家在实行经济体制改革，上面不让集体盖房子，以后可能都要自己盖。"

陈文舞说："发生这种事，我没法与张快嘴做邻居了。一出屋低头不见抬头见，多别扭。"

村长说："也没什么事，自己过自己的日子，想说话就说，不想说就不说。"

陈文舞说："可生活中有些事情是预料不到的，就拿这件事情说吧，做梦我都不会想到。人心叵测，还是防着点为好。"

村长轻轻点点头，认同这个观点说："可村里只有鬼屋是空着的，再没有空房子了。"

陈文舞说："鬼屋就鬼屋吧。没事，我敢住。我也不信这个邪。"

村长说："其实也没那么多说法。那房子还不错，你要真想住，就去住吧。不过，你现在住的房子，村里可是要收回分给别人的。"

陈文舞说："行，那就这么说定了。"

金花和陈文舞走时，村长让他们把鱼拿回去。陈文舞急了说："这是一点心意，又不是重礼，你不收就是瞧不起我。"金花也说："这不就是几条鱼嘛，也不是买的，还是自己打的，你就留着吧。"村长看陈文舞和金花是实心实意的，不好再拒绝，就把鱼留下了。

乡村的夜晚是幽静的，忙碌一天的人们早早休息了，只有晚风不停地吹动着树叶。走在回家的路上，金花问陈文舞："你真想搬到鬼屋去住呀？"陈文舞说："那房子也挺好的。事情过去多年了，没事的。你不怕吧？"金花说："我不怕，只是有点不舒服。"陈文舞说："只是不习惯，住习惯就好了。"

从前，鬼屋里住着一对下乡知识青年。男的是天津人，女的是杭州人，两人来到北大荒相恋，结婚后生下一个男孩。可两人因脾气不好，性格不合，总打架，后来女的吊死在屋里。那年女的才二十五岁，太年轻了。从此，这屋就被人们称为鬼屋。

男的在女的死后，便领着孩子返城回天津了。这屋子空着，一直没人敢住。屋子里除了有些灰尘，还都不错。这是村里近年盖的房子，质量要比以前盖的好。

陈文舞和金花来到鬼屋，从里到外打扫了一遍，又找来刷墙的白灰，把屋子粉刷了一遍，就搬进去了。原来的房子被村里收回，分给一对才结婚的新人了。

小村庄里的人们再一次哗然，人们说陈文舞就是陈文舞，谁都不敢住鬼屋，他敢住，这人太特别了。

8

张快嘴在陈文舞住进鬼屋后，心情一直不好，村里人都在说他。村里人都认为陈文舞是被他家逼进鬼屋的。他认为秦多事不应该报警，更不应该对警察说陈文舞调戏她。如果不是那样，事情也不会变得这么复杂。当时他去县城，没在家。他回来后没少责怪秦多事。两个人因这事吵了好几次，还找村领导来调解。张快嘴好几次想找陈文舞聊一聊，可陈文舞不理他。陈文舞见到他就像见到瘟疫似的，远远闪开了。

陈文舞搬到鬼屋里后，心情不错，可身体不好了。过去他就有腿痛的毛病，搬到鬼屋后痛得比从前厉害了。他去医院检查了好多次，结果是得了风湿。他认为得上这种病，可能跟打鱼有关系，再也没有去打鱼。

金花的肚子一天比一天大，这年秋天生下了一个男孩。陈文舞给孩子起名叫陈无事。他希望孩子长大了，能少惹事，也别贪事，过平静的生活。金花觉着陈文舞是让秦多事给弄怕了，留下了后遗症。

陈无事满一周岁时，金花领着孩子回娘家给父亲过生日去了。

陈文舞一个人干活回来，守着空房子，懒得做饭，也不想烧火，睡的是凉炕，吃的是凉饭，这样一来，病情就加重了。金花从娘家回来时，陈文舞走路都十分吃力。医生说这病治不好，风湿影响到心脏了。没过多久，陈文舞就离开人世了。

金花认为陈文舞是打鱼得的病，就把他的骨灰埋在了河堤外的一个高处。从此，荒草地上便有了这座特殊的坟墓。

村里开始土地承包到户，金花一个女人怎么能过得下去，她便带着孩子回娘家了。多年之后，她领着儿子陈无事重返小村庄，来看陈文舞了。

人们认为陈无事那么像陈文舞，如同一个模子里刻下来的。人们也得知金花回到娘家后又嫁人了，可又离了。

当初小村庄的人就说陈文舞不应该住进鬼屋。陈文舞的死，就是鬼屋惹的祸。人们也说鬼屋生男孩，谁家要想生男孩，就住鬼屋，不会有错。可小村庄里还没有谁家因为想要生男孩而住进鬼屋的，在人们看来生男孩与生命相比，还是生命重要。

金花走后鬼屋一直空着，她也有点相信鬼屋里有鬼的事。这次回小村庄她没去看，而是直接到了县城。她与陈文舞这段发生在荒原上浪漫而又浪漫不起来的生活，只能留在人们的记忆中。

本文获湖北省文联、今古传奇集团主办的《中华文学》"我是作家"首届全国原创文学大赛新锐作家奖。发表在2015年第10期《中华文学》和2014年第3期《神农溪》上。收入吴新财短篇小说集《相逢何必曾相识》。

殷红的夕阳

吴新财

小村里的人们发现蜗牛死了，是在夏季的一个傍晚。说来也怪，自从蜗牛死后，小村便有一种不幸。有好奇者追踪其因，说那是因为小村上空有片殷红的夕阳，笼罩了小村，于是人们的情感发生变化。

这是个四五十户人家的村子。小村里的人常议论谁家死了猪、死了猫、死了狗之类的话题。如今死了人，并且吊死者是位年轻人，人们又怎么安静呢。在田间，在地头，在夜晚，人们开口便是这事。小村骚动起来。

蜗牛在那个落日的黄昏，骑着一辆白山牌自行车，飞快地在小村里转圈地玩着。

村里搬进一户外来的人家，这家有一位少年。少年帮父母把屋里收拾利落，天已近黄昏，霞光极好，少年从屋中走出，站在门前路的正中，朝西看，看着天空中那片夕阳。

小村对于少年来说还是陌生的，更是诱人的。忽然，有人在少年背后喊了句什么，但没等少年反应过来，一只有力的手已把少年推出，少年没站稳，摔在地上。那声音又说："你没长眼睛，非要站在路中间！"

少年感动脸上一阵疼痛，用手一摸，出了血。少年慢慢地从地上爬起来，顺声看去，见一个身高不足一米四，罗锅腰的男青年骑着辆自行车站在夕阳下。

这时，有位中年过路人说："蜗牛，你就知道疯撞人，还不领人去看医生。"

"这世界谁管谁呀！"蜗牛说完一笑，骑车走了。

少年在小村认识的第一个人，便是蜗牛啦。

在小村学校里，小学生常常自由自在地骑着自行车，在操场上兜圈。蜗牛嘴里也常吹着口哨，口哨的主题曲便是《甜蜜的事业》。

蜗牛口哨吹得非常成功，常把学生们吹走了神。学生不认真听课，老师便反映到校长那里。校长是名五十多岁的四川老头，说话一口地道的乡音。他骂："蜗牛，你给老子鬼混。"

蜗牛被校长骂没了身影，学校安静下来。

蜗牛希望自己能当官，于是，他便恐吓放学的小学生。学生岁数小，不敢违抗蜗牛的命令，常常走出校门，被蜗牛堵截在回家路上，然后按蜗牛的意图做事。

蜗牛走在前面，后面跟着一群士兵。蜗牛还真有将帅的风度。他带着手下们，在田野里、在柴垛周围玩游戏。可这样的日子没有多久，就结束了。学生家长找到蜗牛父亲，原因便是蜗牛这一做法把孩子们带坏啦。学生们回到家里不写作业，而练起拳脚。

那阵子，小村里到处可见一群小孩，学着武打片的阵势"开战"，喊杀声夹带着童音，把小村弄得神魂颠倒。

学生们不信家长的话，他们相信蜗牛是个伟人。

有天傍晚，蜗牛在路上又遇见了少年。少年正在闲走，蜗牛让少年去自家玩儿。少年感觉蜗牛很神秘，带着好奇，去了蜗牛家。在蜗牛家，少年见房间里放着很多书籍及无线电零件，还有各种机械模型。少年没想到蜗牛心中有个大世界，不解地问："你学这些干什么？"

蜗牛叹了口气。

少年更不解其意了。

蜗牛又说："你不懂，我同你们不一样，不学点真本事，我就完了。"

少年知道蜗牛说的是真话，但不知其中道理。

那时，蜗牛十九岁，高中刚毕业。

蜗牛挺神，他常和村里的女孩子在一起，女孩子也愿意和蜗牛在一起，她们愿意听蜗牛讲的故事。蜗牛很会讲故事，常使听故事的女孩沉浸在感情里。可女孩子们一发现蜗牛内心深处有另一层意思，便躲开了蜗牛。

癞蛤蟆想吃天鹅肉，便是出自女孩子们的口中。

蜗牛每遇到这种不公正对待时，痛苦地骂道："有什么了不起，你看不上我，我还不想娶你呢。我非找个比你强的。"

蜗牛和许多女孩子分了手。

转眼蜗牛二十五岁啦。这个年龄在小村里算是晚婚，蜗牛的父母一急，托人从山东领来一位离婚的青年少妇给蜗牛做妻子。不过那女人还有生育能力，蜗牛的父母只希望抱孙子。从此，蜗牛心中的美梦成了现实。

婚后的蜗牛不但结束了娶少女为妻的梦，人也更勤快了，当年便喂了两头猪，闲时也很少同人们扯闲话。人们说蜗牛变了，变得会过日子啦。其实，蜗牛的秘密是被一群小孩发现的。

那个晚上，小孩们沿着房檐捕捉

麻雀，他们走到蜗牛家房檐时，从窗棂缝中，看见蜗牛媳妇打了蜗牛两耳光，蜗牛跪在他媳妇面前不动。这条新闻从小孩口中说出，大人们不信，说小孩造谣。

蜗牛卖猪的下午，发现箱子被撬开了。他找媳妇，怎么也找不到。有人告诉蜗牛说那女人走了。蜗牛眉头一皱，找农场公安分局。公安人员封锁了农场各个路口，那女人早已没了踪影。

后来，据消息灵通人士透露，那女人是个诈骗犯。

蜗牛住着空房子寂寞，寂寞时，他找来村里的年轻人搓麻将、喝酒。这事被蜗牛的父母知道，蜗牛的父母也不管，因为蜗牛上有哥姐，下有弟妹，老人把心放在其他儿女身上了。蜗牛的兄弟说他太无能，连个女人都看不住。蜗牛听了，垂头丧气。

蜗牛聪明，村里人为了照顾他，让他负责机械修理工作。有天，蜗牛不知怎么和主管场院的胖主任争吵起来，胖主任说："你有啥本事，使出来吧，我能摔死你。"

蜗牛想起自己的不幸。

他原本有名字，只因背后有了包，人们才这样叫他蜗牛，时间一久，就忘了他的原名，只记得他的这个雅号。

提到这雅号，他就恨自己的奶奶。小时，奶奶看他，不小心让他从炕上掉到水泥地上，摔坏了骨头。就这样，他成了残疾人，成了蜗牛。

天快黑的时候，胖主任告诉蜗牛今晚场院上女工班值夜班，给两百吨小麦吹风，要蜗牛晚上去看看，如果机械出了故障，也好现场解决。蜗牛背着双手，走自己的路，只是嘴里面"嗯"了声。

他走到队部门口，有人喊："蜗牛，有你的信。"

蜗牛不信，头也不回。

"你不信，那就撕开了。"

"哪来的？"蜗牛回头问。

拿信者读出了地址。

蜗牛听完，跑上前接过信，撕开信口，看着看着，他看完信忘掉了人间烦恼，到小卖店买了两盒罐头和一瓶北大荒酒，美美地喝着。

他想起胖主任的话时，已喝高了，他锁上门，摇摇晃晃地走着。他倒下了，直到胖主任来找他时，他还问："你是谁。"

胖主任问："你咋喝成这样？"

…………

蜗牛到场院上，很快就修好了机械，排除故障的机械又开始运转，静静的夜空被机器声震撼着。蜗牛离开人群，嘴里喊着小木匠，小木匠……

半年前村里来了个木匠，不知道蜗牛怎么同木匠扯在了一起，并很快有了共同语言。木匠比蜗牛岁数小，他们兄弟相称。小木匠得知蜗牛三十岁还没有女人，很为蜗牛叹息。小木匠说为蜗牛找一个关内的妹子做妻子。蜗牛怔怔听后说："能行吗？""行，关内日子不好过，为了生活，会有女人到北大荒来，北大荒有白馍馍吃。"小木匠的话果真起了作用，蜗牛隔三岔五买来鱼呀肉呀，把小木匠拉到自家撮一顿。

小木匠离开生产队，蜗牛便算着日子，盼邮递员进小村。蜗牛等信的事，被细心人察觉到。有人说蜗牛是在等情书，等得发狂，话语中，嘲笑的意思很浓。

蜗牛不理会这些人。

夏季的北大荒正是麦收时节，非常繁忙，可在收到信的第三天，蜗牛便向村领导请假。领导问他什么原因，他不说。领导不给假，蜗牛生气了，后来领导便批准了。这也是蜗牛最后留给人们的印象。

许多天以后，蜗牛的父亲打开蜗牛房门的锁，进屋里找修理机械工具。蜗牛的父亲进屋就被熏人的气味逼出来。他站在门口，等了一会儿，又走进屋。他愣了，蜗牛吊死在屋中，那气味就是从蜗牛尸体上散发的。

蜗牛的尸体已腐烂了。

蜗牛的父亲找来村里人，把蜗牛从棚上取下来，然后，埋在小村北面的山岗上。

蜗牛的母亲哭个不停，从黄昏哭到天明，又从黎明哭到黄昏。她嘴里说："儿呀，你怎么死了呢？怎么死了呢？"是呀，这是亲情。

蜗牛的姐妹兄弟们没有一个哭的，他们还对母亲说，本应这样，只是早和晚的事。

"你们胡说！"蜗牛母亲骂道。

针对蜗牛的死因，村里人便追踪到小木匠身上。说蜗牛带着两千元钱，去关内找小木匠，让小木匠帮着找关内的妹子，结果小木匠骗了蜗牛的钱。也有人说蜗牛没有一个完整的家，没有自己的女人才死的。

小村里就此有了故事，有了神秘。

后来，有人在蜗牛抽屉里发现他留的一张条子。条子上这样写着：世界上只有我一个人，我孤独。

人们看后，相互对视，不明白。因为世上有很多人，蜗牛说的是什么呢？

蜗牛写的是自己的世界。每个人都有自己的世界，那是独特不可侵入的。

这天黄昏，在小村的山岗上，在蜗牛的坟旁站着一位潇洒的青年。青年是从省城回村度假的，他是一所名牌大学的学生。他听说蜗牛死了，孑然一人，在暮日时来了。他不像村里其他人那样，他知道蜗牛的心，所以他才来看蜗牛。

人啊，就是人。

青年自语道："太不应该以死来解脱，坚强地生活下去，才是人的品性，才是强者。"

那青年，就是被蜗牛撞倒的少年郎。

发表在1992年第9期《北大荒文学》杂志。收入吴新财短篇小说集《相逢何必曾相识》。

|编者手记|

自信与坚持

吴新财

作家或作者，对自己写出的作品都有着自爱与自信，因为是自己写的作品，存有自信与自爱是可以理解的。适度的自信与自爱对成功是有益处的，但这种自爱与自信过度了，听不进别人的建议，就适得其反，与成功背道而驰。

我年少时就喜欢文学，二十世纪的八十年代末开始学习写作，随后公开发表作品，编辑报刊，算来已经在文学之路上坎坷行进了几十年。我摔倒了，爬起来，继续前行，风雨无阻。经历得多了，写得多了，也就积累了些写作与编辑经验。

不论是编辑作品，还是写作，我向来是认真的，一丝不苟，尽自己的所能做。写作者几乎都知道修改作品是累人的活儿，如果不是从事写作的人，可以回想在学校读书时，写作文时的学习往事，完成老师布置的作文是头疼的事，能写出精彩作文就更难了。没有哪位老师或编辑，愿意把好作品改坏。老师希望学生写出好作文，编辑想编发好作品，当然，这是相对而言的，不是绝对的。

世间绝对的事情是很少的。

用绝对的观点看待事情是错误的。

对于文学作品的好与坏，也没有标尺衡量，只是根据艺术感觉与常规经验判断。这种判断带着个人情感与喜好。这么一来，那些过于自信的作家或作者，就会坚持自己作品的质量。如果是高质量的作品，当然是好事。如果是质量差的作品，就让编辑棘手，头疼了。

2017年，我们《北极光》杂志举办了一次征文活动，根据情况，发表部分参加征文的作品。当时陕西一位作者来稿，参赛热情较高，简历上写的是高级工程师，已年过六十，退休了，还没在公开文学杂志上发表过作品。爱好写作的人，到了六十多岁的年龄还没正式发表作品，这种心情是可想而知的。我理解他，想照顾他。我以为他爱好写作几十年了，日积月累，耳濡目染，就算作品质量差，距离发表标准也不会太远，作品不行可以改，答应给他发三千字的散文。这个篇幅正好是我编辑的杂志两个页码。当我细心阅读作品，准备刊发时，知道答应发他作品是错误的事，因为他的语句逻辑有问题，作品中有多处是前一句话与下一句话接不上，文意混乱。虽然有的语句还顺畅，但前后接不上，只能删掉多余的语句。这么一来，这篇作品我修改了四遍，从三千字改成两千字，从两千字改成一千五百字，最后只有八百字，只能发半个页码。因为我不喜欢发半个页码的作品，排版时让我难受了好一会儿。作品发表后，这位六十多岁的作者气愤地打电话质问我："吴老师，这是小学生改的吗？"

我语气平稳地说："你这篇稿我修改了四遍。"

他说："你不是说发两个版面吗？"

我说："是想照顾你发，可你的作品语句逻辑有问题，前后接不上。"

他说："接不上？"

| 编者手记 |

我不想与他说作品的事，这么自信的人，说了也没意义，转移了话题说："陕西是文化大省，著名作家有陈忠实、路遥……优秀文学杂志也多，你可以在名刊重新发表此文。你这篇稿我改得非常累，应该说比我自己写一篇还累。"

他说："为什么？"

我说："我得跟着你的文章改，如果我自己写，由心而生，随心发挥，很自如。"

他说："以后我再给你投稿。"

"你别给我投稿了，你给别的人投吧。"我不想与他多说，挂断了电话。我不想看见他的稿，更不想听见他说话的声音。他的自信与坚持让我生厌。

还有一次，有一位作者给我打来电话说："吴老师，你把我的稿发了吧。"

我听他是用命令的口气说，感觉是有来头的人或作品好得不得了，便问："我为什么发你的稿？"

他说："我写得好。"

我说："真好吗？"

他说："真好。"

我说："我告诉你去一个地方发表吧。"

他兴奋地说："在哪发？"

我说："你到《人民文学》发吧。《人民文学》是为全国人民作家服务的，应该刊发像你这种优秀稿件。"

他哑口无言。

我索性问："你从事什么工作的？"

他说："高中教师。"

我说："教师写稿的人挺多，但不修改就能发表的作品几乎没有，我还没遇见。"

他说："我是高级教师，写了十多年，却只在当地小报发表了几篇。"

我说："许多中国作家协会会员写的稿，也得改，不然，也发表不了。"

他心安理得地说："你帮我改吧。"

我说："真是没时间，你找贾平凹先生改吧。他是你们省作家协会主席，有义务培养你。"

他不说话了。

我编辑稿件的标准非常简单，稿件不一定特别好，只要达到发表水平，作者有点感谢之意就行。如果作者傲慢，就算是什么主席，什么大奖的获奖作家，我也不发。我跟山东省作家协会原副主席、《山东文学》杂志主编、鲁迅文学奖获奖作家许晨先生说过："作品不好可以改，可以换，人品不好是没办法改的。"

我还跟原青岛市文联书记牛鲁平先生说过："每个人都不是生活在真空中，现实生活中要有感恩之情才行。"

中国有句俗语：十年树木，百年树人。

中国还有一句俗语：江山易改，本性难移。

如果一个人的人品有问题，是很难改的。

这次我编辑《东部文学》时，用了很长时间，放下了许多事，一篇一篇地看，许多文章是经过我改动的，包括作品的题目。题目不好的文章是失败的。

姚玉霞女士的小说原名叫《情人》，我看后，觉得作品很好，但题目不好，就改成了《谁在谁的情感里》；倪崇路的诗原名叫《吻你》，我看后，改成《愿灵魂如风》；朱钟昕的散文原名叫《纪念朱美加公诞辰一百周年》，我看后，改成《爷爷闯进我的梦里》……就这样一篇一篇地看，一篇一篇地改，完成了这部《东部文学》作品的编辑工作。

我不是完人，也是在学习中，有不足之处、不当之处见谅。希望此次发表作品的作家、诗人，借此机会努力前行，写出更多更好的作品，提升在文学界的影响力。

文学朋友们，愿前程似锦，安好。

吴新财
2019年10月22日于青岛